Teufelsmauer

Richard Auer, Jahrgang 1965, studierte Diplom-Journalistik an der Katholischen Universität Eichstätt und hielt der Stadt auch danach die Treue. Mit seiner Frau und drei Söhnen wohnt er mitten in der barocken Altstadt. Seit über zwanzig Jahren arbeitet er als Lokalredakteur beim »Eichstätter Kurier«. Im Emons Verlag erschienen »Vogelwild«, »Walburgisöl« und »Hausbock«.
www.autorenwerkstatt-auer.de

RICHARD AUER

Teufelsmauer

OBERBAYERN KRIMI

emons:

Bibliografische Information der Deutschen Bibliothek
Die Deutsche Bibliothek verzeichnet diese Publikation
in der Deutschen Nationalbibliografie; detaillierte bibliografische
Daten sind im Internet über http://dnb.d-nb.de abrufbar.

FSC
www.fsc.org
MIX
Papier aus verantwortungsvollen Quellen
FSC® C083411

Umschlagmotiv: R. Koprowski
Umschlaggestaltung: Tobias Doetsch
Gestaltung Innenteil: César Satz & Grafik GmbH, Köln
Druck und Bindung: CPI – Clausen & Bosse, Leck
Printed in Germany 2015
Erstausgabe 2013
ISBN 978-3-95451-133-4
Oberbayern Krimi
Originalausgabe

SONNTAG

»Himmelherrgott, ist jetzt endlich mal Ruhe hier! Kann man nicht mal am Sonntagmittag seinen Frieden haben in diesem Haus?«

Mike Morgensterns Zorn galt seinen Söhnen Marius und Bastian, die sich mitten im Wohnzimmer eine wilde Schlacht lieferten. Der zehnjährige Marius war mit einem klobigen Schwert aus rötlich braunem Buchenholz ausgerüstet; sein achtjähriger Bruder versuchte, ihn mit einer langen Lanze auf Abstand zu halten. Beide hielten außerdem selbst gebastelte Schilde in den Händen. Holz krachte auf Holz, und es dauerte nicht lange, bis Marius seinem kleinen Bruder einen massiven Schwertschlag auf die rechte Schulter verpasst hatte. Bastian jaulte vor Schmerz und stieß dann umso zorniger mit der Lanze zurück. Er traf seinen Bruder trotz dessen heftiger Gegenwehr am linken Oberschenkel. Marius fing an zu weinen.

»Schluss jetzt!« Morgenstern fuhr zwischen die Kämpfer. »Sagt mal, habt ihr beide einen Vogel? Ihr könnt doch hier nicht auf Leben und Tod kämpfen.«

»Aber wir sind doch Gladiatoren«, sagte Bastian schniefend und rieb sich die Schulter. »Und Marius hat angefangen.«

»Angefangen, angefangen, wenn ich das schon höre«, knurrte Morgenstern. »Es ist mir egal, wer angefangen hat. Ihr legt jetzt beide eure Waffen weg, reicht euch die Hand und benehmt euch wie zivilisierte Mitteleuropäer im 21. Jahrhundert.«

»Ich mag nicht«, maulte Bastian. »Und außerdem gab es im Kolosseum keinen Ringrichter.«

»Aber hier bei uns gibt es einen. Ihr hört jetzt sofort auf mit diesem Käse. – Fiona, sag doch auch mal was!«, rief Morgenstern in Richtung Küche, wo seine Frau Fiona mit dem Abwasch klapperte.

»Ich misch mich da nicht ein«, kam es zurück. »Aber ihr drei Männer könntet mir beim Geschirrabtrocknen helfen.«

Sie hatte den Satz kaum zu Ende gesprochen, da rafften die

beiden Jungs ihre Ausrüstung zusammen und flüchteten kichernd in Richtung Kinderzimmer.

»Pack schlägt sich, Pack verträgt sich«, murmelte Morgenstern, als er ohne große Begeisterung zu Fiona in die Küche ging. »Es wird höchste Zeit, dass die unausgelasteten Burschen ins Zeltlager kommen.«

Die beiden Jungen waren schon seit Monaten für ein fünftägiges Jugendcamp angemeldet. Am Montag sollte es losgehen. Der Lagerplatz lag irgendwo altmühlaufwärts bei Treuchtlingen, auf einer einsamen Waldlichtung am Ende der Welt.

Fiona würde ab Dienstag ebenfalls weg sein. Sie musste nach Nürnberg fahren; ihre Mutter war im Februar gestorben, und jetzt war immerhin schon August. Ob sie wollte oder nicht: Fiona musste die weitgehend leer geräumte Wohnung endgültig übergabefertig machen. Morgenstern würde also die kommende Woche allein sein. Wenn er tief in sich hineinhörte, fürchtete er sich ein wenig davor. Was er natürlich nie zugeben würde. Aber es war eine Tatsache: Mike Morgenstern gab zwar mit Vorliebe den Lonesome Cowboy (was alleine schon seinen notorischen Stiefeln geschuldet war), doch der einsame Ritt in den Sonnenuntergang war seine Sache nicht. Überhaupt nicht, wie er sich eingestehen musste. Immer wenn er allein zu Hause war, wusste er nichts Rechtes mit sich anzufangen. Dann versumpfte er sinnlos vor dem Fernsehapparat (die bessere Variante) oder in Gastronomiebetrieben, deren Leumund sich mit dem Fortschreiten der Abendstunde stetig verschlechterte.

Manchmal beneidete er seinen geschiedenen Kripokollegen Peter Hecht. Der trauerte zwar hie und da noch dem Eheleben nach, war aber im Wesentlichen mit sich und seiner Junggesellenwelt im Reinen. Er konnte sich abendelang mit deutschen Balladen auseinandersetzen: Schiller, Goethe und was noch alles. Außerdem las er mit Hingabe langatmige Abhandlungen über die Großen der Weltgeschichte. Morgenstern seufzte und beschloss, die kommenden Tage nach Hecht'schem Vorbild mit Lektüre zu verbringen. Zum Beispiel mit den Asterix-und-Obelix-Heften seiner Kinder.

Zehn Minuten später war der Abwasch erledigt. Natürlich ohne Morgenstern. Der hatte genau ein Glas abgetrocknet und sich danach diskret aufs Sofa zurückgezogen. Er hatte Glück: Fiona hatte es ihm durchgehen lassen.

»Was machen wir heute noch?«, fragte sie jetzt. »Den Jungs fällt die Decke auf den Kopf. Dann kommen sie nur auf dumme Ideen.«

Morgenstern hatte irgendwie das Gefühl, mit diesen »dummen Ideen« selbst gemeint zu sein. Warum sonst grinste Fiona so?

Zwar war er persönlich durchaus in der Lage, einen sonnigen Sonntagnachmittag auf dem Sofa zu verdösen – immer vorausgesetzt, er hatte seine Lieben um sich –, doch das war ganz gewiss kein konstruktiver Vorschlag zur Freizeitgestaltung.

»Wir könnten Rad fahren«, schlug Fiona vor. »Altmühlabwärts bis Pfünz.«

»Weiß nicht«, brummte Morgenstern. »Ist es nicht viel zu heiß zum Radfahren?«

»Dann schlag du was vor.« Fiona wedelte erwartungsvoll mit ihrem Geschirrtuch.

Morgenstern überlegte. Hatte er nicht am Tag zuvor im »Eichstätter Kurier« die Ankündigung des Kipfenberger Volksfestes gelesen? Wenn er sich recht erinnerte, galt der Sonntagnachmittag als Höhepunkt. Dann sollten verschiedene historische Gruppen auf dem Marktplatz der Gemeinde auftreten, Römer und Germanen. Das könnte doch etwas sein für seine kleinen Hobbylegionäre.

Er fand die Zeitung nach einigem Suchen auf der Toilette, blieb der Einfachheit halber gleich da und blätterte nach. Tatsächlich: Das »Limesfest« war schon seit Freitag in vollem Gange, und in einer knappen Stunde sollte der Aufmarsch der Gruppen beginnen, einschließlich einer knackig braun gebrannten »Limeskönigin« mit kastanienfarbenem langem Haar, von der ein zweispaltiges Foto abgedruckt war. Die junge Frau hatte ein künstlich wirkendes strahlendes Lächeln aufgesetzt und den Oberkörper seitlich gedreht, um ihre Kurven eindrucksvoll zur Geltung zu bringen. Neben ihr stand eine mit Blumen geschmückte Amphore, die antik wirken sollte, aber eher nach OBI-Gartenabteilung aussah. Die Limeskönigin wirkte in ihrem blauen, mit Goldborte eingefassten Kleid und in Ledersandalen, die Morgenstern als »Jesuslatschen« kannte, als wollte sie gleich das olympische Feuer entzünden.

»Heißer Feger!«, sagte Morgenstern.

»Wie bitte?«, fragte Fiona, die in dem Moment den Flur entlangging.

»Ach nichts.« Morgenstern klappte hastig die Zeitung zu.

Fiona zeigte sich wenig begeistert von Morgensterns Vorschlag. Die Limeskönigin, deren Bild sie eingehend gemustert hatte, bezeichnete sie trotz Morgensterns vorsichtigem Widerspruch als »aufgebrezeltes Landei«. Außerdem murrte sie etwas von »ewigem blödem Rumgestehe in der prallen Sonne«. Marius und Bastian jedoch stimmten im spontan einberufenen Familienrat johlend für das Limesfest, packten ihre Waffen zusammen, und schon saßen die Morgensterns in ihrem uralten roten Landrover und röhrten altmühlabwärts ins rund fünfundzwanzig Kilometer entfernte Kipfenberg.

Auf dem Rücksitz quasselten Marius und Bastian über römische Legionäre und ihre Ausrüstung. Seit Monaten verschlangen sie mit größtem Eifer alles, was ihnen über die Römer in die Hände fiel. Längst hatten sie sämtliche Kinderbücher zu dem Thema in der Eichstätter Bücherei ausgeliehen, und schon oft hatten sie im Museum für Ur- und Frühgeschichte auf der Willibaldsburg die Funde aus der Römerzeit unter die Lupe genommen. Ehrensache, dass sie auch dem teilweise rekonstruierten Kastell von Pfünz, etwa sieben Kilometer von Eichstätt entfernt, hie und da einen Besuch abstatteten. Das Nordtor, ein Stück Mauer und ein Eckturm waren hier wieder aufgebaut, sogar eine Wachstube war im Torgebäude eingerichtet worden. Darin saßen zwei als Legionäre ausstaffierte Schaufensterpuppen, stilecht mit Kettenhemd und Ledersandalen, und polierten ihre Schwerter.

Mike Morgenstern, Oberkommissar bei der Kripo Ingolstadt,

konnte sich für derlei Details nicht ansatzweise so begeistern wie seine Kinder. Zum Glück hatte er Fiona, die bei gelegentlichen Museumsausflügen die Leitung übernahm, während er selbst sich mit kaum zu unterdrückendem Gähnzwang von Sitzgelegenheit zu Sitzgelegenheit schleppte.

Von Eichstätt aus gab es zwei Möglichkeiten, nach Kipfenberg zu fahren. Die eine, etwas längere, führte durchs Altmühltal mit seinen weiten Schleifen und seinen Dörfern, über Pfünz, Walting, Gungolding, Arnsberg und Böhming. Der schnellere Weg, den Morgenstern nun wählte, querte die Jurahochfläche mit ihren riesigen Waldgebieten, in die inselartig karge, steinige Äcker und Wiesen eingebettet waren. Kurz bevor man Enkering und die Autobahnausfahrt Altmühltal der A 9 erreichte, führte in Pfahldorf eine Straße nach Süden ins Altmühltal hinab, immer am Limes entlang nach Kipfenberg.

Die Morgensterns parkten ihr Auto an der Hauptstraße und gingen zu Fuß zum Marktplatz. Dort hatten sich bereits mehrere hundert Besucher versammelt. Auf dem Platz war ein hölzernes Podium errichtet, auf dem die örtlichen Honoratioren in schwarzen Roben mit rüschigen weißen Kragen Platz genommen hatten.

»Warum tragen die so komische Gewänder?«, fragte Bastian.

»Die haben sich als mittelalterliche Ratsherren kostümiert«, erklärte Fiona.

»Ich dachte, hier geht's um Römer«, maulte Morgenstern. »Wieso heißt es sonst Limesfest?«

Die Antwort kam umgehend. Ein Moderator kündigte über Lautsprecher den bevorstehenden Einmarsch der Römer und Germanen an und las von einem Zettel den historischen Hintergrund ab: »Wir befinden uns hier mitten auf der ehemaligen römischen Grenzanlage, dem Limes, der einst das Römische Reich von den barbarischen Germanen trennte.«

Bastian fuchtelte mit seinem Schwert herum. »Weiß doch jedes Baby, wann kämpfen die endlich?«

Der Mann leierte weiter seine Infos herunter. »Der Limes wurde vom Volksmund später ›Teufelsmauer‹ genannt, weil sich die Menschen nicht erklären konnten, wie diese endlose Mauer fünfhundert Kilometer durch Süddeutschland entstanden sein mochte. Deswegen hielt man sie im Mittelalter für ein Werk des Teufels. Seit 2005 ist der Limes Weltkulturerbe der UNESCO.«

»Blut«, murmelte Bastian. »Ich will endlich Blut sehen!«

»Ich hab Durst«, beschwerte sich Marius.

»Muss vielleicht auch noch einer aufs Klo?«, fragte Morgenstern genervt.

Der Redner fuchtelte weiter mit seinem Zettel herum. Seine Stimme wurde lauter. »Wir Kipfenberger aber feiern das Limesfest schon seit über vierzig Jahren. Wir wissen, was wir am Limes haben, und sind stolz darauf. Und nun: Begrüßen Sie mit mir«, er warf einen auffordernden Blick in die Menge, »begrüßen Sie mit mir unsere diesjährige Limeskönigin Barbara Breitenhiller!«

Applaus brandete auf, als auf dem Podium eine junge Frau aufstand und huldvoll ins Publikum winkte. Sie trug das hellblaue Kleid, das Morgenstern schon aus der Zeitung kannte, darüber einen scharlachroten Umhang und eine Perlenkette; ihre Haare waren kunstvoll hochgesteckt. Morgenstern schnalzte mit der Zunge – eine dumme Angewohnheit, die er schleunigst ablegen sollte, nahm er sich vor, denn schon erntete er einen missbilligenden Blick von Fiona.

»Die könnte deine Tochter sein«, zischte sie.

»Schon klar«, sagte Morgenstern und wurde zu seinem Ärger rot.

Marius und Bastian hatten sich nach vorne gedrängt, um alles genau sehen zu können. Von ferne waren Trommeln zu hören. Morgenstern rann der Schweiß über den Rücken. Auf dem Marktplatz staute sich die Hitze, es hatte bestimmt fünfunddreißig Grad. Da, endlich, aus einer Seitengasse dröhnten Marschschritte. Und da waren sie: ein Trupp Legionäre, daneben ihre germanischen Erzfeinde.

Fiona zupfte ihn am Ärmel seiner Jeansjacke, die er auch in der brütenden Hitze nicht ablegte. »Das meinen die doch nicht ernst, oder?«, raunte sie ihm zu und deutete auf die verkleidete

Mannschaft. »Die Römer sehen aus wie Sankt Martin beim Laternenumzug.«

Morgenstern musste lachen. »Schau dir mal die Brustpanzer an. Die sehen verdächtig nach Plastik aus.«

Fiona schüttelte den Kopf. »Das wird unseren Jungs gar nicht gefallen.«

Die Germanen, wie man sie sich beim Kipfenberger Limesfest vorstellte, hatten den Oberkörper in Schaffelle gewickelt.

»Die sind noch wärmer angezogen als du«, spottete Fiona.

Auf dem Kopf trugen die Männer schiefe Plastikhelme, aus denen rechts und links Kuhhörner ragten. In der Hand hielt jeder einen mächtigen Speer. Es dauerte keine Minute, dann hatten sich Marius und Bastian zu ihren Eltern zurückgekämpft. Sie waren sauer.

»Da könnten wir mit unseren Holzschwertern auch mitmachen«, beschwerte sich Marius. »Das hab ich mir viel cooler vorgestellt.«

»Die Germanen hatten bunte Hosen und Mäntel aus Stoff«, dozierte Bastian. »Da wäre nie einer mit einem ollen Schaffell rumgelaufen.«

»Was du nicht alles weißt«, sagte Morgenstern kopfschüttelnd. »Jetzt musst du mir nur noch erzählen, dass die Wikinger auch keine Hörner an ihren Helmen hatten.«

»Hatten sie auch nicht«, gab Bastian besserwisserisch zurück. »Mensch, Papa, du hast echt keine Ahnung.«

Marius deutete wütend auf die Legionäre. »Die haben ja nicht mal Kettenhemden.«

Fiona grinste. »Euer Papa wollte unbedingt hierher. *Ich* wollte ja Rad fahren. Da säße ich jetzt längst in einem schicken Straßencafé und würde Sprizz trinken …«

»Wo soll das denn sein?«, konterte Morgenstern. »Da kenne ich das ganze Tal runter keines, bloß Dorfwirtschaften. Und außerdem konnte ich nicht ahnen, dass hier nur Schmalspur-Römer rumlaufen.«

»Hast wohl nur das Foto von der Limeskönigin angeguckt?«, sagte Fiona spitz.

»Pah«, machte Morgenstern und blickte stur nach vorne.

Legionäre und Schaffell-Germanen postierten sich auf einer Seite des Platzes und machten die Fläche frei für einen mittelalterlichen Adeligen samt Gefolge. Laut Moderator handelte es sich bei ihm um Ritter Kropf, der einst auf der Burg hoch über dem Marktplatz geherrscht hatte. Ein Dutzend Bäuerinnen mit Getreidegarben zeigte eine Schreitschritt-Choreografie, die als »Erntetanz« bezeichnet wurde.

»Old Macdonald had a farm«, sang Marius laut, und Bastian stimmte ein: »Hieihieiho.«

Morgenstern wollte fliehen, aber Fiona hielt ihn zurück. »Wir ziehen das jetzt durch. Ist bestimmt gleich vorbei.« Sie boxte ihn in die Seite. »Und danach gehen wir Sprizz trinken!«

Mike verdrehte die Augen.

Es dauerte dann doch noch eine ganze Weile, bis sich die Versammlung zu einem historischen Umzug formierte, der ans westliche Ortsende zum Festplatz marschierte. Und die Morgensterns marschierten mit.

»Ein Bier ist doch auch nicht schlecht.« Morgenstern deutete auf das große Bierzelt.

»Ich hab Hunger«, quengelte Bastian.

»Gibt's da einen Autoscooter?«, fragte Marius.

Und so landete die Familie an diesem brütend heißen Nachmittag im August auf dem Kipfenberger Festplatz. Rasch waren die wesentlichen Attraktionen erkundet: Süßigkeitenstand, Losbude, Schießstand, Schiffschaukel, der Stand der »Pizzeria Roma« und ein Fahrgeschäft namens »Riesenkrake«. Morgenstern spendierte den Buben in einem Anflug von Gönnerlaune gebrannte Mandeln und Zuckerwatte, dazu noch »saure Stäbchen«, irgendein giftig buntes säuerliches Zuckerzeug.

Er selbst stellte sich an der grün-weiß-rot lackierten Pizzabude an. Der Duft von Pizza Salami, Pizza Margarita und – für Nostalgiker – Pizza Hawaii wehte zu ihm herüber.

Für die Qualität der Pizza bürgte eine kleine Schlange; die beiden Männer hinter der Theke kamen mit Backen und Verkaufen kaum nach. Ein dicker schwarzhaariger Schnauzbartträger, der mit seinem weiß-blau gestreiften Ringelhemd auch als venezianischer Gondoliere hätte durchgehen können, gab als Herr über die Kasse den Padrone. Sein Partner, ein junger Mann mit dunklen Augen und strähnigen, halblangen Haaren, rackerte sich im weißen T-Shirt schwitzend am Ofen ab.

Morgenstern, in der Schlange zur Untätigkeit verurteilt, sah fasziniert zu (ganz so, wie er es auch zu Hause tat, wenn Fiona in der Küche klapperte, während er ein Glas Rotwein trank). Marius quetschte sich neben ihn.

»Das dauert aber lange, Papa.«

Der dicke Schnauzbart hatte das aufgeschnappt. »Nur noch eine kleine Momento«, sagte er freundlich. »Italienische Koch iste keine Ferrari.« Sehr viel weniger freundlich trieb er seinen jungen Kollegen an: »Gaetano, presto!«

Mit fünf großen, öligen Pizzastücken rückten die Morgensterns schließlich ins Bierzelt ein. Wohlige Zufriedenheit breitete sich aus. Die Pizza schmeckte, die Blasmusik huldigte dem unvergessenen Ernst Mosch und seinen original Egerländern, und die Kinder sausten durch die Gegend. Es dauerte nicht einmal eine Stunde, da hatte Morgenstern zwei Maß Bier getrunken, während Fiona, kurzerhand für Heimfahrdienste verpflichtet, mit einer Radlermaß vorliebnahm.

»Meinen Sprizz trinke ich nächste Woche in Nürnberg«, kündigte sie an. »Mal sehen, mit wem.«

Morgenstern schaute irritiert.

Auf der Bühne begrüßte die Kapelle jetzt den CSU-Bundestagsabgeordneten des Wahlkreises und stimmte dazu den notorischen Bayerischen Defiliermarsch an. Dirigieren durfte die Limeskönigin höchstpersönlich. Morgenstern sah, wie sie danach mit einigen Musikanten schäkerte, dann trat sie ans Mikrofon. Es knackste, und eine scheußliche Rückkopplung jaulte durchs Festzelt.

Ein Mann am Nachbartisch beugte sich herüber. »Gleich kommt's, aufgemerkt. Unsere neue Limeskönigin hat's mit dem Reimen. Vielleicht wird ja eine Tradition draus. Prost!« Er stieß mit Morgenstern an.

Die Königin klopfte mit dem Finger ans Mikrofon, räusperte sich. Dann fing sie an:

»Von Berg und Tal, ihr lieben Gäst,
ich grüße euch beim Limesfest.
Verbringt mit uns hier frohe Stunden,
dann wird euch Leib und Seel gesunden.«

Die Morgensterns sahen sich ungläubig an. »Das biegt einem ja die Zehennägel hoch«, flüsterte Fiona. Ihr Gatte legte den Finger auf den Mund. »Pst!« Die Ode ging weiter.

»Die Römer lebten einst bei uns,
das tun wir aller Welt heut kund.
Doch auch die tapferen Germanen,
sie waren alle unsre Ahnen.«

Das Publikum spendierte Zwischenapplaus und »Bravo«-Rufe. Bastian nutzte die Unruhe für die Frage: »Papa, was soll'n das werden?«

»Pst!«, machte Morgenstern noch einmal.

Die Limeskönigin hauchte weiter ins Mikrofon:

»Der Limes ist uns eine Freude,
stoßt an mit uns, ihr lieben Leute.
Rom ging unter, doch auf Dauer
bleibt uns die alte Teufelsmauer.
Ein dreifach Hoch in diesem Sinn,
stoßt an mit mir, der Limeskönigin.«

Ein dienstbarer Geist auf dem Podium reichte der dichtenden Schönheit einen Maßkrug, den sie gut gelaunt in die Höhe stemmte. Die Blaskapelle nahm die Steilvorlage an und spielte »Ein Prosit der Gemütlichkeit«, gefolgt vom unvermeidlichen »Oans, zwoa, gsuffa«. Überall im Zelt klirrten die Krüge.

»Da hast du deine Schönheitskönigin«, sagte Fiona lässig. »Ein typischer Fall von Text-Bild-Schere. Die Optik passt nicht zur Akustik. Und du fällst auf so was natürlich rein.« Sie verdrehte die Augen. »Typisch Männer.«

»Vielleicht hat sie's nicht selber gedichtet«, gab Morgenstern trotzig zurück.

Doch er irrte.

Der Dirigent trat nach vorne. »Ja, das war wieder eines der mittlerweile berühmten Gedichte aus der Feder unserer vielseitig begabten Barbara. Ich bitte Sie um einen herzlichen Applaus für die Limeskönigin.«

Das Publikum klatschte erneut freudig, woraufhin die Schönheit »Dankeschön« ins Mikrofon hauchte, noch einmal mit den langen Wimpern klimperte und – wie von Heidi Klum angelernt – von der Bühne tänzelte.

Anerkennende Pfiffe folgten ihr, was sie mit lächelndem Winken in die Menge quittierte. Sie schien ihren Auftritt zu genießen.

»Prima, unsere Königin«, meldete sich der Mann vom Nachbartisch zu Wort. »Heuer kommt unsere Limeskönigin aus Hirnstetten. Kennst du des? Bist nicht von hier, stimmt's?« Er schien schon ziemlich angesäuselt. »Hübsches Ding, die Tochter vom Moierbauer.«

»Aha«, sagte Morgenstern.

»Der größte Bauer da droben auf dem Jura.« Der Mann beugte sich verschwörerisch zu ihm herüber. »Einheiraten würde sich lohnen.« Er warf einen Blick auf Fiona, die amüsiert zuhörte. »Hoppla«, der Mann rülpste, »bist ja schon verheiratet. Soll ich dir was sagen …«

»Gibt's auch einen hübschen Burschen auf dem Hof?«, mischte sich Fiona ein. »Einer so um die zwanzig, der würde mir gefallen.«

Der Mann musterte sie irritiert. »Was ich sagen wollte«, er wandte sich wieder an Morgenstern, »der Moierbauer hat große Pläne. Ganz große Pläne. Da fließt das Geld … aber was sag ich denn, bist ja schon verheiratet«, wiederholte er und nahm einen großen Schluck aus seinem Maßkrug.

Bastian kam angeschlichen. Er war bleich. »Ich muss weg hier«, stammelte er. »Mir wird gleich schleeeee...«

Vater und Sohn stürzten nach draußen.

Zwei fahrbare WC-Wagen waren am Rand des Festplatzes geparkt. Einer für die Frauen, vor dem sich eine lange Schlange gebildet hatte, und einer – ohne Stau – für die Männer.

»Schnell, Papa, es pressiert«, stöhnte Bastian.

Die kurze Metalltreppe zum Männer-WC nahmen sie im Laufschritt. An einem der vier Urinale stand ein rotgesichtiger hünenhafter Germane mit Schaffell und Wikingerhelm und erleichterte sich in einer breitbeinigen Selbstverständlichkeit, die Wotan wohl gefallen würde.

»Servus«, dröhnte er, als Morgenstern und Bastian in eine der WC-Kabinen drängten. Sie hatten die Tür kaum verschlossen, da erbrach Bastian einen grünlichen Schwall ins Becken.

»Das kommt von den vielen Süßigkeiten und dem blöden Karussell«, schimpfte Morgenstern. »Das hält kein Pferd aus.«

Bastian nickte, bleich und mit Tränen in den Augen. »Ich glaube, jetzt geht's wieder«, flüsterte er.

Morgenstern rollte Toilettenpapier ab und wischte seinem Sohn sorgfältig den Mund ab. »Geschafft. Jetzt wird alles wieder gut.« Es tat ihm leid, dass er eben so ruppig zu seinem Jüngsten gewesen war. »Gehen wir?«

»Moment noch, Papa.« Bastian schüttelte matt den Kopf, als hinter der Tür ein Rumpeln zu vernehmen war, weil ein weiterer Besucher die verzinkte Eisentreppe hinauftrampelte.

»Servus«, dröhnte die Stimme des Hobby-Germanen erneut.

»Hallo«, gab der andere zurück.

Für eine Weile war nichts zu hören als ein gleichmäßiges, leises Plätschern und ein ebenso gleichmäßiges, schweres Atmen.

Dann folgte mit einem Mal ein dumpfer, blecherner Schlag, der sich anhörte, als würde ein Emailleeimer hart auf einem Fliesenboden abgestellt.

Bastian sah seinen Vater fragend an.

»Sag mal, spinnst du?«, schrie jemand. Der »Servus«-Germane

war’s nicht, denn der meldete sich umgehend mit drohender Stimme:

»Und jetzt pass gut auf, Bürscherl. Wenn du dich noch ein Mal, noch ein einziges Mal an der Barbie zu schaffen machst …« – Morgenstern konnte sich gut vorstellen, wie sich der Germane den anderen gerade zur Brust nahm und ihn schüttelte – »… wenn du der Barbie noch ein Mal schöne Augen machst oder sie auch nur eine Sekunde zu lange anschaust …« – man konnte sogar hinter der Tür hören, wie der germanische Hüne tief durchatmete – »… wenn du dich auch nur in ihre Nähe begibst, wenn ich erfahre, dass du ihr eine SMS schickst oder mit ihr auf Facebook chattest …«

»Was ist dann, Werner?«, fragte die erste Stimme eingeschüchtert zurück.

»Papa, willst du nichts machen?«, fragte Bastian fast lautlos.

»Die kommen schon allein klar«, antwortete Morgenstern. »Ich muss hier schließlich auf dich aufpassen.« Wie zur Bestätigung begann Bastian erneut zu würgen und übergab sich ein zweites Mal. Vor der Tür ertönte zum zweiten Mal ein kurzes, blechernes Scheppern.

»Jetzt hab ich Nasenbluten«, wimmerte die Stimme.

»Dann geh doch zu deiner Mami«, spottete der Germane.

Seltsam klappernde Schritte waren zu hören, die sich entfernten. Danach trampelte auch der hünenhafte Schaffellträger die Metalltreppe hinunter.

»Ich glaub, jetzt hast du’s überstanden«, sagte Morgenstern. »Und die da draußen hatten Glück, dass ich gerade anderweitig beschäftigt war. Ich glaube es einfach nicht, eine Schlägerei auf dem Klo. Am helllichten Nachmittag.« Er richtete sich in ganzer Größe auf, dann öffnete er vorsichtig die WC-Tür. Die beiden Kontrahenten waren wie erwartet verschwunden.

»Schau mal, Papa, da ist Blut.«

Bastian hatte recht: An der Wand, in Erwachsenenkopfhöhe, leuchtete unübersehbar ein roter, schlieriger Fleck, der an den weißen Kunststoffkacheln, mit denen der Klocontainer verkleidet war, langsam nach unten lief.

»Siehst du, jetzt hast du doch noch Blut gesehen«, sagte Morgenstern und legte seinem Sohn die Hand auf die Schultern.

Später, als die Morgensterns in ihrem überhitzten Landrover nach Hause rollten und zum einundzwanzigsten Mal die CD »Kasperl und der Germknödel« hörten, wartete die nächste Herausforderung auf Morgenstern. Sie näherten sich Pfünz, dem alten Römerort, und seine Jungs steckten schon wieder voller Tatendrang. Er selbst wäre gerne nach Hause gefahren, hätte endlich seine Jacke an den Haken gehängt und den Tag gemütlich auf dem kleinen Balkon ausklingen lassen. Seine Söhne hatten andere Pläne.

»Wir könnten doch noch zum Pfünzer Römerkastell hochfahren«, schlug Marius vor, »und Bastian und ich könnten uns ein Lager bauen.« Er deutete auf seinen schwitzenden Vater. »Da gibt es auch Schatten.«

Morgenstern nickte ergeben.

Schon röhrte der Landrover im ersten Gang die schmale Straße zum Kastellberg hinauf, zwölf Prozent steil. Auf einem geschotterten Parkplatz stellte Morgenstern den Wagen ab. Die Kinder stürmten mit Angriffsgebrüll auf das Kastellgelände, Morgenstern und Fiona schlenderten den Jungen hinterher zum wieder aufgebauten Nordtor aus hellgelben Kalksteinquadern.

Das Kastell war von den Römern vor zweitausend Jahren strategisch perfekt an der südlichen Hangkante des Altmühltals angelegt worden. Von hier hatten die Legionäre einen Altmühlübergang im Blick gehabt. Der Limes selbst verlief etwa zehn Kilometer weiter nördlich. Heute war das Kastell ein beliebter Ausflugsort.

Marius und Bastian hatten bereits die mit Gras bewachsene Böschung auf der Innenseite der Wehrmauer erreicht und rannten auf die Wachstube im Obergeschoss des Tores zu, als das Johlen jäh abbrach.

»Was ist jetzt?«, fragte Fiona besorgt.

In diesem Moment beugten sich Marius und Bastian über die hölzerne Brüstung des Kastelltors und riefen: »Kommt schnell, das müsst ihr euch ansehen. Da haben welche alles kaputt gemacht!«

Morgenstern spurtete die rauen Steintreppen nach oben und wäre dabei mit seinen klobigen Cowboystiefeln beinahe auf die Nase gefallen. Immer dieser verdammte Vandalismus, dachte er. Bestimmt war da oben alles zugemüllt und mit Graffitis vollgesprüht.

Im Kastell gab es zwei Wachstuben. Die erste, die für Besucher jederzeit zugänglich und völlig leer war, durchquerte Morgenstern mit großen Schritten.

»Was gibt's?«, fragte er atemlos.

Marius deutete aufgeregt auf die zweite Wachstube, die, in der die Legionäre mit ihrer Ausrüstung ausgestellt waren. Üblicherweise war die Stube durch eine massive eiserne Gittertür gesichert, die mit einem dicken Vorhängeschloss verschlossen war.

Doch nun stand die Tür weit offen.

Mit roher Gewalt war das Stahlgitter aus dem Bruchstein-Mauerwerk gestemmt worden. Steinbrocken waren auf der hölzernen Brüstung verstreut. Im Inneren der Wachstube lagen die lebensgroßen Legionärsfiguren auf dem Boden. Nackt, wenn man das in diesem Fall sagen konnte.

Fast die ganze Ausrüstung fehlte. Die Helme. Die Schwerter. Die Kettenhemden, die leinenen Tunikas. Nur die Ledersandalen hatten sie noch an den Füßen. Und in einer Ecke lagen zwei Lanzen.

»So eine Gemeinheit«, sagte Marius.

»Voll fies«, stimmte Bastian zu.

»Die Kerle kriegen wir schon«, knurrte Morgenstern und fingerte nach seinem Handy.

In der Polizeiinspektion Eichstätt hatte vor den Morgensterns noch niemand Bescheid gegeben, obwohl der Einbruch sicherlich nicht am helllichten Tag, sondern bereits in der Nacht zuvor geschehen war. Es war völlig undenkbar, dass ein Einbrecher mit einer Brechstange das Risiko auf sich genommen hatte, vom nächstbesten Ausflügler auf frischer Tat ertappt zu werden, auch wenn das Pfünzer Kastell etwas abgelegen war. Außerdem musste der Täter, vielleicht waren es auch mehrere gewesen, seine schwere und unhandliche Beute über das halbe Kastellgelände zum Besucherparkplatz getragen haben.

Morgensterns Blick wanderte über das abgeerntete Stoppelfeld, das sich vor dem Kastell ausbreitete. Seit dem Einbruch hatten bestimmt ein paar Dutzend Touristen das Kastell besucht, mit Sicherheit auch die aufgebrochene Wachstube entdeckt und dennoch nichts unternommen.

»Weißt du, an was mich das erinnert?« Marius deutete auf die ausgeplünderten nackten Legionärspuppen.

»Keine Ahnung.«

»An einen Germanenüberfall. So ist das damals auch gewesen, als die Germanen das Kastell hier gestürmt haben. Das haben wir in der Schule gelernt. Die Germanen haben die Römer völlig überrascht.«

Die Kollegen von der Polizeiinspektion fuhren vor. Morgenstern kannte sie beide: den dicken, gemütlichen Ludwig Nieberle und den schnauzbärtigen Fritz Sandner. Auch sie betrachteten kopfschüttelnd die leer geräumte Wachstube.

»Was die Leute alles brauchen können!«, sagte Nieberle zu Morgenstern und begann, Fotos vom Chaos in der steinernen Wachstube zu schießen. Am Ende packten die Beamten die verbliebene Ausstattung der Wachsoldaten zusammen, um sie zur sicheren Verwahrung zum Streifenwagen zu bringen. Becher und Teller aus Ton, zwei klobige Hocker. Die zwei Lanzen. Sandner und Fiona trugen das Geschirr und die Hocker. Marius und Bastian wollten unbedingt die Lanzen tragen, zusätzlich zu ihren eigenen Holzwaffen, die sie kurzerhand in den Hosenbund steckten.

Morgenstern klemmte sich eine der nackten Kunststoffpuppen unter den Arm, Ludwig Nieberle die andere. Es war ein bizarrer Anblick, als sie so quer über das Stoppelfeld zum Auto liefen.

Nebenbei erzählte Nieberle, dass das Kastellgelände in Privatbesitz war. Mike Morgenstern erfuhr, dass es sich der Bauer nicht nehmen ließ, auf dem geschichtsträchtigen Gelände des ehemaligen Römerlagers Weizen und Mais anzubauen, ungeachtet all der Grundmauern, die noch tief im Boden schlummerten.

»In ein paar Tagen kommt der mit seinem Vierscharwendepflug und bricht alles einen halben Meter tief um«, erklärte Nieberle.

Morgenstern dachte an seine römerbegeisterten Kinder. »Sollte man das nicht besser schonen? Für die Nachwelt und so, du verstehst schon?«

»Da kennst du unsere Bauern schlecht.« Nieberle setzte seine Puppe einen Moment lang ab, um sich den Schweiß von der Stirn zu wischen. »Die machen, was sie wollen, und wenn ihnen wer reinreden will, machen sie grad mit Fleiß das Gegenteil. Mir persönlich ist das egal. Soll er doch pflügen und eggen. Wenn man hier alles schonen wollte, wo mal die Römer waren, dürfte man nirgendwo mehr pflügen.« Er deutete vage um sich, um zu zeigen, dass im Grunde der ganze Landkreis Eichstätt einst Römerland gewesen war.

»Aber da kann man doch was draus machen«, sagte Fiona, die ebenfalls eine kurze Pause einlegte und sich dabei auf den praktischen hölzernen Hocker setzte. »Die Leute mögen so etwas, da muss man sich nur mal unsere Kinder ansehen.« Sie zeigte auf den Parkplatz, wo sich Marius und Bastian schon wieder einen Kampf lieferten, zum Glück mit den Holzschwertern und nicht mit den schweren, spitzen Lanzen.

»Keine Sorge, das passiert schon«, sagte Nieberle. »Drüben Richtung Autobahn ist ein großer römischer Freizeitpark in Planung. Der ›Augustus-Park‹. Schon mal davon gehört?«

Morgenstern nickte unbestimmt, ebenso Fiona. »Ich glaube, da war immer wieder was in der Zeitung gestanden.«

»Ein Dauerthema«, sagte Nieberle. »Das wird so eine Art Legoland, nur eben römisch-germanisch. Ein Riesenprojekt, soll Millionen von Besuchern anlocken.«

»Aber das ist doch total künstlich«, sagte Fiona. »Wer will denn so was haben?«

Morgenstern zuckte mit den Schultern, nahm seine Legionärspuppe wieder auf und hielt sie umschlungen, als wollte er mit ihr Tango tanzen. So marschierte er das letzte Stück zum weiß-grünen Streifenwagen.

Er und Nieberle platzierten die beiden Nackten auf dem Rücksitz, die Kinder drückten ihnen noch die Lanzen in die Hand, Hocker und Geschirr kamen in den Kofferraum, dann rollte der Wagen davon.

»Wer klaut einem Legionär die Uniform?«, sinnierte Morgenstern und schaute dem Streifenwagen hinterher. »Was will einer mit einem Kettenhemd?«

MONTAG

Morgenstern hatte sich hinter dem Lokalteil des »Eichstätter Kurier« verschanzt. Die gesamte erste Lokalseite war dem Kipfenberger Limesfest gewidmet, genauer gesagt den Darbietungen auf dem Marktplatz und dem anschließenden Festzug. Obwohl nichts Neues zu erwarten war – schließlich hatte er alles mit eigenen Augen gesehen –, betrachtete Morgenstern interessiert die Fotos und den Hauptartikel, der lokalpatriotisch von einem »rundum gelungenen Fest« schwadronierte.

Leider wurde die Dichtkunst der Limeskönigin nicht ironisch auf die Schippe genommen, wie Morgenstern sich das gewünscht hätte. Vielleicht hob sich die Redaktion das für den Freitag auf, wenn die wöchentliche Glosse solcherlei Dinge anonym und weitgehend gefahrlos aufspießen konnte, indem sie Barbara Breitenhiller beispielweise für den Ingeborg-Bachmann-Preis vorschlug.

Kein Wort also von der Dichtkunst, dafür fand sich, in einem grau hinterlegten Textkasten, eine Exklusivmeldung. Die Überschrift lautete: »Kampf der Königinnen«.

Morgenstern überflog den kurzen Text, grinste übers ganze Gesicht und las die Meldung dann laut vor: »Da haben wir ja leider was verpasst:

Kipfenberg (EK) Beim traditionellen Treffen verschiedener Festköniginnen auf dem Kipfenberger Limesfest kam es gestern Abend zu einem handfesten Streit zwischen mehreren gekrönten Häuptern. Unmittelbar nach dem Auftritt der einundzwanzig Königinnen, die aus ganz Bayern und darüber hinaus in die Marktgemeinde gereist waren, gerieten auf dem Festgelände die Limeskönigin und zwei Kolleginnen in einen lautstarken Disput. Der Streit, der von zahlreichen Schaulustigen verfolgt wurde, eskalierte und mündete in eine Schlägerei. Erst den Wachleuten einer privaten Sicherheitsfirma gelang es, die drei erhitzten Damen zu trennen. Dem Vernehmen nach handelte es sich bei den anderen Hoheiten um eine Krautkönigin und die bayerische Kartoffelkönigin. Wie die Polizeiinspektion Beilngries gestern Abend auf Anfrage erklärte, erlitten alle drei kleinere Kratz- und Schürfwunden, die vom Roten Kreuz ambulant versorgt wurden (Bericht folgt).«

Offensichtlich war es der Zeitung gelungen, die Montagsausgabe noch kurz vor Druck zu aktualisieren, um der Leserschaft die brandheiße Nachricht zum Frühstück servieren zu können.

»Schade«, sagte Morgenstern. »Ich hätte gerne gesehen, wie die aufeinander losgehen.«

»Zicken«, war Fionas einziger Kommentar.

»Super!«, stellte Marius fest. »Schon wieder Blut!«

»Was bedeutet ›eskalierte‹?«, fragte Bastian.

»Ich muss los.« Morgenstern stand auf, gab seinen beiden widerstrebenden Kindern je einen Kuss auf die Backe. »Brav bleiben, Buben!«, sagte er, und für einen Moment überkam ihn Wehmut. Es war zum ersten Mal, dass beide Kinder gemeinsam gleich für mehrere Tage nicht da waren. Hoffentlich waren sie im Zeltlager in guten Händen. Die Betreuerinnen und Betreuer hatten bei einem Vorbereitungstreffen einen guten Eindruck auf die Morgensterns gemacht. Aber ganz sicher sein konnte man sich nie. »Verdammt, ich bin nicht gut im Loslassen«, flüsterte er Fiona zu.

Er schaute auf die Uhr. Höchste Zeit. Sein Zug zum Polizeipräsidium in Ingolstadt ging in zehn Minuten am Eichstätter Stadtbahnhof ab.

In der Tür blieb er noch einmal stehen und wandte sich an Bastian. »Eskalieren heißt, wenn ein Streit oder ein Kampf immer heftiger wird. Ein Wort gibt das andere, und am Ende muss der Notarzt kommen.«

»Oder die Polizei?«, wollte Bastian wissen.

Morgenstern nickte. »Oder die Polizei.«

Eine Stunde später trat Morgenstern seinen Dienst im kühlen Backsteingebäude des Polizeipräsidiums Oberbayern-Nord am Nordrand der Ingolstädter Altstadt an. Auf dem Weg vom Nordbahnhof zur Dienststelle war er nur wenigen Menschen begegnet. Urlaubszeit. Und auch für ihn gab es voraussichtlich wenig zu tun in diesen Tagen. Es schien, als würden selbst die Kriminellen der Region eine Sommerpause einlegen.

Die gehen lieber baden als auf krumme Touren, dachte Morgenstern, als er in seinem Büro gelangweilt den Morgenkaffee trank. Immerhin: Es war gut für die Statistik. Außerdem war sein Schreibtisch übersät mit irrelevanten Unterlagen längst abgeschlossener Fälle. Er musste den Kram dringend sortieren, lochen, abheften, schreddern, makulieren, in der Luft zerreißen, zu Papierfliegern verarbeiten, in der Sondermüllverbrennungsanlage in Baar-Ebenhausen abfackeln … Erst neulich hatte sich sein gestrenger Vorgesetzter, Polizeidirektor Adam Schneidt, über das Chaos mokiert und Besserung angemahnt. »Und gießen Sie mal Ihre Pflanze. Das ist ja ein Trauerspiel.«

Morgenstern blickte versonnen auf den halb verdorrten Ficus Benjamina, der auf dem Fensterbrett dahinsiechte. Vielleicht sollte er besser auf Kakteen umsteigen.

Er hätte Urlaub nehmen sollen, so wie viele seiner Kollegen. Dann hätte er Fiona beim Wohnungsentrümpeln in Nürnberg helfen können. Sie hatte keine große Lust auf die Arbeit, hatte sie ihm gestern Abend noch gestanden. »Aber vielleicht kann ich mich mit ein paar alten Freunden treffen.«

»Welche alten Freunde?«, hatte Morgenstern misstrauisch gefragt, aber keine Antwort erhalten. Es gab in Fionas Vergangenheit ein Kapitel, das grundsätzlich nicht zur Diskussion stand. Den Kern dieses blinden Flecks in ihrer Biografie bildete ein angeknittertes Foto, das Fiona in einer Kommode aufbewahrte und das sie lachend auf dem Rücksitz einer Harley Davidson zeigte, angeschmiegt an den Fahrer, einen verwegen dreinblickenden langhaarigen Burschen. Der Biker hieß Charly – so viel wusste Morgenstern. Und er war Kneipenwirt in Nürnberg.

Daran musste er nun denken, als er sich missmutig durch die Akten verschiedener Altfälle blätterte.

Morgensterns Kollege und Büropartner Peter Hecht, Spitzname »Spargel«, kam herein. Der Spitzname blieb ihm, da konnte er sich so vehement dagegen wehren, wie er wollte. Er war lang und dünn, und er wohnte in Schrobenhausen, der Spargelmetropole. Basta.

»Servus, wie geht's?« Mit dampfender Kaffeetasse und der Schrobenhausener Ausgabe des »Donaukurier« in den Händen nahm er vor Morgensterns Schreibtisch Platz.

»Nichts los heute.« Morgenstern nickte ihm zu. »Wir sollten zum Baden fahren. Das wird heute ein richtig heißer Tag. Dreiunddreißig Grad, sagt der Wetterbericht.« Er grinste. »Du hast doch sicher deine Badehose dabei, oder?«

Hecht lachte. »Klar doch, immer. Aber wie willst du das dem Chef verklickern? – ›Tschüss, Herr Schneidt, wir fahren mal eben zur Abkühlung an den Auwaldsee‹?«

»Wir könnten doch nach Taschendieben Ausschau halten. Oder Drogendealer suchen.« Morgenstern überlegte gerade, ob er sich in der Mittagspause bei C&A eine Zweitbadehose zulegen sollte, da läutete das Telefon. Er verzog das Gesicht, als er die Nummer von Adam Schneidt auf dem Display erkannte. Ob er ihn gleich fragen sollte, ob das in Ordnung ginge mit dem Badesee?

Aber er kam nicht dazu.

»Morgenstern?«, blaffte Schneidt. »Ist der Hecht bei Ihnen? Wir haben eine Leiche in der Nähe von Pfahldorf. Nördlicher Landkreis Eichstätt. Ihr Revier! Sie fahren sofort hin. Einzelheiten gibt es in einer Minute in meinem Büro.« Schon hatte er aufgelegt.

»Leiche«, rief Morgenstern und sprang auf. Er fühlte, wie eine Woge von Adrenalin seinen Körper flutete. Hecht schien es ähnlich zu ergehen. Auch er war schon an der Tür. Im Laufschritt ging es quer über den Gang in Schneidts Büro.

Dort hatte sich der Chef vor seiner riesigen Landkarte der Region Ingolstadt aufgebaut wie Napoleon, der Schlachtenlenker.

»Meine Herren«, schnarrte er und winkte die beiden zu sich. »Hier haben wir Pfahldorf.« Er deutete auf einen Ort etwa fünfzehn Kilometer nordöstlich von Eichstätt. Dann tippte er mit dem Zeigefinger auf eine Stelle am Dorfrand. »Hier haben wir die Jurahochstraße. Und daneben ist dieser Weiher.« Er zeigte auf einen kreisrunden blauen Fleck auf der Karte.

Morgenstern nickte. »Kenn ich. Bin erst gestern dran vorbeigefahren. Ist so eine richtig veralgte Brühe.«

»In diesem Weiher«, wieder tippte Schneidt auf den blauen Fleck, »ist eine tote Frau gefunden worden.«

Morgenstern rückte ganz nahe an Schneidts Generalstabskarte heran und deutete auf eine gepunktete Linie gleich neben dem Weiher. »Limes«, las er laut und fügte dann den in Klammern in Kursivschrift dahinterstehenden Begriff hinzu: »Teufelsmauer.«

»Teufelsmauer«, wiederholte Hecht. »Das passt ja.«

»Die Tote ist eine junge Frau«, sagte Schneidt. »Ein paar Kinder haben sie gefunden, die da am Weiher irgendein Lager haben.«

»Um Himmels willen«, entfuhr es Morgenstern. »Das ist für die Kinder ein Schock fürs Leben.«

Schneidt war da weniger feinfühlig. »Ach was. Die haben sie nur kurz gesehen und sind dann gleich nach Hause gerannt, um ihre Eltern zu holen.«

»Und die haben dann Alarm geschlagen«, vermutete Morgenstern.

»Haben sie nicht. Wer glaubt schon Kindern? Sie haben sich erst einmal die Stelle zeigen lassen. Dann haben sie aber ganz schnell die 110 gewählt. Die Kollegen aus Beilngries sperren gerade das Gelände ab. Die Eltern glauben, aber das müsst ihr natürlich überprüfen«, Schneidt machte eine bedeutungsschwere Kunstpause, »sie glauben, dass es sich bei der Frau um die Kipfenberger Limeskönigin handelt.«

»Die Limeskönigin ...«, sagte Morgenstern verblüfft. »Das gibt's doch nicht!«

»Kennen Sie die Frau etwa?« Sowohl Schneidt als auch Spargel sahen ihn erstaunt an.

Morgenstern nickte. »Ich war gestern auf dem Limesfest. Da war sie noch putzmunter.«

»Das Sonderbare ist«, Schneidt hob die Stimme, »das Einzige, was sie anhat, ist ...« Wieder machte er eine seiner nervenaufreibenden Kunstpausen.

»Was denn nun?«, fragte Morgenstern ungeduldig.

»... ein Kettenhemd«, antwortete Schneidt. »Ein schweres, langes Kettenhemd aus Tausenden von kleinen Eisenringen. So schwer wie früher unsere Bleiwesten, bevor die Schutzwesten aus Kevlar aufgekommen sind.«

Später, im Dienstwagen, erzählte er Hecht von dem mysteriösen Einbruch, den die Familie Morgenstern tags zuvor im Pfünzer Kastell entdeckt hatte.

»Ich wette, dass die Limeskönigin eines von den beiden geklauten Kettenhemden anhat.«

»Und sonst gar nichts«, sagte Hecht mit betont neutralem Tonfall. »Eine tote Nixe im Teich.« Mit getragener Stimme fing er an zu rezitieren: »Es waren zwei Königskinder, die hatten einander so lieb. Sie konnten zusammen nicht kommen, das Wasser war viel zu tief.«

Morgenstern schüttelte den Kopf. »Du immer mit deiner Bildungshuberei. Lass das bloß den Schneidt nicht hören.«

»Was ist nur aus dem Volk der Dichter und Denker geworden?«, fragte Hecht und hob theatralisch die Hände.

Es war kurz vor elf Uhr, als sie nach einer temporeichen Fahrt über die Autobahn bis zur Ausfahrt Altmühltal und weiteren drei Kilometern auf der Landstraße mit ihrem Dienstwagen, einem dunkelblauen Audi, Pfahldorf erreichten. Am westlichen Ortsende standen bereits ein Einsatzwagen der Feuerwehr, ein Streifenwagen der Polizeiinspektion Beilngries und – das vor allem – rund drei Dutzend Schaulustige. Das ganze Dorf, so schien es, hatte sich versammelt, der Fund der Leiche hatte sich wohl wie ein Lauffeuer verbreitet. Kinder jeden Alters waren mit ihren Fahrrädern gekommen, ein paar Jugendliche waren auf ihren Mopeds herangeknattert, eine alte Bäuerin war mit ihrem Rollator, dem »Gehwagerl«, zum Ort des Geschehens geschlurft. Bauern in Gummistiefeln waren direkt von der Hofarbeit herbeigeeilt.

Morgenstern parkte den Wagen hinter dem Krankenwagen des Roten Kreuzes, stieg aus und sah sich um. Der Weiher lag auf der einen Seite der Straße, umgeben von Sträuchern und einer Wiese, das Dorf befand sich auf der anderen Seite, überragt von einer Kirche, deren Turm auffällig mit grün glasierten Dachplatten gedeckt war.

Hier also verlief die alte Grenze des römischen Weltreichs. Der Ortsname Pfahldorf, so hatte ihm Hecht auf der Fahrt erläutert, nahm Bezug auf die im Mittelalter noch gut erkennbare Grenzbefestigung, den »Pfahl«.

Langsam gingen die Kommissare auf die Menschengruppe zu, die sich am Rande des Weihers versammelt hatte. Hier lag die tote Limeskönigin. Jemand hatte eine grob gewebte Wolldecke über den Leichnam gelegt, und die beiden Beamten der Polizeiinspektion Beilngries bemühten sich zusammen mit Feuerwehrleuten, die Gaffer auf Abstand zu halten.

»Hier gibt's nichts zu sehen«, sagte einer immer wieder, was freilich glatt gelogen war. Die Mutigeren unter den Jugendlichen hielten Smartphones in die Höhe. Morgenstern runzelte die Stirn. Wenig später würden die Bilder vermutlich über Twitter und Facebook aller Welt zur Verfügung stehen. Polizei und Feuerwehr konnten am Ende froh sein, wenn nicht noch jemand die Wolldecke zur Seite zupfte, um das Gesicht der Toten als selbst ernannter »Leserreporter« der Bild-Zeitung anzubieten.

»Ich hasse solche Massenaufläufe«, flüsterte Hecht. Morgenstern nickte grimmig.

»Wir müssen als Erstes eine ordentliche Absperrung einrichten. Sonst brauchen wir hier erst gar nicht anzufangen.«

»Aber wie bringen wir die Leute auf Abstand?«, fragte Hecht.

Morgenstern grinste. »Lass mich nur machen. Jetzt kommt eine Lektion in ›Psychologie für Fortgeschrittene‹.«

Er ging auf einen der verzweifelt wirkenden uniformierten Polizeibeamten zu und flüsterte ihm etwas zu. Der Mann nickte und lief zu seinem Dienstwagen. Einige Augenblicke später kehrte er mit einem Megafon zurück und drückte es Morgenstern in die Hand. Er wirkte skeptisch.

Morgenstern nahm die Flüstertüte, drängte sich durch die Schaulustigen hindurch und stellte sich dicht neben die Tote.

Breitbeinig in seinen Cowboystiefeln, fehlte nur noch ein Sheriffstern.

»Hallo, hallo«, sprach er ins Megafon. Das Gerät funktionierte tadellos.

»So, Herrschaften, alle mal herhören!«, rief er. »Ich bin Oberkommissar Morgenstern von der Kriminalpolizei Ingolstadt, und das hier«, er deutete auf Peter Hecht, der tatsächlich ein bisschen rot wurde, »das hier ist mein Kollege, Oberkommissar Hecht. Wir beide werden in diesem Fall ermitteln, und es ist gut, dass Sie sich alle hier versammelt haben. Das wird uns die Sache nämlich sehr viel leichter machen.«

Hecht, die Feuerwehrleute und die Streifenbeamten sahen Morgenstern zweifelnd an.

»Denn wir brauchen Sie allesamt, so wie Sie hier stehen, als Zeugen für unsere Ermittlungen. Das gilt selbstverständlich für alle, auch für die Kinder und Jugendlichen. Ich darf Sie also bitten, den Tatort bis auf Weiteres nicht zu verlassen, sondern uns in den nächsten«, er blickte demonstrativ auf seine Armbanduhr, »ich würde sagen, in den nächsten drei Stunden hier vor Ort zur Verfügung zu stehen. Wenn alle konstruktiv mitmachen, dann wird das alles nicht länger dauern als unbedingt nötig.«

Er machte eine kurze Pause und deutete vage in Richtung Straße. »Mein Kollege und ich stehen drüben beim Feuerwehrauto zur Zeugenvernehmung bereit. Wir brauchen von jedem Namen, Adresse, Telefonnummer, es wäre auch hilfreich, wenn Sie uns alle Fotos zur Verfügung stellen könnten, die in der letzten Stunde von der Bergung der Leiche aufgenommen wurden. Sie bekommen die Kameras und die Bilder nach ausführlicher Prüfung natürlich vom Polizeipräsidium in Ingolstadt zurück.«

Hecht sah Morgenstern an. Sein Blick: ein einziges Fragezeichen. Das konnte doch nicht Morgensterns Ernst sein, hier an Ort und Stelle eine Massenbefragung durchzuführen!

Aber Morgenstern drückte den Rücken durch und sprach unverdrossen weiter. »Also: Wir treffen uns alle drüben beim Feuerwehrauto.« Er lächelte. »Nur keine Angst. Wir brauchen nur Ihre Personalien und Ihre möglichst präzise Aussage.«

Er drehte sich weg und packte das Megafon umständlich zurück in den Streifenwagen. Aus dem Augenwinkel sah er, dass Leben in die Menge kam. Erwachsene zischelten Kindern etwas zu. Die Rentnerin trippelte samt Rollator Richtung Dorf zurück. Eine Karawane setzte sich in allergrößter Beiläufigkeit in Bewegung – und zwar ausdrücklich nicht zum Feuerwehrauto.

Morgenstern machte sich weiter am Wagen zu schaffen. Als er sich schließlich umdrehte, wirkte er unendlich enttäuscht. Mit einem tiefen Seufzen blickte er der Schar potenzieller Zeugen hinterher. Dann schaute er zum Feuerwehrauto.

»Sieh einer an. Es haben sich tatsächlich ein paar Leute als Zeugen gefunden.«

»Aber … aber die anderen«, stotterte der Kommandant, besorgt über die offenkundige Disziplinlosigkeit seiner Mitbürger. »Die sind ja alle abgehauen …«

Morgenstern zwinkerte Hecht zu und sagte seelenruhig: »So, jetzt machen Sie eine ordentliche Absperrung mit einem Trassenband. Und dann sehen wir uns die Tote etwas genauer an.«

Die Zeugen hatten, was Morgenstern schon vermutet hatte, nichts Erhellendes zu den Vorgängen rund um den Pfahldorfer Weiher beizutragen. Niemand hatte etwas rund um Dorf und Weiher beobachtet, nicht in der Nacht, nicht am Morgen. Kein verdächtiges Auto, keine seltsamen Scheinwerferlichter, kein fröhliches Planschen, kein grässlicher Schrei. Pfahldorf hatte in tiefem Schlummer gelegen, im Schlaf der Gerechten, dachte Morgenstern.

»Die Nacht war hell gewesen, es war Vollmond, der Morgen war neblig«, mehr hatten die Leute nicht zu sagen gewusst. Morgenstern schickte sie heim. Immerhin, jetzt konnten sie in aller Ruhe arbeiten.

Inzwischen war auch ein Kollege der Spurensicherung eingetroffen, der sich in weißem Ganzkörperanzug ein Bild von der Lage machte. Einige Feuerwehrleute erhielten die Anweisung, mit hochgehobenen Decken und Tüchern einen Sichtschutz zur Straße hin zu bilden.

Morgenstern stellte sich neben den Spurensicherer, der sich jetzt zu der Toten hinabbeugte. Ganz behutsam zog der Mann die Wolldecke vom Gesicht der Leiche und fotografierte es. Morgenstern, sonst eigentlich nicht empfindlich, schluckte. Die junge Frau, die im Weiher ertrunken war, war eindeutig die Limeskönigin Barbara Breitenhiller.

Ihr langes braunes Haar schimmerte vor Nässe, wirkte fast schwarz. Schlammige Algen hatten sich darin verfangen. Eine lange Schramme zog sich über die rechte Wange bis zum Kinn. Die Augen hatte sie im Tod weit aufgerissen. Langsam zog der Spurenexperte die Decke ganz zur Seite.

»Tatsächlich. Ein Kettenhemd.« Morgenstern starrte die Leiche an. Die winzigen Eisenringe funkelten in der Sonne, bildeten die Kontur des schlanken Körpers nach. War es wirklich eines der Kettenhemden aus dem Pfünzer Römerkastell? Er zückte sein Handy und drückte die Kurzwahlnummer der Polizeiinspektion Eichstätt. Mit knappen Sätzen erklärte er Inspektionsleiter Manfred Huber die Lage. Er brauche dringend jemanden, der die geraubten Pfünzer Ausstellungsstücke genau kannte und bestätigen konnte, ob die Limeskönigin eine der beiden Panzerhemden anhatte. Die Wachstube müsse noch einmal mit allergrößter Gründlichkeit nach Hinweisen durchforstet, die Legionärspuppen auf Fingerabdrücke untersucht werden. Er werde den Experten von der Spurensicherung zur Inspektion schicken.

»Wer geht mit einem bleischweren Badeanzug ins Wasser?«, fragte Hecht, der bisher stumm neben Morgenstern gestanden hatte. Auch ihm hatte der Anblick der jungen Frau im Kettenhemd einen Schock versetzt.

Morgenstern warf ihm einen ungnädigen Blick zu. »Badeanzug«, wiederholte er missbilligend. »Nein, ich sehe bloß zwei Möglichkeiten. Entweder das war ein sorgfältig vorbereiteter Selbstmord, und der Panzer war die Garantie fürs rettungslose Untergehen im Wasser. Oder …«

»Oder es war Mord«, ergänzte Hecht.

Morgenstern warf einen letzten Blick auf die tote Limeskönigingin, dann wandte er sich ab. »Ich geh noch mal zur Feuerwehr, vielleicht können die was beitragen.«

Hecht nickte. »Ich komme mit.«

Der Feuerwehrkommandant stand kreidebleich etwas abseits zwischen zwei Büschen.

»Wie tief ist eigentlich der Weiher?«, fragte Hecht.

»Flach. Darum ist er auch meistens so voll mit Algen.«

»Kann da jemand ertrinken?«

»Ertrinken kann man überall, auch daheim in der Badewanne«, antwortete der Kommandant knapp.

»Da haben Sie recht.« Morgenstern und Hecht nickten.

»Was glauben Sie?« Zögernd formulierte der Feuerwehrmann seine nächste Frage: »Ist sie, die Limeskönigin … ist sie ermordet worden?« Die Frage stellte sich inzwischen wohl ganz Pfahldorf.

»Sieht das für Sie nach einem Badeunfall aus?«, fragte Morgenstern zurück. »Wer steigt nur so zum Spaß mit einem zehn Kilo schweren Kettenhemd ins Wasser?«

Der Feuerwehrkommandant stutzte. »Zehn Kilo ist so ein Ding schwer?«

»Ungefähr«, antwortete Morgenstern. Er hatte die Information eben von Huber am Telefon bekommen.

Zwei Autos kamen fast gleichzeitig auf den Weiher zugefahren. Eines aus Richtung Autobahnausfahrt Altmühltal; es war ein schwarzer Leichentransporter, der die Tote zur Untersuchung nach Ingolstadt bringen sollte. Der andere Wagen kam aus Richtung Norden. Ein Mercedes, dessen Silbermetallic-Lackierung in der Sonne schimmerte.

»Um Himmels willen«, entfuhr es dem Feuerwehrkommandanten, als er den Mercedes sah.

»Was ist los?«

»Das sind die Eltern. Das Auto kenne ich. Das ist der Moier aus Hirnstetten. Familie Breitenhiller.«

Morgenstern erinnerte sich an das Gespräch, das er tags zuvor am Biertisch geführt hatte. Da war vom »Moierhof« die Rede gewesen, vom größten Hof im Dorf. Er blickte auf das herannahende Auto, besprach sich kurz mit Hecht, dann winkte er einen

Beamten der Polizeiinspektion Beilngries herbei. Der konnte in seiner tadellosen Uniform sehr viel besser als Amtsperson auftreten als er oder Hecht.

Der Kollege war alles andere als begeistert von dieser Aufgabe, konnte sich aber letztlich der Argumentation des Kriminaloberkommissars Morgenstern nicht verschließen, denn der trug wie üblich hohe braune Cowboystiefel und seine enge, ausgewaschene Jeansjacke.

»Wir lassen Sie schon nicht im Stich«, versprach Hecht, der wie so oft mit einem hellblauen Polohemd und einer dunkelbraunen Cordhose bekleidet war. »Wurde das Kriseninterventionsteam schon informiert? Und der Pfarrer?«

Der Beilngrieser Beamte nickte. »Das habe ich gleich nach der ersten Meldung erledigt. Sie müssten jeden Moment kommen.«

Der Mercedes rollte direkt neben den Weiher, drei Türen flogen auf. Der Vater, die Mutter und, so vermutete Morgenstern, die jüngere Schwester der Toten stürzten aus dem Wagen.

»Lasst mich durch!«, schrie die Mutter, eine etwa siebenundvierzigjährige schmale Frau. Die Deckenbarriere der Feuerwehr teilte sich und bot einen schmalen Durchlass, durch den erst die Frau, dann der Mann und zuletzt, mit kleinem Abstand, die Schwester schlüpften.

»Barbara, Barbara!«, hörte Morgenstern. Am liebsten hätte er sich die Ohren zugehalten.

Langsam gingen er und Hecht auf die kleine Gruppe zu, die sich innerhalb der Absperrung aus Tüchern vor der Außenwelt verschanzt hatte. Das Bild, das sich ihnen bot, würde Morgenstern so schnell nicht vergessen. Die Mutter saß im Gras und hatte den Kopf der toten Tochter in ihren Schoß gebettet. Tränen rannen ihr über das Gesicht, aber sie machte keine Anstalten, sie abzuwischen. Wie in Trance strich sie dem Mädchen wieder und wieder über das Gesicht und zupfte ihr Algen aus den Haaren.

Morgenstern, der weder Kirchgänger noch mit einem Faible für Kunstgeschichte gesegnet war, wusste dennoch sofort, dass dieses Bild, das er vor Augen hatte, eine Ikone war: eine gramgebeugte Mutter, blass vor Schmerz, mit ihrem toten Kind in den Armen. Die Pieta, wie sie Michelangelo im Petersdom in Rom dargestellt hatte. Er fühlte einen Kloß im Hals aufsteigen, erst recht, als der Vater, der bis eben noch gestanden war, sich ebenfalls auf den Boden setzte und seinen Arm um die Schultern seiner Frau legte, und dabei starr ins Leere blickte. Die jüngere Schwester, ein Mädchen mitten in der Pubertät, stand mit Tränen in den Augen daneben und kauerte sich schließlich hilflos an den Füßen der Toten nieder, bewusst oder unbewusst Abstand zu den Eltern haltend. So verharrten sie bestimmt fünf Minuten. Morgenstern kam es wie eine Ewigkeit vor.

Schließlich erhob sich die Familie, die nunmehr für immer eine »Restfamilie« war, und verließ ratlos um sich blickend das Trauerrefugium. Der Streifenbeamte, der die Tote wieder zugedeckt hatte, ging beherzt auf die Eltern zu. Er drückte erst ihnen, dann der Schwester die Hand und murmelte sein Beileid. Dann stellte er Morgenstern und Hecht vor. Die Eltern nickten.

»Wir müssen Ihnen, sobald das für Sie möglich ist, einige Fragen stellen«, sagte Morgenstern, »auch wenn wir wissen, dass das schwer für Sie ist.«

»Fragen Sie jetzt«, sagte die Mutter und richtete sich stocksteif auf, als wollte sie ihre Disziplin bereits durch die Körperhaltung unter Beweis stellen.

»Tun Sie, was Sie tun müssen«, sagte daraufhin auch der Vater.

»Nein, nicht hier und nicht jetzt. Wir kommen zu Ihnen nach Hause.« Morgenstern kramte nach seiner Visitenkarte. »Rufen Sie mich an, sobald Sie sich dazu in der Lage fühlen.«

Die Mutter schluchzte laut auf und schüttelte den Kopf, sodass ihr die langen braunen Haare ins Gesicht fielen.

»Kommen Sie in einer Stunde zu uns nach Hause«, entschied der Vater, nachdem er einen Blick auf die umstehenden Feuerwehrleute geworfen hatte. »Wir bleiben, bis man Barbara weggebracht hat. Danach reden wir.«

»In Ordnung.« Morgenstern nickte.

»Kirchgasse 1 in Hirnstetten«, sagte der Vater. »Der große

Hof gegenüber der Kirche. Grüne Fensterläden, in der Mitte ein Taubenhaus.«

Hirnstetten lag etwa drei Kilometer nordwestlich von Pfahldorf auf der Jurahochfläche, die ein Stück hinter dem Zweihundert-Einwohner-Dorf steil abfiel ins schmale Anlautertal. Wie viele Ortschaften des Jura war Hirnstetten mit seinen Wiesen und Äckern fast kreisrund in ein mächtiges Waldgebiet eingebettet, ein genau geplantes Rodungsdorf, dessen Fläche im Mittelalter mit Axt und Feuer dem undurchdringlichen Forst entrissen worden war.

Kurz vor dem Dorf entdeckte Morgenstern in einer Wiese den ausrangierten Miststreuer eines Bauern. Er trug eine roh gezimmerte hölzerne Informationstafel. Meistens machten solche Fahrzeuge entlang von Landstraßen Werbung für improvisierte Disco-Veranstaltungen, die von der Katholischen Landjugend veranstaltet wurden und gut und gerne zweitausend junge Leute zum ekstatischen Feiern in ein Festzelt lockten. Doch dieser Wagen hatte eine andere Botschaft.

»Stoppt den Augustus-Park! Rettet uns vor der Blechlawine!«, las Hecht laut vor. »Aha. Bleib doch mal bitte stehen. Das will ich mir genauer ansehen.«

Morgenstern parkte auf dem nächsten Feldweg. Gemeinsam gingen sie zu dem Miststreuer, einem einachsigen grünen Wagen der Marke Mengele, an dessen Rückseite eiserne Schneckenwellen einst den Biodünger übers Feld geschleudert hatten.

»Augustus-Park.« Morgenstern nickte wissend. »Von dem Park habe ich erst gestern zufällig gehört. Kollege Nieberle aus Eichstätt hat mir davon erzählt.« Sein Gesicht verzog sich zu einem gänzlich unangemessenen Grinsen. »Als wir zusammen nackte Schaufensterpuppen durch die Gegend geschleppt haben. Nieberle kennt das Projekt ziemlich gut. Das soll so eine Art Römer-Disneyland werden.«

»Ausgerechnet hier? Am Ende der Welt?« Hecht sah verwundert auf die schmale Straße, die zum Dorf führte, und auf den nahen Wald.

»Kann ich mir auch nicht so recht vorstellen«, bestätigte Morgenstern. »Die Lage so nah an der Autobahn wäre ja ganz gut. Aber ich glaube nicht, dass die Behörden so was genehmigen.« Er deutete auf das Protestschild. »Die haben schon recht mit der Blechlawine.«

Hecht zuckte mit den Schultern. »Der Miststreuer hier wird sie jedenfalls nicht aufhalten können.«

Sie machten noch einen kleinen Spaziergang, und erst als sie den silbergrauen Mercedes vorbeirollen sahen, gingen sie zurück zu ihrem Dienstwagen. Sie wollten der trauernden Familie zumindest ein wenig Vorsprung lassen.

Der Hof in der Dorfmitte war rasch gefunden. Morgenstern hatte sich unter dem »Moierhof« ein historisches Anwesen vorgestellt, in dem ein traditionsbewusstes Großbauerngeschlecht seit Jahrhunderten die heimliche Herrschaft über den Ort ausübte. Aber seine Erwartungen wurden enttäuscht. Sämtliche Gebäude waren neu, vom Wohnhaus im Toskana-Stil über einen Kuhstall mit riesigen Blechtoren bis hin zu einer überdimensionierten Scheune mit einem Dach voll mit Photovoltaik-Modulen. Der Besitzer hatte in den vergangenen Jahren zweifellos gewaltige Investitionen getätigt.

Das Einzige, was noch einen Rest von »guter alter Zeit« bewahrte, war, wie der Vater der toten Limeskönigin richtig beschrieben hatte, ein Taubenschlag. Er stand in der Mitte des gepflasterten Hofes, in dem nun der Mercedes parkte. Das riesige Vogelhaus thronte auf einem weiß lackierten Balken. Es hatte maßstabsgetreu die Form eines alten Bauernhauses mit Fensterläden und flach geneigtem Dach, wie es für die Region typisch war. Möglicherweise war es eine Rekonstruktion jenes idyllischen Hauses, das die Familie Breitenhiller abgerissen hatte, um sich wohntechnisch ins 21. Jahrhundert zu katapultieren.

Die Familie erwartete die Ermittler im Wohnzimmer, das mit den schwarzen Regalen und zwei weißen Ledersofas nicht ansatzweise zu einer Landwirtsfamilie passen wollte. Es sah eher aus, als wäre es eins zu eins dem Prospekt eines der hiesigen Möbelriesen entnommen worden.

Vater Albert und Mutter Rosemarie saßen nebeneinander auf der einen Couch, Tochter Katharina auf der anderen. Morgenstern und Hecht wurden auf zwei unbequemen Lederwürfeln platziert.

»Was könnte mit Ihrer Tochter geschehen sein?«, fragte Morgenstern geraderaus. Hecht blickte ihn vorwurfsvoll an. »Wir dürfen keine Zeit verlieren«, schob Morgenstern wie zur Entschuldigung nach.

Mutter und Vater räusperten sich fast gleichzeitig. »Red du zuerst, Albert«, sagte die Mutter. Ihre Augen waren noch immer verquollen, doch ihre Stimme klang schon wieder erstaunlich gefasst.

Breitenhiller knetete seine kräftigen Finger. »Na ja, die Barbara war gestern mit ihrem eigenen Auto auf dem Limesfest«, begann er. »Wir drei waren natürlich auch drunten in Kipfenberg. Das ist ja klar. Um fünf sind meine Frau, die Katharina und ich nach Hause.« Er machte eine Pause, bis Hecht ihm aufmunternd zunickte.

»Erzählen Sie weiter.«

Breitenhiller stand auf und lief unruhig im Wohnzimmer auf und ab. »Wir haben uns ums Vieh gekümmert. Wir haben Milchkühe, müssen Sie wissen. Danach sind wir noch einmal aufs Fest, zum Treffen der Königinnen. Da haben wir die Barbara …« Er stockte. »Da haben wir unsere Tochter zum letzten Mal gesehen.«

Er setzte sich wieder. »Sie hat uns noch gesagt, dass es spät werden kann. Das war uns aber sowieso klar. Sie ist schließlich der Star beim Limesfest! Ohne sie läuft gar nichts.« Er drehte sich zu seiner Frau und ergriff ihre Hand. »Erinnerst du dich, Rosemarie? Ich habe ihr noch gesagt, dass sie das Auto besser stehen lassen soll, falls sie was trinkt. Damit ihr nicht die Polizei den Führerschein zwickt. Beim Limesfest wird gerne mal kontrolliert.«

Als ob das jetzt noch wichtig wäre, dachte Morgenstern.

»Aber sie hat versprochen, dass sie fahrtüchtig bleibt«, fuhr Breitenhiller gedankenverloren fort.

»Wann war das?«, hakte Hecht nach.

»Gegen zwanzig Uhr dreißig. Da haben wir sie zum letzten Mal gesehen. Oh Gott!« Er schlug die Hände vors Gesicht.

»Wo ist ihr Auto jetzt?«, fragte Morgenstern.

»Jedenfalls nicht zu Hause in der Garage. Und am Pfahldorfer Weiher war es auch nicht, sonst hätte ich es gesehen«, sagte Breitenhiller. »Es ist ein roter Opel Corsa, Kennzeichen EI-BB-18. Ich habe ihn ihr zu ihrem 18. Geburtstag gekauft.«

Morgenstern ging kurz vor die Tür, um mit der Polizeiinspektion in Beilngries zu telefonieren. Als er zurückkam, hatte er Neuigkeiten: »Eine Streife hat das Auto Ihrer Tochter vorhin gefunden. Es steht immer noch auf einem Parkplatz beim Kipfenberger Festplatz. Der linke Vorderreifen hat einen Platten.«

»Also muss sie irgendwie anders nach Pfahldorf gekommen sein«, folgerte Hecht. »Wir müssen herausfinden, wie.«

»Und mit wem«, sagte Morgenstern.

Jetzt ergriff die Mutter das Wort. »Ich habe ihr gesagt, falls sie nicht selbst heimfahren will, soll sie sich auf keinen Fall vom Werner heimfahren lassen. Der hatte nämlich schon kräftig einen sitzen.«

»Welcher Werner?«, fragte Morgenstern und schaute, ob Hecht mitschrieb. Auf Spargel war Verlass. Er hatte längst seinen kleinen Notizblock bereitgelegt und notierte die wichtigsten Daten.

»Das ist ihr aktueller Freund. Der Werner Bauernfeind aus Böhming.«

»Und der war betrunken?«, fragte Morgenstern weiter.

»Das war nicht zu übersehen«, meldete sich Breitenhiller wieder zu Wort. »Der Werner war schon den ganzen Tag auf dem Fest. Klar, er wollte der Barbara beistehen. Außerdem wollte er bestimmt nicht, dass jemand sie angrapscht. Im Bierzelt sinkt so manche Hemmschwelle.«

Morgenstern nickte, er hatte ja selbst mitbekommen, wie die jungen Männer der hübschen Frau nachgepfiffen hatten.

»Er ist tierisch eifersüchtig«, mischte sich auf einmal die kleine Schwester ein. »Total krank war der!« Dann verstummte sie so plötzlich, wie sie zuvor zu sprechen angefangen hatte.

Breitenhiller zuckte nur mit den Schultern. »Wie gesagt, er hatte schon ordentlich was erwischt.«

Morgenstern wunderte sich, wie abfällig der Ton des Vaters plötzlich war.

»Er verträgt zwar was, der Werner, aber bei der Hitze hat er eindeutig zu viel erwischt.«

»Weiß der Herr Bauernfeind denn schon, was passiert ist?«, fragte Hecht über seinen Block hinweg.

»Ich denke nicht.« Breitenhiller zögerte. »Vermutlich ist der gleich in der Früh wieder ins Holz.«

»Ins Holz?«, fragte Morgenstern.

»Ja, in den Wald. Der Werner ist Waldarbeiter, hier bei einer Firma aus der Gegend. Er fährt einen Harvester.«

»Was ist das denn?«

»Das ist eine Maschine zum Holzernten. Ein Forstroboter«, erklärte Breitenhiller. »Aber der Werner kennt sich auch mit der Motorsäge aus. Der ist ein Bär von einem Mann.«

Morgenstern zählte eins und eins zusammen. Limesfest – Eifersucht – Alkohol – bulliger Typ.

»Dieser Werner – nennt der Ihre Tochter ›Barbie‹?«

»Wie denn sonst?«, antwortete Katharina schnippisch. »Soll er sie etwa Barbara Theresa Maria nennen? Das ist ihr Taufname. Da klingt Barbie ja wohl besser. So sagen alle zu ihr.«

»Schon gut«, versuchte Hecht das Mädchen zu beruhigen.

Morgenstern nahm den Faden wieder auf. »Dieser Werner, war der als Germane auf dem Limesfest? Mit Schaffell und Helm mit Hörnern? Eins neunzig groß, rotes Gesicht und« – er bemaß mit den Händen einen Abstand von einem Meter – »und mit so einem Kreuz?«

Eltern und Schwester nickten. Hecht schrieb mit.

»Sie kennen ihn?«, fragte Breitenhiller erstaunt, und auch Hecht blickte überrascht auf.

»Flüchtig, ein Zufall«, bestätigte Morgenstern, ohne die Szene im Toilettenwagen des Kipfenberger Festplatzes weiter auszuführen. Stattdessen wandte er sich an die Schwester. »Du sagst, dass der Werner ziemlich eifersüchtig war?«

Katharina nickte. »Die Barbara hat schon viele Freunde gehabt. Mit dem Werner ist sie erst seit drei Monaten zusammen. Er hat immer aufgepasst, dass ihr keiner zu nahe kommt.«

»Bestimmt nicht ganz einfach, wenn die Barbara zur Limeskönigin geworden ist«, übernahm Hecht. »Da gibt es Repräsentationspflichten. Das kenne ich von unserer Spargelkönigin in Schrobenhausen. Die reist ständig irgendwo in der Weltgeschichte rum. Von der Grünen Woche in Berlin bis zur Spargelsaisoneröffnung auf dem Münchner Viktualienmarkt.«

»So wild ist das bei der Limeskönigin nicht«, sagte die Mutter und stand auf. »Ich brauche jetzt einen Kaffee. Noch jemand?« Sie blickte fragend in die Runde. Morgenstern und Hecht schüttelten synchron die Köpfe. Sie hatten nicht vor, hier länger als nötig zu bleiben.

Während Rosemarie Breitenhiller schon auf dem Weg in die Küche war, drehte sie sich noch einmal um. »Barbara war unheimlich stolz darauf, dass sie als Limeskönigin ausgewählt wurde. Genommen werden nämlich nur die schönsten Mädchen!« Sie verschwand endgültig in der Küche.

Im Wohnzimmer breitete sich eine unangenehme Stille aus. Die Schwester knabberte an ihren Fingernägeln, der Vater schaute gedankenverloren aus dem Fenster.

Schließlich stand er auf und deutete nach draußen. »Da läuft er vorbei, der Limes. Es ist natürlich schön, wenn die Limeskönigin einen so persönlichen Bezug zur Römerzeit hat. Als Barbara klein war, hat sie da gespielt, am Limes, drüben bei der großen Hecke ...«

Er drehte sich wieder zu den beiden Kommissaren. »Und jetzt ist sie auf einmal nicht mehr da. Ich weiß nicht, wie wir weiterleben sollen.« Er knetete seine großen, schwieligen Hände. »Als Familie ...«

Beim Wort »Familie« ertönte ein ohrenbetäubender Krach. Die Mutter, die gerade ein voll beladenes Tablett ins Wohnzimmer tragen wollte, hatte alles fallen gelassen. Schwarzer Kaffee breitete sich über dem weißen Teppich aus, und sie begann zu schluchzen.

»Wir kommen irgendwie darüber hinweg.« Der Vater nahm sie tröstend in die Arme.

Morgenstern und Hecht wussten, dass es nun definitiv Zeit war zu gehen.

Sie waren schon in der Tür, als Morgenstern noch etwas einfiel.

»Wir sollten, wenn es Ihnen nichts ausmacht, noch schnell einen Blick in das Zimmer Ihrer Tochter werfen.«

»Systematische Ermittlung sieht für mich anders aus«, flüsterte Hecht ihm zu.

»Na und«, zischte Morgenstern zurück. »Immer schön flexibel bleiben.«

Das Zimmer der Limeskönigin befand sich im ersten Stock, und es war nicht ganz einfach, sich darin einen Überblick zu verschaffen. Überall lagen Kleidungsstücke verstreut, Modezeitschriften, angebissene Lebkuchenherzen und Schminkutensilien. Das Bett war zerwühlt, darüber baumelte von der Decke ein mit Federn behängter Reif, geflochten aus biegsamen Zweigen. Die Rollos der beiden zum Hof gewandten Fenster waren halb heruntergelassen. Die Luft roch abgestanden und nach kaltem Zigarettenrauch.

Der Vater war im Wohnzimmer geblieben, die Mutter hingegen gesellte sich zur jüngeren Tochter und den Kommissaren. »Das Zimmer war für mich immer tabu«, sagte sie, um das Chaos zu entschuldigen. »Ordnung halten war nicht ihre Sache.«

»Wir schauen auch gar nicht so genau hin«, sagte Morgenstern und zog die zerknüllte Bettdecke zur Seite. Erst kam ein Slip zum Vorschein, was ihn peinlich berührte, aber im nächsten Moment entdeckte er das Notebook der jungen Frau. »Das nehmen wir mit, dann können wir ihre Mailkontakte überprüfen«, entschied er.

»Und ihre Freunde auf Facebook«, fügte Hecht hinzu.

»Da haben Sie aber viel zu tun«, sagte die jüngere Schwester. »Ich kenne niemanden, der so viele Freunde hat wie Barbara.«

Morgenstern dachte an seine eigenen eher spärlichen Kontakte in Eichstätt. Falls es sich um einen Mord handelte, und darauf deuteten die Umstände aus seiner Sicht hin, käme es darauf an, den entscheidenden Feind zu finden.

Er wandte sich an Katharina Breitenhiller. »Kennen Sie das Computerpasswort Ihrer Schwester?«

Katharina nickte kurz, warf dann einen Blick auf ihre Mutter und zog Morgenstern am Ärmel etwas zur Seite.

»Mama, kannst du uns einen Moment alleine lassen«, sagte sie, und es klang eindeutig eher nach einer Forderung als nach einer Bitte.

»Aber warum denn, Katharina?«

»Darum.«

Kopfschüttelnd zog Rosemarie Breitenhiller ab. »Ich werde heute noch verrückt«, hörte Morgenstern sie murmeln, als sie die Treppe hinabstieg.

»Also, Katharina, wie heißt das Passwort deiner Schwester?«, fragte er freundlich.

Katharina fand irgendwo in dem Durcheinander ein Blatt Papier, ging damit an den Schminktisch ihrer Schwester, suchte vergeblich nach einem Kugelschreiber und nahm schließlich stattdessen einen roten Lippenstift. Sie nahm die Kappe ab und schrieb kommentarlos in Großbuchstaben ein einziges Wort auf den Zettel: »Satansbraut«.

Die Autofahrt auf geschotterten Forstwegen wollte kein Ende nehmen. Der Wagen zog eine dichte Staubfahne hinter sich her.

»Bist du dir sicher, dass wir richtig sind?«, fragte Morgenstern bereits zum zweiten Mal.

»Ziemlich«, murmelte Hecht, die Landkarte auf dem Schoß. Auf das Navigationsgerät im Dienstwagen konnten sie sich nicht verlassen, dazu war das Ziel viel zu vage. Was sollten sie eingeben? Vorbei an tausend Bäumen, dann links?

Aber Hecht hatte alles im Griff.

»Die Sekretärin dieser Holzfirma hat mir genau beschrieben, wo der Bauernfeind mit seinem Harvester ist. Hinter Götzelshard in den Wald und dann immer geradeaus. Kurz vor der Jurahochstraße muss er sein, irgendwo auf der linken Seite, direkt neben dem Weg.«

»Wald, Wald und noch mal Wald«, seufzte Morgenstern.

»Wenn du dich hier verläufst, kannst du lange marschieren, bis du wieder rausfindest. Und Handyempfang gibt es hier auch nicht.«

»Fahr langsam«, unterbrach ihn Hecht. »Ich glaub, da vorne ist was. Ich höre eine Motorsäge.«

Er hatte recht.

Nach zweihundert Metern erreichten sie einen hoch aufgestapelten Polder von frisch gefällten Fichtenbaumstämmen. Es duftete weithin nach einer Mischung aus Sägespänen und Dieselabgasen. Vom Polder aus führte eine provisorische Gasse tief in den Wald hinein. Mitten in dieser Schneise arbeitete ein raupenähnliches Fahrzeug mit gleißend hellen Scheinwerfern und immer wieder laut aufjaulendem Motor, gefolgt vom Kreischen einer Säge. Werner Bauernfeinds Arbeitsplatz. Die Ermittler stiegen aus dem Wagen und gingen durch die Gasse auf das Fahrzeug zu.

»Irgendwie erinnert mich das an den Film ›Transformers‹«, sagte Morgenstern.

»Kenn ich nicht«, kam erwartungsgemäß von Hecht.

»In dem Film verwandeln sich Autos in Kampfroboter, mehr musst du nicht wissen.«

»Bestimmt nicht«, winkte Hecht ab. »Hollywood-Schmarrn.«

Sie blieben in sicherem Abstand in einem Gewirr aus Fichtenzweigen stehen und verfolgten staunend, wie schnell und effizient die Arbeit vonstattenging: Bauernfeind saß in der Kabine des Raupenfahrzeugs. Sein Werkzeug war ein langer Greifarm, an dessen Spitze, unsichtbar, eine Motorsäge ihr Werk verrichtete. Der Greifarm umschloss die stehenden Bäume wie Spielzeug, trennte sie mit einem raschen Schnitt am Wurzelstock ab, wirbelte sie in die Horizontale und schob den Stamm durch rotierende Walzen, wobei sämtliche Äste in größter Beiläufigkeit abgetrennt wurden. Immer im Viermeterabstand trennte die Säge Stammteile ab, bis nichts mehr übrig blieb als ein kümmerlicher Gipfel.

Morgenstern schien es, als wüte ein holzfressender Riese durch den Wald, und er fragte sich, wie viel Mühe wohl ein einfacher Holzarbeiter bis vor wenigen Jahren für dieselbe Arbeit hatte aufbringen müssen. Der Roboterarm jedenfalls erledigte sie mit einer fast tänzerischen Eleganz. Und es war unübersehbar, dass der Mann im Führerhaus sein Handwerk beherrschte.

»Hammermäßig«, sagte Morgenstern. »Wenn der in dem Tempo weitermacht, ist hier in ein paar Wochen kein Wald mehr.«

Hecht war genauso beeindruckt, zugleich aber skeptisch. »Ja, mir san die lustigen Holzhackerbuam. Da ist's aus mit der Idylle.«

Werner Bauernfeind war nicht allein. Ein Kollege mit einem fast genauso großen Spezialfahrzeug stand ebenfalls in der Waldschneise. Er beförderte die gefällten Stämme aus dem Wald an die Forststraße, wo sie später von Lastwagen abgeholt werden konnten.

Der Kollege entdeckte Morgenstern und Hecht und kletterte aus seinem Fahrzeug.

»Gell, da geht was!«, sagte er mit deutlichem Stolz. »Sechzig Ster in der Stunde, kein Problem.« Er musterte die beiden Besucher, und es war ihm anzusehen, dass er sich keinen Reim auf diese sonderbaren Gäste machen konnte.

»Und was führt euch hierher?«, fragte er schließlich. »Seid's ihr Holzhändler?«

»Wir müssen mit Herrn Bauernfeind sprechen«, sagte Hecht. »Das ist er doch, mit der großen Maschine.« Er deutete in Richtung Harvester.

»Freilich. Der Werner kann damit umgehen wie kaum ein anderer. Dabei ist er erst zwei Jahre bei unserer Firma. Der hat die Holzarbeit im Blut.«

Er winkte mit beiden Armen zum Harvester hinüber, der von der Gasse aus weit nach links und rechts in den dichten, noch jungen Fichtenwald ausgreifen konnte. Die Fichtenzweige warf er dabei immer genau vor die Raupenketten, als Polster, das den empfindlichen Waldboden und das Wurzelwerk der stehen gebliebenen Bäume schützen sollte. Es dauerte fast eine Minute, bis der hochkonzentriert arbeitende Mann das Winken seines Kollegen bemerkte. Dann aber schaltete er die Scheinwerfer seiner Maschine und den Motor aus und stieg aus dem Führerhaus.

Auch ohne Helm mit Kuhhörnern, Schaffell und Speer erkannte Morgenstern den Mann vom Kipfenberger Toilettenwagen wieder: Er wirkte selbst in seiner grün-orangen Waldarbeiterkleidung wie ein würdiger Nachfahre wilder Nordmänner. Ein rotwangiger Hüne, dem der Bluthochdruck in die Wiege gelegt worden war, mit breiten Schultern und kurzem, massigem Hals. Die blonden Haare waren stoppelkurz geschnitten. Dabei war er nicht vierschrötig: Die Art, wie er sich über die Reisigberge der Waldschneise seinen Weg bahnte, hatte etwas Leichtes, Elegantes, Selbstverständliches. Doch sein Blick war ernst und entschlossen. Wenn die römischen Legionäre einst Angst vor den Germanen gehabt hatten, dann musste das an Männern wie Bauernfeind gelegen haben, dachte Morgenstern.

»Herr Bauernfeind, wir sind von der Kriminalpolizei in Ingolstadt«, sagte er und streckte die Hand aus.

Bauernfeind drückte sie mit der Kraft eines Hufschmieds. Seine Hände waren schwielig.

»Sie kommen wegen der Barbie«, sagte er, nicht als Frage, sondern als Feststellung, und deutete zu seinem Kollegen. »Helmut, wir machen Pause. Lass uns eine Viertelstunde allein.«

Der Kollege schaute erstaunt, trollte sich dann aber zur geschotterten Forststraße und setzte sich ein Stück abseits auf einen der Baumstämme. Hecht, Morgenstern und Bauernfeind blieben im Wald zurück, umgeben von Fichtenzweigen, eingehüllt in eine Duftwolke, die so intensiv nach Wald roch, wie es sonst allenfalls Erfrischungssprays in öffentlichen Toiletten zustande brachten. Jetzt, wo die Motoren schwiegen, war das Gezwitscher von Vögeln zu hören.

»Seit wann interessiert sich die Kriminalpolizei für so eine Rauferei zwischen ein paar Frauen?«, fragte Bauernfeind.

»Sie wissen also noch nicht, was mit Frau Breitenhiller geschehen ist?«, fragte Morgenstern zurück.

»Was soll ich wissen?« Bauernfeind schaute ihn irritiert an. »Ich denke, Sie kommen wegen dieser Streiterei auf dem Festplatz?«

»Nein. Wie gesagt, wir sind von der Kriminalpolizei.« Morgenstern stellte sich und Hecht vor. »Sie sind also der Freund von Barbara Breitenhiller?«

Bauernfeind nickte mit einer Mischung aus Stolz und zunehmend wachsender Sorge.

»Frau Breitenhiller ist heute früh tot im Pfahldorfer Weiher gefunden worden.«

Werner Bauernfeind sah Morgenstern fassungslos an. »Im Weiher? Ist sie ertrunken?«, fragte er.

»Sieht so aus«, sagte Morgenstern vorsichtig. »Irgendwann in der Nacht oder gegen Morgen. Das wird erst die Obduktion zeigen.«

Es entstand eine lange Pause. Die Kommissare warteten auf eine Reaktion von Bauernfeind. Auf Nachfragen. Auf Tränen. Doch da kam nichts. Nur die Vögel zwitscherten, als ginge sie das alles nichts an.

»Sie sind anscheinend kein Mann, der seine Gefühle öffentlich zeigt«, stellte Morgenstern fest.

»Nein«, sagte Bauernfeind. »Wenn Sie glauben, dass ich jetzt zu weinen anfange, sind Sie schief gewickelt. Ich weine nie. Prinzipiell nicht.«

»Aha«, sagte Morgenstern und fragte nach einer erneuten Pause: »Wann haben Sie Ihre Freundin zum letzten Mal gesehen?«

»Gestern Abend um neun.«

Morgenstern schaute überrascht auf, Hecht schrieb wie immer mit.

»Nicht später?«

»Es war so gegen neun«, wiederholte Bauernfeind. »Bei diesem dämlichen Streit mit den Königinnen. Zickenalarm!« Er schüttelte den Kopf. »So etwas erlebt man mit der Barbie am laufenden Band. Ich war im Festzelt, mit den anderen Germanen und den Römern. Plötzlich hieß es, dass es draußen zur Sache geht. Und dass die Barbie mit dabei ist. Wir sind raus und haben uns das angesehen. Die sind vielleicht aufeinander losgegangen, das hätten Sie sehen sollen.«

»Hab's heute früh in der Zeitung gelesen«, nickte Morgenstern. »Sie haben es nicht für nötig gefunden, Ihre Freundin zu besänftigen?«

»Ich war ganz normal unter den Zuschauern und habe mich rausgehalten. Das war eine Sache unter Frauen mitten auf dem Festplatz, da mische ich mich nicht ein.«

Es gab ja auch keinen Grund, eifersüchtig zu sein, dachte Morgenstern. Waren schließlich nur Frauen.

»Worum ging es denn bei dem Streit?«, fragte Hecht.

Bauernfeind zuckte nur mit den Schultern. »Keine Ahnung. Ich habe hinterher noch kurz beim Roten Kreuz vorbeigeschaut, ob es ihr gut geht. Aber sie hat bloß einen Kratzer abbekommen, im Gesicht. War zum Glück nichts Schlimmes. Als ich gefragt habe, was denn los gewesen wäre, hat sie bloß ›Frauensachen‹ gesagt und gelacht. Und dass sie jetzt mit den anderen Königinnen weiterfeiert und mich dabei nicht brauchen kann.«

»Und weiter?«, fragte Morgenstern.

»Ich bin ins Zelt zurück, zu den anderen von unserer Germanengruppe. Die Königinnen waren alle an der Schnapsbar. Ohne Männer. Also kein Problem. Und am späten Abend sind wir heimgefahren nach Böhming.«

»Sind Sie gefahren?«, fragte Hecht.

»Logisch.«

»Betrunken?«, fragte Morgenstern.

»Geht niemanden was an.«

»Sie haben jedenfalls Zeugen?«

»Was soll das jetzt heißen? Zeugen? Ich brauche doch keine Zeugen.« Er schaute Morgenstern überrascht an. »Wenn Sie unbedingt meinen: Ich war der Fahrer, und wir waren zu viert in meinem Auto. Drei Leute aus Böhming. Die habe ich sicher heimgebracht, und ich selber bin auch gleich ins Bett, ich habe ja heute wieder an die Arbeit gemusst. Seit heute früh um acht Uhr sitze ich hier auf dem Harvester.«

Im weiteren Verlauf des Gesprächs ergab sich, dass der dreiundzwanzigjährige Werner Bauernfeind, ein gelernter Landmaschinenmechaniker, erst seit etwa drei Monaten mit »Barbie« Breitenhiller zusammen war. Das stimmte mit dem überein, was ihnen die jüngere Schwester Katharina erzählt hatte. Nähergekommen waren sie sich in der Eichstätter Diskothek »Dasda« am Fuße der Willibaldsburg. Das war, wie Bauernfeind erklärte, Barbaras Stammlokal gewesen.

»Wie genau sind Sie denn zusammengekommen?«, wollte Morgenstern wissen.

»Ich hab gesehen, dass sie frei war, und sie mir dann gegriffen«, erklärte der Hüne.

Aha, so lief das also, dachte Morgenstern, und ihn beschlich für einen Augenblick der unangenehme Gedanke, dass er selbst inzwischen zu alt für Discobesuche war und allenfalls im erniedrigenden Rahmen einer sogenannten Ü-30-Party zum Seniorentanz geladen würde.

Die Diskothek war Eichstätts beste, weil einzige, und hieß bei den älteren Eichstättern immer noch »Hofmühlterrasse«, weil die örtliche Hofmühl-Brauerei unmittelbar danebenlag. Die alten Bierkeller der Brauerei befanden sich direkt unter der Disco, die einst ein beliebtes Ausflugslokal mit Biergarten gewesen war. Den Biergarten gab es nach wie vor, allerdings war der weniger das Revier von Barbie Breitenhiller gewesen.

Die beiden Kommissare erfuhren noch, dass die Kipfenberger Limeskönigin gar nicht viel von bayerischer Gemütlichkeit gehalten hatte, obwohl es gestern im Festzelt ja durchaus so gewirkt hatte. Sie war eher der Typ »Germany's Next Topmodel« und hatte sich einen beachtlichen Ruf als Partygirl erarbeitet. Wenn sie ins »Dasda« gekommen war, hatte sie regelrecht Hof gehalten, immer umringt von anderen, weniger gut aussehenden Mädchen und diversen Eichstätter Kleinstadt-Casanovas, von denen sie einen um den anderen verschlissen hatte. So nüchtern erzählte das ihr Freund, von dem sie noch nicht wussten, ob er vielleicht zu den Verdächtigen gehörte. Für die Nacht zu Hause im Bett gab es ja vermutlich keinen Zeugen.

Morgenstern war erstaunt darüber, wie abgeklärt und distanziert Werner Bauernfeind die Auftritte seiner Freundin schilderte, als hätte er mit alledem nichts zu schaffen gehabt. Tatsächlich glaubte Bauernfeind allen Ernstes, sein Erscheinen habe im sprunghaften Liebesleben der Limeskönigin die entscheidende

Zäsur zu neuer Ernsthaftigkeit dargestellt. »Zwischen uns war es die ganz große Liebe«, versicherte er mehrmals.

Zum bösen Erwachen, dachte Morgenstern, hatte die Zeit nicht mehr gereicht. Er dachte an die gewalttätige Auseinandersetzung im WC-Wagen, bei der sich der Kontrahent eine blutige Nase geholt hatte. Bauernfeind war ein Mann, mit dem man sich besser nicht anlegte.

Noch wusste er nicht, wie er den jungen Mann einschätzen sollte. Einerseits neigte er zur Gewalttätigkeit, andererseits schien Barbara Breitenhiller wirklich die Liebe seines Lebens gewesen zu sein.

»Kannten Sie die Frau Breitenhiller schon, bevor Sie ein Paar wurden?«, fragte Hecht.

Bauernfeind nickte. »Klar. Hier kennt jeder jeden. Wir sind der gleiche Jahrgang, ich kenne sie noch aus der Grundschule in Kipfenberg.«

Morgenstern nickte. Die Mittelschule »Am Limes«, da war er gestern erst mit seiner Familie vorbeigefahren. Er schaute auf seine Armbanduhr. Schon drei Uhr nachmittags. Seine Söhne waren inzwischen längst in ihrem Zeltlager. Wie es ihnen wohl gerade ging?

»Nach der Grundschule ging die Barbie dann nach Eichstätt, in die Mädchenrealschule«, erzählte Bauernfeind weiter. »Ich bin in Kipfenberg geblieben. Aber natürlich läuft man sich ständig über den Weg. Zum Beispiel an Fasching. Kennen Sie den Kipfenberger Fasching?«

Hecht und Morgenstern verneinten. Morgenstern dachte: Was soll's, lassen wir ihn reden. Hecht hatte anscheinend den gleichen Gedanken, denn er ließ seinen kleinen Notizblock wieder in der Brusttasche seines Polohemds verschwinden.

»Der Kipfenberger Fasching ist in ganz Bayern berühmt. Sie kennen sie wirklich nicht, die Fasenickl? Die Maschkerer mit ihren holzgeschnitzten Larven und den Gewändern aus lauter Flicken und den Goaßln?«

Morgenstern verzog das Gesicht, sagte aber nichts.

»Da bin ich dabei, ich hab heuer mit zwei anderen aus Böhming sogar den Wettbewerb im Goaßlschnalzen gewonnen. Da brauchst a Schmalz.« Bauernfeind ließ zur Erklärung kurz den Bizeps des rechten Armes spielen.

»Ähm, und dann?« Morgenstern schlug nach einer der zahlreichen Stechmücken, die ihn inzwischen umschwirrten. Höchste Zeit, dass sie hier fertig wurden.

»Die Barbie ist bei der Faschingsgesellschaft aktiv. In der Garde. Und da haben wir uns immer wieder getroffen. Irgendwann im Mai hat es dann gefunkt. Wir waren gleichzeitig im ›Dasda‹ und haben nebeneinander ein Cola-Weizen getrunken. Mehr so zufällig. Dann hab ich mir ›Dancing Queen‹ von Abba gewünscht, auch wenn der DJ zuerst nicht wollte, dieser Penner. Hat behauptet, das gibt's bei ihm nicht. Ich habe ihm einen Zehner rübergeschoben und ihm sicherheitshalber auch noch einen Satz heiße Ohren versprochen. Da ist ihm auf einmal eingefallen, dass er ›Dancing Queen‹ doch auf Lager hat. Und da hat es dann gefunkt.« Bauernfeind lächelte in gedankenverlorener Erinnerung vor sich hin.

»Wie romantisch«, sagte Morgenstern im vollen Bewusstsein, dass Bauernfeind nicht der Mann fürs Erschnuppern ironischer Untertöne war.

Hecht seinerseits pflichtete völlig arglos bei. »Jaja, bei ›Dancing Queen‹, da werden die Frauen schwach.«

Morgenstern sah seinen unglücklich geschiedenen Kollegen von der Seite an und beschloss, bei nächster Gelegenheit ein bisschen nachzuhaken.

»Und seitdem waren Sie ein Herz und eine Seele?«, fragte er.

Bauernfeind nickte. »Korrekt. Die große Liebe, wie man so sagt.«

Morgenstern kniff die Augen zu Schlitzen zusammen. »Und was wäre gewesen, wenn sich Barbara Breitenhiller von Ihnen getrennt hätte?«

Bauernfeind holte tief Luft, als wäre ihm gerade ein besonders schwerer Fall von Majestätsbeleidigung untergekommen. Schließlich wischte er die Frage mit einer Handbewegung weg, als wäre sie eine der lästigen blutsaugenden Schnaken.

»Die Barbie ist die Meine, das ist ganz klar.« Er richtete sich zu ganzer Größe auf wie ein Berggorilla, der seine Unantastbarkeit zur Schau stellt. »Und wenn's recht ist, muss ich dann weiterarbeiten. Wir wollen heute noch mit diesem Stück Wald fertig werden. Überall ist der Borkenkäfer drin.« Er deutete vage in die Tiefe des Waldes.

»Borkenkäfer.« Morgenstern erinnerte sich kurz an einen früheren Fall, in dem ein anderer Käfer, der Hausbock, für den Tod zweier Menschen verantwortlich gewesen war. »Der macht hier die Fichten kaputt?«

Bauernfeind nickte. »Wenn das mit den heißen Sommern so weitergeht, gibt es bald keine Fichten mehr. Nur noch Buchen und Eichen. Wie zur Zeit der Germanen.«

Morgenstern drückte Werner Bauernfeind wie schon Katharina Breitenhiller eine Stunde zuvor eine Visitenkarte in die Hand. »Wir melden uns wieder. Wenn was ist, einfach anrufen.«

Der germanische Berggorilla war schon ein Stück zu seinem Ernteroboter gestapft, da lief Morgenstern ihm nach. Sei's drum, er konnte ihn später, aber auch genauso gut jetzt danach fragen.

»Eine Frage hätte ich noch«, sagte er, als er ihn, mit seinen Cowboystiefeln immer wieder über Äste und Baumstümpfe stolpernd, eingeholt hatte.

Bauernfeind drehte sich um.

»Was war eigentlich gestern so gegen vier im Klohäuserl auf dem Festplatz los?«

Der Hüne schaute irritiert. »Was soll da los gewesen sein?«

»Sie erinnern sich nicht?« Morgenstern schaute ihm direkt in die Augen. »Dann helfe ich Ihnen auf die Sprünge. Da kam ein Mann herein, vielleicht ein Nebenbuhler … Jedenfalls haben Sie seinen Kopf knallhart an die Wand geschlagen.« Er dachte an Bastian und seine Beobachtungen. »Es gab da einen sehr, sehr hässlichen Blutfleck auf den Kacheln.«

Bauernfeind schaute Morgenstern lange an, sein linkes Auge zuckte dabei bedrohlich. Zum Glück kam Hecht – zwecks Protokollführung und Personenschutz – eilends herbeigestolpert und postierte sich neben Morgenstern.

»Woher zum Teufel ...?« Bauernfeind besann sich eines Besseren und zwang sich zu einem Lächeln. »Ha, die Polizei hat wohl überall ihre Ohren. Was Sie alles wissen! Das war keine große Sache, kaum der Rede wert.« Er machte eine wegwerfende Handbewegung. »Das war ein Verehrer von meiner Barbie, ganz recht. Ihr Ex. Der war ein bisschen arg schwer von Begriff. Dem hab ich kurz mal Bescheid gegeben, wo der Bartl den Most holt.«

»Auf die ganz rustikale Art«, sagte Morgenstern grimmig. »Ihr berühmter ›Satz heiße Ohren‹.«

»Damit er sich's auch merken kann«, nickte der Berggorilla und knackste mit den Fingerknöcheln.

»Und wer bitte schön ist dieser Unbelehrbare?« Hecht hielt demonstrativ den Block bereit.

Bauernfeind schwieg kurz. Dann antwortete er mürrisch: »Der Kerl wohnt in Eichstätt. Ein Römer-Freak. Finanzbeamter. Der wollte es nicht wahrhaben, dass Schluss ist zwischen ihm und der Barbie.«

»Ein Römer-Freak?«, fragte Hecht.

»Genau. So ein Neunmalkluger. Der ist Mitglied in so einer Gruppe von Verrückten, die alles ganz perfekt machen wollen.«

Morgenstern dachte an den Auftritt der Römer und Germanen auf dem Kipfenberger Marktplatz. »Was kann es schon Besseres geben als einen Germanen im Schafspelz?«, sagte er.

»Sie haben's erfasst«, nickte Bauernfeind.

»Wie heißt der Mann?«, fragte Hecht.

»Ich kenne nur seinen Vornamen und seine Visage, das hat mir immer gereicht. Gundekar.«

»Gundekar?«, wiederholte Hecht. »Seltener Name.«

»Der müsste zu finden sein«, sagte Morgenstern zum Abschied. »Gundekar, der Gladiator.«

»Kein Gladiator«, korrigierte Bauernfeind. »Ein Legionär. Mit angeknackster Nase.«

Grußlos stieg er ins Führerhaus seines Holzernte-Roboters, schaltete den Motor und die Scheinwerfer ein und machte damit unmissverständlich klar, dass er für weitere Informationen nicht mehr zur Verfügung stand. Hecht und Morgenstern hatten die

Gefahrenzone kaum verlassen, da packte Bauernfeinds Roboterfaust bereits die erste unglückliche Fichte, und in derselben Sekunde machte die integrierte Kettensäge einem dreißig Jahre währenden friedlichen Wachsen und Gedeihen mit einem fast schon respektlosen Schnitt ein Ende.

»Kettensägenmassaker«, sagte Morgenstern im Weggehen.

»Wie bitte?«, fragte Hecht.

»Ich frage mich, warum noch kein Horrorfilmer auf diese Maschine gestoßen ist. Ein durchgeknallter Harvesterfahrer, der seine Opfer durch finstere Wälder verfolgt. Das wäre doch was.«

Morgenstern und Hecht hatten erwartet, im Ingolstädter Polizeipräsidium ihrem Vorgesetzten Adam Schneidt Bericht erstatten zu müssen. Hecht hatte auf der Rückfahrt eigens seine stenografischen Mitschriften sortiert und die wichtigsten Informationen in Reinschrift übertragen. Doch als sie voll Arbeitseifer an Schneidts Bürotür anklopften, stellten sie fest, dass abgesperrt war.

»Wo ist er denn hin«, fragte Morgenstern.

»Vielleicht in die Cafeteria?«, mutmaßte Hecht.

Die Antwort kam aus der geöffneten Tür des gegenüberliegenden Büros, in dem Schneidts Sekretärin gerade einen Obstsalat löffelte.

»Der Herr Schneidt ist heute schon in Feierabend gegangen. Weil das Wetter so schön ist, wollte er noch zum Baden gehen. An den Auwaldsee.«

»Zum Baden«, wiederholte Morgenstern verdutzt.

»Aber natürlich. Er hat im Hochsommer immer eine Badehose und ein Handtuch im Garderobenschrank. Für den Fall der Fälle.«

Der Tag endete mit einer unerwartet heftigen Auseinandersetzung des Ehepaars Morgenstern. Die Lunte zum Pulverfass entzündete sich an Morgensterns beiläufiger Frage, was er denn in den nächsten Tagen wohl essen solle. Der Kühlschrank sei nämlich so gut wie leer, wie er mit unüberhörbar tadelnder Stimme anmerkte. Fiona war daraufhin explodiert, hatte ihren Gatten als unselbstständige Sofakartoffel und pantoffeltragenden

Pascha beschimpft und hinzugefügt, wenn der Herr nicht in der Lage sei, ein paar Tage für sich zu sorgen, dann müsse er halt am Hungertuch nagen. Das, so ihre letzte Bemerkung, bevor die Schlafzimmertür zuknallte, hätte dann den angenehmen Nebeneffekt, dass der Herr des Hauses sich wieder jener Figur annähere, für die sie ihn einstmals so bewundert habe.

»Ich habe doch gar keine Pantoffel«, hatte Morgenstern noch gebrummelt. Und dann verbrachte er die Nacht vor ihrer mehrtägigen Trennung nicht, wie er sich das ausgemalt hatte, in romantischer Zweisamkeit, sondern geplagt von schlechtem Gewissen mit einer dünnen Wolldecke auf dem Wohnzimmersofa.

DIENSTAG

Beim Abschied am Morgen war Fiona noch immer verschnupft und kurz angebunden. Ein knapper, routinierter Kuss war alles, bevor sie Morgenstern zur Tür hinausschob. »Denk mal über unsere Beziehung nach«, gab sie ihm als Hausaufgabe auf.

Als Morgenstern ins Büro kam, war Hecht schon da – wie so oft war er früher zum Dienst gekommen und hatte sich eine Tasse Kamillentee aufgebrüht. Auf die vielfältigen gesundheitlichen Vorzüge der Kamille war er erst neulich gestoßen, und wie alle frisch Bekehrten versuchte er mit missionarischem Eifer, auch andere von den Qualitäten der Neuentdeckung zu überzeugen. Morgenstern hatte sich bislang erst ein einziges Mal eine Tasse aufschwatzen lassen – mit heilsamer Wirkung für zumindest ein Geschöpf: den armen Ficus Benjamina, dessen jämmerliches Leben durch die unauffällige Entsorgung um einige Wochen verlängert worden war.

»Schau mal, was ich da habe«, sagte Hecht, als er Morgenstern sah.

Morgenstern verzog das Gesicht. »Deinen scheußlichen Tee. Der ganze Flur riecht schon nach medizinischem Fußbad.«

Hecht steckte die Beleidigung kommentarlos weg und deutete auf seinen Computer. »Die ersten Ergebnisse der Rechtsmedizin liegen vor. Die haben in München gestern noch bis in den Abend hinein gearbeitet.«

»Ich dachte, die sitzen zu der Jahreszeit alle im Biergarten.« Wie viele Franken oder Nordbayern hegte und pflegte der Nürnberger Morgenstern gewisse Vorurteile gegenüber den Bewohnern der übermächtig scheinenden Landeshauptstadt.

»Hör auf zu granteln, das ist das Privileg der Altbayern«, konterte Hecht und schob einen Stuhl vor den Bildschirm. »Sie haben die Limeskönigin gründlich untersucht.«

»Und?«, fragte Morgenstern ungeduldig, nachdem er sich gesetzt hatte. »Sag schon.«

Hecht lehnte sich zurück, nahm einen Schluck Tee und stellte die Tasse dann behutsam auf den Schreibtisch. »Barbara Breitenhiller war schon tot, als sie im Weiher versenkt wurde. Die Schramme im Gesicht stammt möglicherweise von der Auseinandersetzung beim Limesfest. Aber das Wesentliche ist: Sie ist erwürgt worden.«

Morgenstern sprang auf und beugte sich ganz nahe zum Computerbildschirm. »Erwürgt? Wo steht das?«

»Na da«, sagte Hecht mit der Lässigkeit des Kollegen, der die Information durch Zufall ein paar Minuten eher erhalten hatte. »Eindeutiger Fall. Sie ist nicht ertrunken. Sie ist mit einem Draht oder einer dünnen Schnur stranguliert worden. Vielleicht von einem Profi. Auf jeden Fall von einem sehr entschlossenen und bestimmt auch kräftigen Menschen.« Hecht spülte sich mit dem kälter gewordenen Kamillensud den Mund, als müsste er ihn nach dem Verkünden einer solchen finsteren Nachricht desinfizieren. »Die Tatzeit war zwischen Mitternacht und zwei Uhr morgens. Und noch etwas: Sie hatte eins Komma zwei Promille.«

Morgenstern lief es kalt den Rücken hinunter. Auch wenn er nun schon so viele Jahre bei der Kriminalpolizei war, schaffte er es nicht immer, seine Phantasie in die Schranken zu weisen. Er stellte sich vor, wie sich eine dünne Schlinge um den langen, schönen Hals der jungen Frau legte und ihr für immer die Luft abschnürte. Wie die Augen aus den Höhlen quollen, wie die Arme verzweifelt um sich schlugen und die langen Beine zappelten, bis sie in einem letzten Zucken zum Stillstand kamen. Wie sie der Mörder danach aus ihrer langen, römischen Tunika geschält, ihr das Kettenhemd übergestreift hatte und sie in den Teich gleiten ließ.

»Schweinehund!«, fluchte er.

Hecht nickte finster. »Aber wir kriegen ihn.«

Morgenstern, etwas blass geworden, hatte fürs Erste nur einen Wunsch. »Ich hätte jetzt gerne einen Kamillentee.«

Während Morgenstern an seinem Tee nippte, tippte Hecht die weiteren Ermittlungsergebnisse zusammen. Das Auto der

Limeskönigin, der rote Opel Corsa, war auf das Gelände des Polizeipräsidiums gebracht worden, um sorgfältig auf Fingerabdrücke und DNA-Material untersucht zu werden. Mit Ausnahme des platten Vorderreifens gab es auf den ersten Blick keine Auffälligkeiten.

Die geplünderte Wachstube des Pfünzer Römerkastells war ebenfalls gründlich von Experten der Spurensicherung gefilzt worden – das Gleiche galt für die vom Räuber gefledderten Legionärspuppen. Der Konservator des Landkreises Eichstätt hatte sich die aufgebrochene Wachstube auch bereits angesehen. Er hatte die Wachstube seinerzeit persönlich eingerichtet und die Legionäre ausgerüstet. Nun hatten ihm Beamte der Polizeiinspektion Eichstätt Fotos von der Leiche im Kettenhemd gezeigt. Der Konservator hatte den Panzer »mit neunundneunzigprozentiger Sicherheit« als Ausrüstungsstück vom Pfünzer Römerkastell identifiziert.

Zudem hatten sich mehrere Besucher des Limesfests auf einen Radio-Aufruf hin im Präsidium gemeldet, die Barbara Breitenhiller noch spät am Abend gesehen hatten, darunter auch der Kipfenberger Bürgermeister. Er habe die Limeskönigin ziemlich genau um Mitternacht am Ausgang des Bierzelts verabschiedet, als kaum noch Gäste da gewesen seien. Überall im Zelt und auf dem Platz habe das Personal bereits mit den Aufräumarbeiten begonnen. Die Limeskönigin sei dann in Richtung Altenheimparkplatz gegangen, wo ihr Auto gestanden habe. Auch andere Zeugen hatten die junge Frau weggehen sehen. Offenkundig war sie trotz des platten Autoreifens nicht mehr ins Festzelt zurückgekehrt, um sich Hilfe oder eine Fahrgelegenheit zu organisieren.

»Ihre Spur verliert sich auf diesem Parkplatz«, fasste Hecht zusammen. »Und keiner hat dort etwas gesehen.«

»Wir müssen den Eltern Bescheid geben«, sagte Morgenstern unbehaglich. »Der Obduktionsbericht ist eindeutig. Wir haben einen Mord. Auch wenn den Breitenhillers das gestern schon ziemlich klar war, müssen wir gleich nach Hirnstetten. Oh Mann, manchmal hasse ich diesen Job von ganzem Herzen.«

Hecht lächelte. »Trink deinen Tee und bleib ganz ruhig. Ich habe den Beilngrieser Polizeichef schon in Marsch gesetzt. Der kennt die Breitenhillers. Und er nimmt den Pfarrer mit. Die beiden sind schon unterwegs. Wir beide können dann am Nachmittag rausfahren.«

Morgenstern atmete erleichtert auf. »Was täte ich bloß ohne dich?«

Hecht grinste zufrieden. »Und ich habe noch etwas von den Beilngriesern bekommen.«

»Was denn?«

»Einen ausführlichen Bericht über den ›Kampf der Königinnen‹.« Er wedelte mit einer Klarsichthülle, in der das ausgedruckte Protokoll des Vorfalls steckte. Nach dem Tod der Limeskönigin hatten die Streifenbeamten ihren zunächst nur kurzen Einsatzbericht noch einmal ausführlich niedergeschrieben.

Gespannt griff sich Morgenstern die Blätter und begann zu lesen. Die Kipfenberger Limeskönigin war demnach am Sonntagabend kurz vor einundzwanzig Uhr auf dem Festplatz mit zwei Kolleginnen in Streit geraten. Im Gerangel war das vergoldete Krönchen der Krautkönigin übel, eventuell sogar irreparabel verbogen worden, die seidene Schärpe der Kartoffelkönigin hatte einen hässlichen Riss bekommen, und der Limeskönigin war einer ihrer silbernen Armreife verloren gegangen – doch alle drei Hoheiten hatten beim Eintreffen der Staatsmacht auf eine Anzeige verzichtet und sich in Schweigen gehüllt. Die Beilngrieser Beamten hatten es deswegen bei einer mündlichen Verwarnung und dem rustikalen Rat »Schleicht's euch!« belassen, woraufhin die drei Kontrahentinnen ihre etwas zerknitterten Roben gerafft und ins Festzelt zurückgestöckelt waren. Jetzt freilich, nach dem Tod der Limeskönigin, erschien die royale Kontroverse in einem deutlich weniger harmlosen Licht.

»Da kratzen sich drei Frauen fast die Augen aus, und ein paar Stunden später ist eine von ihnen tot«, sagte Morgenstern nachdenklich.

»Krautkönigin. Was es nicht alles gibt.« Hecht tippte etwas in seinen Computer. »Kraut und Rüben.«

»Aber bei einer Spargelkönigin wunderst du dich nicht«, gab Morgenstern zurück.

»Das ist etwas ganz anderes. Der Spargel ist das edelste Gemüse der Welt. Aber nur, wenn er aus Schrobenhausen kommt.«

»Dein Lokalpatriotismus ist manchmal geradezu lächerlich.«

»Das sagt mir einer, der seinen Tee aus einer Tasse vom Nürnberger Christkindlmarkt trinkt.«

»Wenigstens haben wir keine Bratwurstkönigin.«

»Aber dafür den Uli Hoeneß als Bratwurstkönig«, schoss Hecht zurück und freute sich. Denn wenn Morgenstern sich überhaupt für Fußball interessierte, dann war er als Franke selbstverständlich Clubfan und gleichzeitig Verächter des übermächtigen FC Bayern München.

»Treffer«, sagte Morgenstern grinsend, wurde dann aber ernst und griff zum Telefonhörer.

Als Erstes rief er die Krautkönigin an, deren Adresse sich problemlos über die Verwaltung des winzigen Städtchens Merkendorf im Fränkischen Seenland ermitteln ließ: Julia Haberlein. Er erreichte sie an ihrem Arbeitsplatz in der Filiale der örtlichen Raiffeisenbank, und sie hatte bereits vom mysteriösen Tod der Limeskönigin gehört. Sie sei mehr oder weniger in den Streit hineingezogen worden, behauptete sie. Sie habe nur mit der Kartoffelkönigin, die sie von einigen früheren gemeinsamen Terminen kenne, kurz auf die Toilette gehen wollen. (Morgenstern fragte sich nicht zum ersten Mal, warum Frauen so ungern alleine aufs öffentliche WC gingen.) Beim Anstehen an der Schlange vor dem Wagen sei dann die Limeskönigin hinzugekommen, und unerwartet seien sich Kartoffel- und Limeskönigin ins Gehege gekommen, anscheinend bei der Frage, wer als Erste in die fahrbare Bedürfnisanstalt dürfe.

»Wie Kriemhild und Brunhilde vor dem Wormser Dom«, stellte Hecht beiläufig fest, wozu Morgenstern die Stirn runzelte.

Jedenfalls sei das dann mit der Toilette nichts mehr geworden, weil die beiden Königinnen die Contenance verloren und sich über den halben Festplatz geschubst hätten. Die Krautkönigin wiederum sei unglücklicherweise von der Kartoffelkollegin in die Sache hineingezogen worden und schäme sich inzwischen in Grund und Boden für den Vorfall. Das habe sie gestern auch schon dem Merkendorfer Bürgermeister erklären müssen, denn der sei in Sachen Krautrepräsentanz ihr Chef. Das Stadtoberhaupt habe die Sache zum Glück eher heiter gesehen: Er hoffe sehr, dass die Krautkönigin nicht noch einmal durch »ungehobeltes Verhalten« auffalle.

Als Morgenstern ratlos in den Telefonhörer schwieg, sah sich die Krautkönigin zu einem kurzen, aber anscheinend gut einstudierten Vortrag ermuntert, was es mit gehobelt und ungehobelt in Zusammenhang mit ihrem landwirtschaftlichen Lieblingsprodukt auf sich habe. Der berühmte und angeblich besonders schmackhafte Merkendorfer Weißkohl werde nämlich gleich nach der Ernte sorgfältig in Streifen gehobelt, gesalzen und in Fässer und Konservendosen abgefüllt, um anschließend durch Milchsäuregärung zu zart schmeckendem Sauerkraut »verzaubert« zu werden. »Unglaublich gesund durch einen besonders hohen Anteil an Vitamin C«, schwärmte die Krautkönigin zum Abschluss ihrer Mini-Werbeunterbrechung.

Morgenstern, wiewohl als gebürtiger Nürnberger ein großer Freund von immer wieder aufgewärmtem Sauerkraut und kurzen, dünnen Bratwürsten, blieb unbeeindruckt. »Sie wollen mir doch nicht erzählen, dass Sie drei sich bloß wegen der Reihenfolge am Klo die Augen ausgekratzt haben. Das nehme ich Ihnen nicht ab.«

Julia Haberlein auf der andern Seite der Leitung schluckte schwer. »Ich hab nicht alles ganz genau verstanden, was die zwei sich an den Kopf geworfen haben. Es war aber klar, dass sie sich schon länger kennen. Die haben da auf der Treppe einen richtigen Zoff angefangen. Es ging um irgendeinen Macker. Ich selber hab da nicht mitreden können.«

»Aber mitraufen schon?«, fragte Morgenstern, was allerdings eher wie eine missbilligende Feststellung klang.

Die Krautkönigin schwieg.

Morgenstern stellte seine letzte Frage: »Kennen Sie den Namen dieses Mannes, um den es bei dem Streit ging?«

»Ich kann mich nicht mehr erinnern.«

»Werner?«, hakte Morgenstern nach. »Werner Bauernfeind vielleicht?«

Julia Haberlein verneinte. »Sagt mir nichts, der Name.«

Morgenstern legte die Hand auf die Telefonmuschel. »Spargel, wie hieß der Typ noch mal, den uns der Bauernfeind genannt hat. Der mit dem sonderbaren Vornamen. Gunther oder so? Gulliver? Gustav?«

Hecht blätterte kurz in seinem Notizbuch und deutete auf seine Mitschrift. Gestochen scharf prangte dort der Name, umgeben von für Morgenstern unlesbaren Stenografiekürzeln.

»Heißt er vielleicht … Gundekar?«, fragte Morgenstern ins Telefon und kam sich dabei vor wie die Königin bei »Rumpelstilzchen«, die sich durchs Vornamenverzeichnis fragt.

»Gundekar!«, rief die Krautkönigin. »Genau das war der Name. Gundekar. Hatte ich ehrlich gesagt vorher noch nie gehört.«

»Wir auch nicht«, sagte Morgenstern. »Aber ich habe das Gefühl, den wird man sich merken müssen. Doch zuerst kümmern wir uns um Ihre königliche Kollegin vom Kartoffelimperium.«

»Heißt das, Sie sind mit mir fertig?«, fragte die Krautkönigin mit ängstlicher Erleichterung.

»Fürs Erste schon. Aber ich gehe davon aus, dass Sie uns jederzeit nochmals eine Audienz gewähren, königliche Hoheit.«

»Jederzeit«, sagte Julia Haberlein. Dann legte sie auf. Morgenstern hatte das dumpfe Gefühl, er hätte im allerletzten Moment, bevor die Leitung unterbrochen wurde, noch ein gemurmeltes »Witzbold« gehört.

»Die Kartoffelkönigin also«, sagte Hecht. »Willkommen im Donaumoos.«

»Wie bitte?«, fragte Morgenstern und provozierte damit einen Kurzvortrag, der dem der Krautkönigin durchaus ähnlich war. Laut Hecht kamen zehn Prozent aller in Bayern produzierten Kartoffeln aus dem Donaumoos: einem schmalen Streifen Land zwischen Neuburg, Ingolstadt und Schrobenhausen. Und deswegen küre man dort auch regelmäßig eine Kartoffelkönigin. Die Wahl mochte vielleicht nicht direkt in glamouröse

People-Magazine wie »Bunte« oder »Gala« führen, doch für die »Schrobenhausener Zeitung« war die Zeremonie jedes Jahr eine große Nummer. Und im Donaumoos und der ganzen Region Ingolstadt war der Titel populär.

Morgenstern war beeindruckt. Peter Hecht hatte über die Region im Laufe seiner Dienstjahre ein fast enzyklopädisches Wissen angehäuft.

»Ach, übrigens: Was war das eigentlich vorhin mit diesem Wormser Dom?«, fragte Morgenstern jetzt.

Hecht grinste breit. »Hab ich mir gleich gedacht, dass das für dich böhmische Dörfer sind. Das ist aus dem Nibelungenlied. Da streiten sich die beiden vornehmen Damen, wer der anderen auf dem Weg in die Kirche den Vortritt lassen muss. Und am Ende sind alle, alle tot.«

»Ich weiß schon, warum ich nicht in die Kirche gehe«, sagte Morgenstern.

Die aktuell amtierende Kartoffelkönigin kam aus Neuburg an der Donau. Genauer gesagt aus dem weit im Osten gelegenen Stadtteil Neu-Zell am Rande des Donaumooses. Die Kartoffelkönigin Monika Weinzierl hatte den Ermittlern telefonisch erklärt, wo sie für ein kurzes Gespräch zu finden sei: nicht daheim auf dem großen Aussiedlerhof ihrer Eltern, sondern auf dem Acker in unmittelbarer Nachbarschaft zum Zeller Bundeswehrflugplatz. Morgenstern hatte keine rechte Vorstellung, wo das sein sollte. Hecht kannte sich dafür umso besser aus.

»Der Zeller Flugplatz«, sagte er leise, als sie von Ingolstadt aus über die B 16 Richtung Zell fuhren. Er machte dabei keinen besonders glücklichen Eindruck.

»Was ist mit dem?«

»Da war ich bei der Bundeswehr. Wehrpflicht. Die hätte ich mir sparen können, wenn ich von Anfang an gewusst hätte, dass ich zur Polizei gehe.«

Nach einigem Gekurve entdeckten die Kommissare den Kartoffelacker der Familie Weinzierl. Ein großer grüner Traktor zog einen hoch aufragenden Anhänger voller ratternder Förderbänder hinter sich her. Drei Menschen standen auf dem Anhänger, gebeugt über eines der Förderbänder, konzentriert schienen sie irgendetwas auszusortieren. Vielleicht Steine oder faulige Kartoffeln. Oder ging es da schon um die Größeneinteilung?

»Wir haben wohl gerade unsere persönliche Ehrenwoche der Land- und Forstwirtschaft«, sagte Morgenstern, als sie den Dienstwagen auf einer Wiese abstellten und auf den Kartoffelvollernter zugingen.

Wenig später kletterte Monika Weinzierl auch schon von der Maschine herab, die anderen, offensichtlich ihre Eltern, machten ohne sie weiter. Es lärmte und dröhnte.

»Wir sind heuer früh dran mit der Ernte.« Monika Weinzierl deutete auf das halb vertrocknete Kraut der Kartoffelpflanzen. »Das liegt am trockenen Sommer.«

Morgenstern musterte die junge Frau: grüne Latzhose, ein vormals weißes T-Shirt, die blonden Haare zu einem Pferdeschwanz gebunden, darüber eine graue Baseballkappe. Sie war verschwitzt, hatte Spuren von schwarzer Moorerde im Gesicht. Ein hübsches Gesicht, stellte Morgenstern fest, mit einigen wenigen Sommersprossen und Stupsnase.

»Wir kommen wegen der Limeskönigin«, sagte er.

»Das haben Sie am Telefon schon gesagt.«

In der Ferne war ein Grollen zu hören, das sich langsam immer mehr steigerte. »Sie hatten vorgestern Abend auf dem Kipfenberger Festplatz eine Auseinandersetzung mit Barbara Breitenhiller. Und gestern früh hat man sie tot gefunden.«

»Ich weiß. Es ist im Radio gekommen.«

»Da wollten mein Kollege Peter Hecht und ich gerne wissen, worum es bei Ihrem Streit ging.«

Das Grollen war inzwischen zu einem ohrenbetäubenden Dauerlärm geworden. »Was ist denn das, um Himmels willen?«, fragte Morgenstern und musste bereits die Stimme erheben, damit er noch verstanden wurde.

»Das … ist … ein … Düsen… jäger … beim … Start!«, rief Hecht.

Ganz langsam entfernte sich der Krach, und Morgenstern

sah, wie ein Kampfflugzeug Richtung Westen, gen Neuburg, abhob, um dann mit einer eleganten Rechtskurve nach Norden zu schwenken.

»Hammer«, sagte er. »Also, Frau Weinzierl, was war der Anlass für Ihren Streit?«

Monika Weinzierl schürzte die Lippen. »Das war ein ganz läppischer Grund.«

»Kommen Sie uns jetzt nicht mit der Reihenfolge am Frauen-WC.«

Die junge Frau sah Morgenstern und Hecht überrascht an. »Nein, das habe ich nicht gemeint. Es ging um einen Typen, den wir beide aus dem ›Dasda‹ kennen.«

»Sie fahren bis ins ›Dasda‹ nach Eichstätt rüber?«, fragte Hecht. »Das sind doch fast dreißig Kilometer.«

»Na und? Glauben Sie, ich will immer in die Disco nach Karlshuld? Oder jedes Mal nach Ingolstadt? Was sind schon dreißig Kilometer? Wir fahren auch mal an einem Abend nach München. Manchmal sogar ins P1.«

»Also gut. Sie haben sich wegen eines Mannes gestritten.«

»Genau, wegen dem Gundi.«

»Gundi wie Gundekar?«, sagte Morgenstern. »Von dem haben wir schon gehört.«

»Ein interessanter Mann«, sagte die Kartoffelkönigin und sah Morgenstern von oben bis unten an, als wollte sie ihn auf ihrer persönlichen Attraktivitätsskala einordnen und mit besagtem Gundi vergleichen. Es schien, als würde Morgenstern dabei deutlich den Kürzeren ziehen.

»Also Gundekar«, sagte Hecht. »Hatten Sie mal was mit dem?«

»Natürlich.« Die Kartoffelkönigin verzog keine Miene.

»Und Barbara Breitenhiller auch?«

»Die Barbie auch.« Jetzt verzog sie das Gesicht sichtbar und fügte noch hinzu: »Die Schlampe!«

»Mäßigen Sie sich. Die Frau ist tot«, sagte Morgenstern.

In der Ferne war schon wieder ein Grollen zu hören, dieses Mal aus der entgegengesetzten Richtung.

»Was ist denn jetzt schon wieder los?« Morgenstern wandte

den Blick nach Südosten und sah in etwa einem Kilometer Entfernung gleißende Scheinwerfer auf sich zukommen. Motoren jaulten.

»Jetzt will einer landen«, sagte die Kartoffelkönigin emotionslos. Morgenstern und Hecht hingegen sahen fassungslos auf das dunkle Flugzeug, das nun direkt über ihren Köpfen auf das Luftwaffengelände zuflog.

Hecht ging offenbar ein Licht auf. Er klopfte mit der flachen Hand auf einen gelben Blechkasten, neben dem sie zufällig standen, und zeigte dann auf eine Reihe identischer Gehäuse, die im Abstand von fünfzig Metern nach Südosten verlief. »Das ist die Signalanlage für die Einflugschneise.«

»Worum genau ging es jetzt also bei dem Streit?«, fragte Morgenstern, als der Lärm abgeebbt war.

»Ganz einfach. Der Gundi und ich waren mal kurz zusammen. Aber dann hat ihn sich die Barbie geschnappt. Die hat sich den Gundi im Nullkommanichts um den Finger gewickelt. Und er ist total auf sie abgefahren. Ich glaube auch, weil ihr Vater diesen komischen Römerpark bauen will. Das ist schon was anderes als unsere Kartoffeln.« Sie deutete auf den halb abgeernteten Acker mit dem struppigen braunen Kraut. »Ich hab dem Gundi daraufhin gesagt, dass ich nie mehr etwas mit ihm zu tun haben will. Und daran halte ich mich auch. Aber es ist dann nicht lange gut gegangen mit den beiden. Die Barbie hat schon nach ein paar Wochen genug gehabt vom Gundi und ihn abserviert. Ich habe das alles hintenherum erfahren. Weil mit dem Gundi wechsel ich ja kein Wort mehr.«

»Nachtragend wie ein Elefant«, stellte Morgenstern nüchtern fest.

»Und wenn schon«, gab Monika Weinzierl zurück.

»Und genauso angriffslustig«, schaltete Hecht sich ein.

»Normal nicht. Ich hab selber gedacht, die Sache wäre für mich erledigt. Schwamm drüber. Aber beim Limesfest hatten wir alle schon ein bisschen was getrunken. Es war ja so heiß an dem Nachmittag. Und dann sind mir am Abend die Sicherungen durchgebrannt.«

»Erst haben Sie sich mit der Barbie geprügelt … Und wie ging das dann weiter?«, fragte Morgenstern.

»Es ging überhaupt nicht weiter!«, schnappte Monika Weinzierl zurück. »Außerdem haben wir uns nicht geprügelt, das machen bloß die Männer. Auf einmal war ein Haufen Leute um uns rum und hat uns angefeuert, und da habe ich schnell gemerkt, dass das aus dem Ruder läuft. Und gleich darauf war die Polizei da.«

»Haben Sie die Limeskönigin später noch einmal getroffen? Vielleicht zu einer Aussprache? Unter vier Augen?«

»Wir mussten ja alle wieder ins Festzelt. Wir waren schließlich Ehrengäste des Bürgermeisters der Gemeinde Kipfenberg. Alle waren noch an der Schnapsbar. Wir haben uns aber nicht mehr angeschaut. Und die Krautkönigin war auch ziemlich sauer.«

»Sauerkrautkönigin«, sagte Morgenstern. »Auch nicht schlecht.«

»Wann sind Sie nach Hause gekommen?«, fragte Hecht.

»Irgendwann nach Mitternacht. Die Spargelkönigin aus Schrobenhausen hat mich mitgenommen. Das liegt für sie auf dem Weg.«

»Ach, die Spargelkönigin war auch da?«, fragte Hecht mit lokalpatriotisch-schwärmerischem Unterton.

»Was denken Sie denn? Das ist eines der größten Königinnentreffen weit und breit.« Die Augen der Kartoffelkönigin leuchteten für einen Moment vor Stolz.

»Sie selbst waren also ohne Auto beim Limesfest?«, fragte Morgenstern beiläufig.

»Genau.«

Morgenstern warf Hecht einen vielsagenden Blick zu. Es bestand für ihn kein Zweifel, dass Barbie Breitenhiller mit einem Auto an den Pfahldorfer Weiher gefahren worden war, knapp drei Kilometer vom Kipfenberger Festplatz entfernt. Und wer immer in die Wachstube des Pfünzer Römerkastells eingedrungen war, musste ebenfalls mobil gewesen sein. Und stark noch dazu. Das Herausbrechen des Eisengitters war bestimmt nichts für zarte Frauenhände gewesen. Andererseits …

»Dürfte ich mal Ihre Hände sehen, Frau Weinzierl?«

»Warum?«

»Darum«, sagte Morgenstern unwirsch. »Zeigen Sie schon her.«

Gehorsam streckte die junge Frau ihm ihre Hände entgegen. Sie waren kräftig, wie Morgenstern es selten bei einer Frau gesehen hatte. Auf dem Handrücken waren frische Kratzspuren zu erkennen.

»Wo kommen die Schrammen her?«, wollte Hecht wissen.

»Die hat mir die Barbie verpasst«, sagte Monika Weinzierl. »Die hatte so künstlich verlängerte Nägel, Hollywood-Nails halt. Daheim auf dem Hof hat die bestimmt keinen Finger krumm gemacht. Die größte Katastrophe war für die doch ein abgebrochener Fingernagel.«

»Die größte Katastrophe ist doch wohl, dass sie jetzt tot ist«, sagte Hecht.

Monika Weinzierl schoss die Schamesröte ins Gesicht, und sie begann zu weinen. Morgenstern reichte ihr ein Tempotaschentuch.

»Ist ja gut«, sage er beruhigend.

»Sie halten mich jetzt sicher für herzlos«, stammelte die junge Frau. »Aber so meine ich das gar nicht. Sie tut mir ja leid. Das ist alles so traurig.«

»Das finden wir allerdings auch. Und jetzt hätten wir von Ihnen noch gerne den vollen Namen und die Adresse von Ihrem Exfreund Gundekar.«

Die Kartoffelkönigin zauberte aus der breiten, mit einem Reißverschluss versehenen Brusttasche ihrer Latzhose ein Smartphone. Ein paar Klicks, und Hecht konnte sich von der E-Mail-Adresse bis zum Geburtsdatum sämtliche persönlichen Daten von Gundekar Russer aus Eichstätt abschreiben.

»Neulich hätte ich ihn beinahe schon gelöscht«, sagte die immer noch leicht verheulte Kartoffelkönigin mit wehmütigem Blick. »Aber dann habe ich an die Brosche gedacht, die er mir damals geschenkt hat. Die habe ich schließlich auch nicht weggeworfen oder zurückgegeben. Echt römisch ist die. Die hat er selber irgendwo ausgegraben, mit der Metallsuchsonde.«

»Manche Leute haben vielleicht seltsame Hobbys.« Morgenstern schüttelte den Kopf. Hinter dem Zaun des nahen Fliegerhorstes war erneut das Warmlaufen von Düsenjägerturbinen zu hören. »Sagen Sie mal, wie oft fliegen die eigentlich da drüben?«

»Ach, lange nicht mehr so oft wie früher, sagen meine Eltern. Seit die Mauer gefallen ist, geht es auch bei uns viel friedlicher zu. Und die Bundeswehr muss sparen.«

»Der Mauerfall …« Morgenstern musste an den Limes denken, an die römische Grenzmauer, die vor knapp zweitausend Jahren die Welt geteilt, die Menschen getrennt hatte, bis sie eines Tages gefallen war. Allerdings war das Ende des Limes nicht ganz so friedlich gewesen wie anno 1989 das Finale des Eisernen Vorhangs. Sein Sinnieren wurde vom infernalischen Lärm des startenden Eurofighters beendet.

»Sie können sich jetzt wieder Ihren Kartoffeln zuwenden, Frau Weinzierl«, sagte Morgenstern, als der Düsenjäger am Horizont verschwunden war, auf Patrouillenflug Richtung Norden. »Wir haben ja Ihre Handynummer. Gut möglich, dass wir noch einmal ein paar Fragen haben. Bleiben Sie also die nächsten Tage erreichbar, fahren Sie nicht weg.«

Die Kartoffelkönigin sah ihn mit gequältem Gesichtsausdruck an, deutete dann auf den Vollernter am anderen Ende des Ackers und sagte leise: »Wo sollte ich denn wohl hinfahren?«

Noch vom Acker aus versuchte Hecht, Gundekar Russer in Eichstätt ans Telefon zu bekommen. Aber an seinem Festnetzanschluss schaltete sich nur die Mailbox ein, und auf dem Handy war er ebenfalls nicht erreichbar.

»Ich versuche es heute Abend von daheim aus weiter«, kündigte Morgenstern an. »Der kann sich ja nicht in Luft aufgelöst haben.« Nachdenklich blickte er über den Kartoffelacker. »Die Weinzierl hat von den Plänen für diesen Römerpark gesprochen. Das höre ich jetzt schon zum dritten Mal. Wenn wir bei den Breitenhillers sind, will ich da dringend mehr darüber erfahren.«

»Stoppt den Römerpark!«, erinnerte Hecht an die Aufschrift auf dem ausrangierten Anhänger. »Auf nach Hirnstetten.«

Eine Stunde später saßen die beiden Ermittler erneut im Wohnzimmer der Familie Breitenhiller. Wieder hatten sich Vater, Mutter und Tochter auf den Sofas verteilt, und alle drei wirkten überraschend gefasst.

»Wir werden Sie nicht lange aufhalten«, sagte Morgenstern. »Aber wir würden gerne mehr über den Römerpark wissen, den Sie anscheinend planen. Wir haben jetzt schon ein paarmal davon gehört. Und wir haben da draußen ein Protestplakat gesehen. Anscheinend finden nicht alle diesen Park gut.«

»Ach was.« Albert Breitenhiller winkte ab. »Ein paar Neider und Bremser gibt es immer. Wenn es nach denen ginge, dann säßen die Menschen heute noch auf den Bäumen.« Er schaute versonnen aus dem Fenster. »Der Augustus-Park wird ein großer Freizeitpark hier im Westen von Hirnstetten. Sämtliche Grundstücke kommen von uns, und ich bin auch Mitglied der internationalen Betreibergesellschaft.«

»Donnerwetter«, sagte Morgenstern. »Wann soll der Park denn gebaut werden?«

»In zwei Jahren, wenn alles wie geplant verläuft. Dann kommen zwei Jahre Bauzeit, und in vier Jahren ist Eröffnung.«

»Ehrgeiziges Projekt«, sagte Hecht.

Albert Breitenhiller hob langsam seine Kaffeetasse, nahm einen Schluck, setzte die Tasse mit seinen großen Händen sorgfältig wieder ab. »Eines sage ich Ihnen: Wenn es mit diesem Park nichts wird, dann schmeißen wir hier alles hin und wandern aus. Nach Kanada. Jetzt, wo die Barbara tot ist.« Er hob den Finger, als wollte er allen Widersachern dieser Welt drohen.

»Albert, sag nicht so etwas«, beschwichtigte ihn seine Frau, deren erstaunliche Ruhe Morgenstern dem Einsatz von verschreibungspflichtigen Beruhigungsmitteln zuschrieb. Zu Hecht und ihm gewandt sagte sie: »Sie finden alles über den Park im Internet. Auf unserer Homepage.«

»Wo genau soll der Park denn entstehen?«, fragte Morgenstern.

»Zwischen Hirnstetten und Götzelshard. Da liegen unsere Felder. Siebzig Hektar direkt an der Straße. Steiniger Boden. Jura halt.«

Morgenstern packte den Stier bei den Hörnern. »Könnte der Tod von Barbara etwas mit den Plänen für den Freizeitpark zu tun haben? Dass da irgendetwas eskaliert ist?«

Breitenhiller nahm den Kopf zwischen seine großen Hände und dachte nach. »Man hat mir vor ungefähr drei Monaten das Auto zerkratzt. Am späten Abend, in Kipfenberg vor der Wirtschaft. Ich habe Anzeige erstattet, aber es ist nichts dabei rausgekommen.« Er schaute Morgenstern an, als wäre der persönlich für die im Sande verlaufenen Ermittlungen verantwortlich.

Morgenstern schüttelte den Kopf. »Aber dass jemand einen Menschen umbringt, eine junge Frau, das ist doch etwas ganz anderes als ein paar Kratzer im Lack.«

Rosemarie Breitenhiller begann zu weinen, Tochter Katharina schloss sich an.

»Wer hat eigentlich da draußen neben der Straße diesen Miststreuer mit dem Protestplakat aufgestellt?«, fragte Hecht.

»Das war dieser Pietzka. Hohes Tier bei Audi. Der hat sich vor ein paar Jahren vorne am Ortseingang eine Villa hingestellt und meint, dass jetzt das ganze Dorf nach seiner Pfeife tanzt.«

»Das Gebetläuten in der Früh um halb sechs von der Kirche hat er auch schon verbieten lassen wollen«, sagte Rosemarie Breitenhiller zwischen zwei Schluchzern.

»Pietzka«, notierte Hecht. »Den sollten wir uns mal näher ansehen.«

Breitenhiller eilte aus dem Wohnzimmer und kam einen Moment später mit einem Leitzordner zurück. »Den können Sie mitnehmen. Da ist unser ganzer Briefwechsel mit diesem Pietzka drin.«

Morgenstern blätterte kurz in den Dokumenten, legte den Ordner dann aber zur Seite.

Rosemarie Breitenhiller stand auf, ging an den Wohnzimmerschrank und kehrte mit einem dicken grünen Fotoalbum zurück. Morgenstern ahnte, was nun kommen würde: ein tiefer Blick in die Vergangenheit der Breitenhillers. Eigentlich war das eine typische Aufgabe für das Kriseninterventionsteam, dachte er. Die hatten für so etwas erheblich mehr Zeit und auch Geschick als er und Hecht. Was sollte man denn auch sagen, wenn die ganze Familiengeschichte vor einem aufgeblättert wurde, beginnend mit der Hochzeit eines Brautpaares, das sich mit einer riesigen Gesellschaft zum Gruppenbild vor der kleinen Hirnstettener Kirche aufgestellt hatte. Dann folgte auch schon, im angemessenen Zeitabstand, die Taufe der kleinen Barbara durch einen Pfarrer, der aus einer kleinen silbernen Kanne Weihwasser über das Köpfchen des schreienden Babys goss.

»Der Hans.« Rosemarie Breitenhiller deutete auf den Geistlichen in seinem barocken Messgewand, ein ernsthaft wirkender Mann mit scharf geschnittenen Gesichtszügen und früh ergrautem Haar.

»Der Hans?«, fragte Morgenstern.

»Mein älterer Bruder«, sagte Breitenhiller. »Wesentlich älter als ich. Er ist in Eichstätt ins Seminar gegangen und Priester geworden. Es war für ihn eine Ehrensache, dass er damals unsere Barbara getauft hat.«

Rosemarie Breitenhiller überblätterte einige Seiten im Album. »Der Hans: Wir haben ihm schon Bescheid gegeben. Er wird auch die Beerdigung halten.« Sie fand das Bild, nach dem sie gesucht hatte. »Hier ist er noch mal.«

Morgenstern und Hecht sahen den hageren Geistlichen in schwarzer Soutane vor einer unverwechselbaren Kulisse: vor dem Petersdom, umgeben von seinen Verwandten aus Hirnstetten, darunter auch Barbara als Teenager.

»Da haben Sie einen Ausflug mit ihm nach Rom gemacht?«, fragte Hecht höflich.

»Nein«, sagte Breitenhiller und schien auf seinem Sofa vor Stolz ein wenig zu wachsen. »Hans wohnt in Rom. Wir haben ihn da besucht. Mein Bruder ist schon seit vielen Jahren im Vatikan, er arbeitet in der Kurie. Monsignore Breitenhiller.« Er deutete auf das Foto aus dem Vatikan. »Er hat natürlich auch den Doktor gemacht. Der einzige Akademiker in unserer ganzen Verwandtschaft.«

»Dass Barbara tot ist, ist ein Schock für ihn«, sagte die Mutter. »Er war immer ganz vernarrt in unsere Mädchen. Wenn er nicht Priester geworden wäre, wäre er bestimmt ein guter Vater geworden.«

»Der Hans hätte alles werden können«, schob Breitenhiller nach. »Nun hat er in der Kirche Karriere gemacht. Im Vatikan. Jetzt geht er auf die sechzig zu, da denken die Leute im weltlichen Leben langsam an die Rente. Aber in der katholischen Kirche wird es da erst interessant.«

Rosemarie Breitenhiller sah die Ermittler an. »Waren Sie schon mal in Rom?« Als beide verneinten, sagte sie: »Sollten Sie aber. Man sagt doch: Alle Wege führen nach Rom.«

Breitenhiller pflichtete bei. »Wenn man bedenkt, dass hier direkt bei uns in Hirnstetten die Grenze des Römischen Reiches verlaufen ist, dann wird einem erst klar, warum wir Bayern so nach Süden orientiert sind. Das sagt der Hans auch immer. Deswegen hilft er mir auch beim Römerpark.«

»Ich stamme von der anderen Seite«, sagte Morgenstern kurz und deutete dahin, wo er Norden vermutete. »Aus Nürnberg. So weit sind die Römer nie gekommen.«

An diesem Abend saß Morgenstern erstmals seit langer Zeit ganz alleine zu Hause. Er stöberte in den Tiefen des Vorratsschranks eine hoch betagte Dose Tomatenravioli auf, die einst als eiserne Reserve beim Campingurlaub gedient hatte, aber nie zum Einsatz gekommen war. Ein Blick aufs Verfallsdatum zeigte, dass ihr Inhalt noch während des gesamten Jahrzehnts gefahrlos verzehrt werden konnte.

Morgenstern suchte und fand eine große Zwiebel, schälte sie, schnitt sie in grobe Würfel und schwitzte sie mit viel Sonnenblumenöl bei höchster Temperatur an. Darauf kippte er den Doseninhalt, der erfreulicherweise auch einem misstrauischen Schnuppertest standhielt. Er rührte einmal um, legte den Deckel auf und ging dann duschen. Als er fünf, eher zehn Minuten später in die Küche zurückkehrte, roch er das Malheur schon, bevor er den Deckel abgenommen hatte: Sein Nudel-Fertiggericht war hoffnungslos eingedampft und hatte sich mit einer dicken schwarzen Kruste auf dem Topfboden eingebacken.

»Wäre sowieso eine viel zu große Portion gewesen«, murmelte er und begann, mit einem Löffel den oberen, noch am ehesten unversehrten Teil seiner Strohwitwer-Mahlzeit zu sich zu nehmen.

Den Rest stellte er nach kurzer Überlegung ins Spülbecken. Dann versuchte er es noch einmal bei Gundekar Russer. Nachdem es eine ganze Weile geläutet hatte, meldete sich eine Frauenstimme.

»Hier bei Russer.«

»Mein Name ist Morgenstern, Mike Morgenstern. Ich hätte gern mit Herrn Russer gesprochen. Ich habe es heute schon ein paarmal versucht.«

»Das tut mir leid«, erwiderte die Frau. »Er ist die ganze Woche nicht da.«

»Ans Handy geht er auch nicht«, stellte Morgenstern mit tadelndem Unterton fest.

»Er hat sein Handy nicht mitgenommen. Das soll ja alles ganz original sein. Und damals gab's halt noch keine Handys.«

»Wie bitte?« Morgenstern verstand nur Bahnhof.

»Ach so. Sie wissen das nicht: Gundekar ist mit seiner Gruppe am Limes unterwegs. Die marschieren die ganze Woche lang.«

»Am Limes?«

»Ja, das ist ein Legionärsmarsch. Wie vor zweitausend Jahren.«

»Ach, das ist ja interessant. Und wo führt der hin?«

»Von der Donau bei Kelheim bis nach Aalen in Baden-Württemberg. Ich bin gespannt, ob sie das schaffen.«

Morgenstern überlegte kurz. »Und, wenn ich fragen darf, wer sind Sie?«

»Ich bin Anna Russer, Gundekars Mutter. Ich kümmere mich ein bisschen um die Wohnung, wenn er nicht da ist. Vor allem um die Katze, seine Mimi. Wenn die keine Ansprache hat, dann ist sie beleidigt.«

Morgenstern blickte auf seine Uhr. Es war kurz vor einundzwanzig Uhr. »Frau Russer, kann ich vielleicht kurz bei Ihnen vorbeikommen? Ich will das alles nicht gerne am Telefon besprechen. Es geht um eine frühere Freundin Ihres Sohnes.«

»Ähm, wie war Ihr Name gleich wieder?«

»Morgenstern. Ich bin bei der Polizei, bei der Kripo.«

»Kriminalpolizei? Also gut, dann kommen Sie. Sie wissen, wo die Wohnung ist?«

»In der Pfahlstraße«, nickte Morgenstern. »Ich bin in fünf Minuten da.«

Und schon war er auf der Treppe.

Die Eichstätter Pfahlstraße führte parallel zur Altmühl von Westen kommend direkt am Rathaus vorbei bis zur Spitalbrücke und der ehemaligen Residenz des Fürstbischofs. Eine mit Granitsteinen gepflasterte schmale Straße, eher eine Gasse – und trotzdem war diese Einbahnstraße eine der meistbefahrenen Routen der Altstadt. Friseurläden und ein Fossilienhändler, das örtliche China-Restaurant, ein Reisebüro und vieles mehr waren hier angesiedelt. Auch die Rückseite des Rathauses grenzte an diese Straße.

Was den meisten Passanten aber am stärksten ins Auge stach, war ein Neubau in bester Lage, dessen Erdgeschoss seit einigen Jahren ausschließlich dem Kampf gegen die katholische Kirche gewidmet war. Morgenstern hatte sich schon häufig staunend die unzähligen gerahmten Plakate angesehen, die hinter der Glasfront des Ladens aufgestellt waren und allesamt das Ziel hatten, Passanten zum Kirchenaustritt zu bewegen. Ob sich auch nur ein einziger Flaneur beim Einkaufsbummel spontan für den Atheismus entschieden hatte? Sicher war Morgenstern sich allerdings, dass die Plakate bei aller Schmähkritik juristisch nicht zu packen waren. Der Betreiber konzentrierte sich ausdrücklich aufs Zitieren möglichst honoriger Literaten oder Staatsmänner, die an Mutter Kirche Fundamentalkritik geübt hatten. Je deftiger, desto lieber. Gewürzt war das alles noch mit Hinweisen auf pädophile Verfehlungen im Kirchendienst sowie Verkehrswarnschildern, auf denen ein altertümlicher Geistlicher in Soutane mit weit ausgestreckten Armen fliehende Kinder verfolgte.

Morgenstern, der gebürtige Großstädter, sah solches Treiben mit Gleichmut, wenn es ihn nicht gar als knallbunten Kontrapunkt zum überall in der kleinen Stadt auftrumpfenden Barock-Katholizismus amüsierte. Ihm war aber durchaus bewusst, dass eine große Mehrheit das nicht so entspannt sehen konnte, aber zähneknirschend einsehen musste, dass gegen diese hartnäckige Ein-Mann-Kampagne eines Hausbesitzers in einem Land mit ausgeprägter Meinungsfreiheit kein Kraut gewachsen war.

Als er jetzt zu Fuß durch die Pfahlstraße eilte, stellte er fest, dass Russer genau im Gebäudekomplex des Kirchenkritikers seine Mietwohnung hatte.

Anna Russer betätigte fast im selben Moment, als Morgenstern die Klingel gedrückt hatte, den Türsummer und rief durchs Treppenhaus, er solle in den dritten Stock kommen. Morgenstern eilte hinauf. Sie stand in der Wohnungstür, als er etwas außer Atem oben ankam, und es war ihr anzusehen, dass sie sich ihren Besucher von der Kripo Ingolstadt irgendwie anders vorgestellt hatte.

»Und Sie sind also von der Polizei?«, sagte sie statt einer Begrüßung.

Morgenstern hatte zum Glück seinen Geldbeutel mit dem Dienstausweis in die Hosentasche gesteckt und wies sich aus, um alle Zweifel an seiner Seriosität auszuräumen.

»Kommen Sie rein, aber ziehen Sie Ihre Schuhe aus«, forderte Anna Russer ihn auf.

Mühsam quälte sich Morgenstern noch im Treppenhaus aus seinen Stiefeln und stellte sie säuberlich neben die Fußmatte. »Ave«, las er auf dem Fußabstreifer. Das war passend für die Wohnung eines Römerfans und hundertmal origineller als die Aufforderung »Hax'n abkratz'n!«, die er schon oft in den Hauseingängen bajuwarischer Gaudiburschen gesehen hatte.

Die Wohnung war groß und hell, und schon auf dem Weg durch den Flur ins Wohnzimmer hatte Morgenstern das Gefühl, durch ein Privatmuseum zu wandeln. An den Wänden hingen gerahmte Plakate verschiedener historischer Ausstellungen des Kelten- und Römermuseums in Manching, des Römermuseums in Weißenburg, das mit einem Schatzfund aus bronzenen Götterfiguren lockte, und von einem weiteren Römerschatz in Straubing. Russer junior war im Jubiläumsjahr der Varusschlacht

2009 offenbar auch in Norddeutschland gewesen, in Kalkriese, wo die römischen Legionen zweitausend Jahre vorher von Germanen vernichtend geschlagen worden waren.

Das Wohnzimmer war vollgestellt mit Regalen: Aktenordner, Bücher. Morgenstern warf einen kurzen Blick auf die Bibliothek: Auch hier spiegelte sich die Leidenschaft für Römer und Archäologie wider. Mindestens zehn Bände des Jahrbuchs »Das archäologische Jahr in Bayern« standen da, Werke von Marcus Junkelmann über seine experimentellen Forschungen über die römischen Legionäre. An einer Wand hing eine große Karte von Süddeutschland, die offenbar aus dem Schulbedarf stammte. Morgenstern wollte sich gerne noch weiter umsehen, aber Anna Russer räusperte sich und bat ihn, auf einer gelben Kunstledercouch Platz zu nehmen. Eine große braune Katze strich um seine Beine, und ehe sich Morgenstern versah, sprang sie mit einem Satz aufs Sofa, nahm schnurrend neben ihm Platz und hoffte auf Streicheleinheiten.

»Wie ich Ihnen schon gesagt habe: Der Gundekar ist mit seinen Kameraden auf einem Marsch am Limes. Das haben sie schon lange geplant. Worum geht es denn?«

Morgenstern sah die Frau nachdenklich an. Sie war schmal, trug eine dicke Brille, die blond-grauen Haare hatte sie zu einem Dutt hochgesteckt. Über einem geblümten Sommerkleid trug sie eine dünne hellbraune Wolljacke und eine Halskette, an der klein, aber unübersehbar ein Medaillon mit einer geprägten Marienfigur hing.

»Ich habe keine guten Nachrichten für Ihren Sohn«, begann er. »Eine frühere Freundin von ihm ist gestern früh tot aufgefunden worden.«

»Sie meinen die Limeskönigin? Ich habe davon heute früh in der Zeitung gelesen. Furchtbar.« Anna Russer bekreuzigte sich und blickte kurz zur Decke. Morgenstern vermutete, dass sie dabei ein Stoßgebet zum Himmel sandte.

»Barbara Breitenhiller aus Hirnstetten war eine Weile die Freundin Ihres Sohnes«, schob er nach. »Haben Sie die Frau gekannt?«

Anna Russer nickte. »Flüchtig. Ich habe sie nur ein paarmal gesehen, zwischen Tür und Angel. Ein hübsches Mädchen. Aber der Gundekar hat nicht gewollt, dass ich mich einmische. So war das schon immer bei seinen Frauengeschichten.« Sie klang bekümmert. »Er hat wahrscheinlich Angst, dass ich etwas dagegen habe. Dabei würde ich ihm nur einen Rat geben wollen. Als Mutter darf man das doch, nicht wahr?«

Morgenstern brummte etwas Unverständliches.

»Die Beziehung mit dieser Barbara hat dann aber auch nicht gehalten. Wenigstens das hat er mir erzählt. Er war fix und fertig deswegen. So habe ich ihn noch selten erlebt.« Sie seufzte. »Eigentlich würde es Zeit, dass er etwas Dauerhaftes findet, meinen Sie nicht auch, Herr Kommissar? Wenn er sich schon nicht für den geistlichen Stand entscheiden mag.«

»Ähem, Frau Russer. Ich weiß bisher noch gar nichts über Ihren Sohn.«

Aber Anna Russer war nicht zu bremsen. »Jetzt ist er schon fast fünfunddreißig Jahre alt, älter als unser Herr Jesus Christ geworden ist.« Wieder bekreuzigte sie sich mit einer routinierten fließenden Handbewegung. »Und immer noch hat er keine Frau fürs Leben gefunden.« Sie sah Morgenstern an. »Man möchte als Mutter ja auch einmal Enkel haben, nicht wahr?«

»Das kommt schon noch«, sagte Morgenstern. »Ich würde nun aber doch gerne wissen, wie ich ihn erreichen kann auf seiner Expedition. Soweit wir wissen, war er am Sonntag spätnachmittags in Kipfenberg auf dem Limesfest.«

»Wie gesagt, er hat sein Handy nicht dabei. Aber jetzt, wo Sie mich so fragen, fällt mir ein, dass er da drüben an seinem Schreibtisch eine Liste mit Telefonnummern von seinen Kameraden aus der Legion hat. Der Zenturio hat doch bestimmt sein Handy dabei. Einer muss doch erreichbar sein.« Sie stand auf und ging zum Schreibtisch. »Ah, da ist er ja schon. Karl-Heinz Rehling. Genau, der Rehling aus Dollnstein. Den würde ich an Ihrer Stelle mal anrufen.«

Morgenstern hob die Katze, die es sich mittlerweile schnurrend auf seinem Schoß bequem gemacht hatte, zur Seite, notierte sich die Handynummer, und weil er schon stand, nutzte er die Gelegenheit, sich weiter in der Wohnung umzusehen. In einer Ecke stand ein Metallrohr mit gebogenem Griff und am unteren Ende einer Art eiserner Teller: Es schien ein Metallspürgerät zu sein. In einer schlichten gläsernen Vitrine waren verwitterte, teils von Grünspan überzogene Münzen ausgestellt, dazu Speer- oder Pfeilspitzen, Reste von eisernen Ketten und ein gedengeltes Metallteil, das möglicherweise einmal zu einem Helm gehört hatte. Offenbar hatte Russer als Sondengänger einigen Erfolg.

»Schöne Sammlung«, sagte er zu Anna Russer, die sich ein wenig argwöhnisch hinter ihn gestellt hatte.

»Finden Sie? Ich weiß nicht recht. Er hat mir erzählt, dass er oft abends oder sogar nachts allein unterwegs ist. Das gefällt mir gar nicht. Man macht sich ja Sorgen.«

»Ein Mann muss seinen Weg gehen«, sagte Morgenstern lakonisch.

»Da sagen Sie was, Herr Kommissar.« Sie seufzte erneut. »Er ist ja auch Finanzbeamter geworden, hier in Eichstätt. Wer hätte das gedacht?«

»Das ist doch schön, Frau Russer. Finanzbeamte braucht man immer.«

»Finanzbeamter«, wiederholte sie mit bitterem Ton. »Er hatte schon angefangen mit dem Theologiestudium. Er hat Priester werden wollen. Genau so, wie ich mir das immer gewünscht habe. Wie oft haben wir damals für ihn gebetet.«

»Wir?«

»Ja, ich bin im Gebetskreis für geistliche Berufe, und da beten wir gemeinsam einmal im Monat ganz früh am Morgen den Rosenkranz. Wir beten um Priesternachwuchs, dass Gott Arbeiter in seinen Weinberg schicke. Wenn Sie verstehen, Herr Kommissar.« Mit hoher, vibrierender Stimme begann sie zu singen: »Dein Weinberg, Herr, ist leer und öd, das Volk ist hungrig und vergeht, nach deinem Wort und Werke …«

»Um Gottes willen«, entfuhr es Morgenstern.

Anna Russer interpretierte das als Zustimmung. »Da haben Sie recht. Es ist eine Katastrophe, dass immer weniger junge Männer für den Dienst am Altar bereit sind. Und mein Gundekar wäre genau der Richtige gewesen. Hat schon im Priesterseminar am Leonrodplatz gewohnt. Und dann macht er auf einmal einen Rückzieher und sattelt um auf Finanzwesen. Und jetzt wohnt er ausgerechnet hier in diesem Haus.« Sie deutete auf den Fußboden. »Haben Sie die Schilder gesehen in den Schaufenstern?«

Morgenstern nickte. »Schon oft. Die sind nicht zu übersehen. Das ist ja der Sinn der Übung.«

»Dass so etwas erlaubt ist, also wirklich! Eine Unverschämtheit ist das. Und mein Gundekar zieht ausgerechnet hier ein. Und ich? Jedes Mal, wenn ich die Katze füttere, muss ich daran vorbei. Eine Schande! Früher hätte es das nicht gegeben.« Anna Russer hatte sich in Rage geredet.

Morgenstern wollte sich nicht vorstellen, wie dieses »Früher« in einer katholisch geprägten Bischofsstadt wie Eichstätt ausgesehen haben mochte.

»Und als Sie vorhin angerufen und gesagt haben, dass Sie von der Polizei sind, da dachte ich mir: Das ist ein Zeichen dafür, dass es höchste Zeit wird, dass etwas unternommen wird.«

»Von Ihrem Gebetskreis?«, fragte Morgenstern arglos.

»Nein. Natürlich von Ihnen. Sie sind doch hier der Vertreter von Recht und Ordnung. Sie müssen diesen Wahnsinn stoppen. Das ist Gotteslästerung, was hier in diesem Haus passiert.«

Morgenstern schielte zur Tür. Er musste schauen, dass er hier heil herauskam.

»Soweit ich das sehe, geht es hier nicht so sehr um Gott, sondern eher um sein irdisches Bodenpersonal, das kritisiert wird, die Kirche als Institution«, gab er vorsichtig zu bedenken und bewegte sich Richtung Ausgang.

»Kritisiert?« Ihre Stimme schraubte sich höher. »Da wird unser Heiliger Vater gelästert. Und die Polizei legt die Hände in den Schoß!«

»Beruhigen Sie sich, Frau Russer.« Morgenstern kam der rettende Blitzableiter in den Sinn. »Was sagt denn Ihr Sohn dazu, wenn er doch schon mal Theologie studiert hat? Der müsste sich doch damit besser auskennen als ich. Der hat das doch quasi gelernt.«

Anna Russer atmete tief durch, und Morgenstern erschnupperte einen deutlichen Hauch von Knoblauch, den er zuvor nicht wahrgenommen hatte. »Der Gundekar macht es sich ganz leicht. Der sagt immer nur ›leben und leben lassen‹. Und ich habe den Verdacht, dass er fast nicht mehr in die Kirche geht. Vom Beichtsakrament ganz zu schweigen.«

»Und genau so halte ich das auch«, sagte Morgenstern erleichtert und hielt das für ein gelungenes Schlusswort. Er versicherte sich, dass er die Telefonnummer des Zenturio eingesteckt hatte, drückte der verdutzten Anna Russer kurz die Hand, eilte ins Treppenhaus zu seinen Stiefeln, packte sie und hastete, noch in Socken, die Stufen hinab.

»Leben und leben lassen«, brummte er. Wenn Gundekar Russer dieses Prinzip wirklich ernst nahm, dann konnte er nichts damit zu tun haben, dass Barbie Breitenhiller tot war.

MITTWOCH

»Zenturio Carolus-Enricus. Ave!« Die Stimme am Telefon hörte sich markig und befehlsgewohnt an.

»Wie bitte? Spreche ich hier mit Karl-Heinz Rehling?«, fragte Morgenstern nach. Er saß in seinem Büro und hatte die Handynummer des Oberlegionärs gewählt.

»Carolus-Enricus«, wiederholte der Mann auf der anderen Seite. »Zenturio der Neunten Vindelikischen Kohorte.«

Morgenstern stellte sich kurz vor. »Wir würden gerne mit einem Ihrer Legionäre sprechen. Mit Herrn Russer.«

»Aha. Unser Signifer. Da haben Sie aber Glück, dass Sie mich erwischen«, sagte der Zenturio leutselig. »Ich schalte das Handy nämlich bloß morgens und abends für eine Stunde ein, damit wir im Notfall erreichbar sind. Wir meinen das ernst mit unserem Limesmarsch. Alles ganz original, wie im Jahr 200 nach Christus.«

»Und wo sind Sie jetzt im Moment?«, fragte Morgenstern.

»Am östlichen Ortsrand von Erkertshofen, das ist in der Gemeinde Titting. Da steht ein steinerner Limesturm, der irgendwann rekonstruiert worden ist. Wir haben auf dem Sportplatz daneben übernachtet. Jetzt packen wir unser Lager zusammen und marschieren weiter. Über Petersbuch und Raitenbuch nach Burgsalach. Die Burgsalacher haben einen Wachturm aus Holz, und dahinter, tief im Wald, sind die Grundmauern eines kleinen Kastells. Das ist der Burgus. Dort wollen wir heute Abend unser Lager aufschlagen. Und morgen geht es dann weiter bis nach Ellingen. Zum Kastell Sablonetum.«

»Strammes Pensum«, sagte Morgenstern und überlegte kurz, ob er den Zenturio samt Legionären verpflichten sollte, in Erkertshofen zu warten, entschied dann aber, deren perfekt durchstrukturierten Zeitplan nicht ins Wanken zu bringen. »Mein Kollege und ich werden versuchen, Sie irgendwo auf der Strecke zu treffen. Und sagen Sie Herrn Russer bitte nichts von unserem Telefonat.«

»Geht in Ordnung, Herr Kriminaloberkommissar.«

Morgenstern stellte mit Erstaunen fest, dass sich Zenturio Rehling seinen Rang gemerkt hatte. Der Mann hatte eindeutig Sinn für Hierarchien.

Mittlerweile war Hecht ins Büro gekommen und wedelte mit einem Packen Computerausdrucke, den er aus dem Sekretariat geholt hatte. »Ich habe vorhin im Internet mal ein bisschen nach dem Augustus-Park geforscht. Das ist jetzt schon der dritte Standort, an dem das Ding gebaut werden soll«, sagte er.

»Wie das?«, fragte Morgenstern.

»Zuerst war der Park irgendwo bei Gunzenhausen geplant. Da ist nichts draus geworden, Bürgerproteste und solche Sachen, weil alle den Verkehr fürchten. Dann hat ein Betreiber jahrelang versucht, das Projekt in der Nähe von Ellingen auf die Beine zu stellen, ganz nahe an der Bundesstraße 2. Die hatten sogar schon die Grundstücke zur Verfügung. Dann ist die Planungsfirma in den Konkurs geschliddert. Sieht so aus, als ob sich keine Investoren gefunden haben. Die Sache steht unter keinem guten Stern, das lässt sich eindeutig sagen.«

»Der Fluch der Teufelsmauer«, bemerkte Morgenstern lapidar. »Und wie kommt nun ausgerechnet unser Bauer Breitenhiller aus Hirnstetten an diese Sache?«

Hecht schien auf die Frage gewartet zu haben und tippte auf die auf Morgensterns Schreibtisch ausgebreitete Landkarte. »Von Hirnstetten aus ist es bloß ein Katzensprung bis zur Autobahn, zur A 9, Ausfahrt Altmühltal. Die Lage ist der Trumpf. Warum, denkst du, haben sie dieses Fabrikverkaufszentrum Ingolstadt Village hier bei uns in der Gegend gebaut?«

»Weil keiner sonst das Gelände neben der stinkenden Ölraffinerie haben wollte?«

»Nein. Weil es genau in der Mitte von Bayern liegt, an der wichtigsten Nord-Süd-Verbindung von ganz Deutschland. Jeder, der von Norddeutschland oder Holland nach Österreich und Südeuropa will, muss da vorbei.«

Morgenstern blieb skeptisch. »Aber Breitenhiller hat doch für so ein Projekt nicht das Format. Der ist dafür ein viel zu kleines

Licht. Schuster, bleib bei deinen Leisten – Bauer, bleib bei deinen Kühen.«

»Er sieht das anders«, erläuterte Hecht. »Du musst dir mal die Homepage ansehen. Er hat das geplatzte Projekt von Ellingen einfach kopiert und den Namen ein bisschen abgeändert. Breitenhiller macht mit seinem perfekten Standort Werbung. Und er deutet an, dass es auch mit der Finanzierung keine Probleme geben wird. Wo war das gleich wieder?« Hecht tippte auf seiner Computertastatur. »Da steht es: ›Bei der Finanzierung setzt die Breitenhiller Group Ltd. auf Kooperation mit internationalen Investoren, lässt aber aus Gründen der regionalen Einbindung auch gerne lokale Geldanleger zu. Interessenten wenden sich an den unabhängigen Finanzberater Baron Oswald von der Tann in Ingolstadt‹, Telefon und so weiter und sofort.«

»Wie kommt der Breitenhiller an internationale Investoren?«, fragte Morgenstern. »Der kann bestimmt nicht mal Englisch. Mehr noch: Der kann noch nicht mal Hochdeutsch.«

»Das stört in Bayern so wenig wie in Baden-Württemberg«, stellte Hecht klar. »Das Entscheidende ist, dass der Breitenhiller ein funktionierendes Konzept hat und Grundstücke mit optimaler Lage.« Er klickte sich weiter durch die Homepage des Augustus-Parks und las vor: »Im Jahr 2005 wurde der Limes von der UNESCO zum Weltkulturerbe erklärt. Seither bemühen sich Länder, Landkreise und Gemeinden in seiner Nähe darum, dieses einmalige, fünfhundert Kilometer lange Bodendenkmal für Besucher greifbar zu machen. Der Augustus-Park in unmittelbarer Nähe zum Limes will einen wichtigen kulturellen wie touristischen Beitrag dazu leisten. In Abstimmung mit Historikern, aber ohne Eingriff in vorhandene Bodendenkmäler, soll großen und kleinen Gästen aus dem In- und Ausland das Leben von Römern und Germanen an dieser Trennlinie spannend vor Augen geführt werden.«

»Kultureller Beitrag, dass ich nicht lache«, sagte Morgenstern. »So wie ich das sehe, wird das reine Volksbelustigung.«

»Die Leute werden trotzdem kommen, besser gesagt, erst recht«, meinte Hecht. »Von mir aus können die da droben machen, was sie wollen. Tut doch keinem weh. Und so, wie die das anpacken, kann die UNESCO auch nichts dagegen haben. Wenn sie schön Abstand vom Limes halten, kann sich keiner beschweren.«

»Bis auf die Anwohner«, erinnerte Morgenstern ihn. »Wie hieß er gleich wieder, dieser Audi-Ingenieur?«

Hecht blätterte in seinem Block, fand den Namen aber auf die Schnelle nicht. »Den knöpfen wir uns auf jeden Fall noch vor. Aber du hast recht. Wenn es dem Breitenhiller nicht gelingt, die Einheimischen mit einzubinden, am besten mit ihrem Geld als Investoren, dann kriegt er ein Problem. Die können ihn auf Monate und Jahre ausbremsen.«

»Und jetzt ist seine Tochter ermordet worden«, fügte Morgenstern hinzu. »Da oben am Limes geht einer über Leichen.«

Sie klickten sich durch weitere Seiten, auf denen Wagenrennen und Lagerleben und Gladiatorenkämpfe in einer eigens zu bauenden Arena versprochen wurden. Auch Wasserrutschen und eine Achterbahn gehörten zum Konzept, wie auch immer das mit dem Thema Römer und Germanen zu verknüpfen sein sollte. Ein großer Wellnessbereich versprach »Badespaß und Saunavergnügen wie im alten Rom«.

»Schlemmen wie Lukullus« war die Seite über die geplante Gastronomie überschrieben, die Schweinebauch gefüllt mit Dörrobst und Hähnchen im Petersiliensud pries.

»Dafür, dass in Hirnstetten noch alles Ackerland ist, nehmen die den Mund ganz schön voll«, sagte Morgenstern. »Das muss doch noch eine Ewigkeit dauern, bis da tatsächlich was steht. Das klappt nie und nimmer mit der Eröffnung in vier Jahren.«

»Wenn sie tatsächlich einen oder vielleicht sogar mehrere Großinvestoren haben, kann das ganz schnell gehen«, widersprach Hecht. »Ich habe was von zweihundert Arbeitsplätzen gelesen. Wenn die Politik das hört, legt sich keiner quer. Ich kann mich noch erinnern, wie das Legoland bei Günzburg in Planung war. Die Politiker haben denen den roten Teppich ausgerollt, und zum Dank wurde dann der Kopf unseres Ministerpräsidenten zur Eröffnung ganz groß in gelben Legosteinen nachgebaut.«

Morgenstern sah ihn ungläubig an. »Das ist ja wie bei Mao Tse-tung. Du machst Witze, oder?«

Hecht verzog keine Miene. »Darfst mir schon glauben. Mit dem bayerischen Ministerpräsidenten macht man keine Witze. Nie.«

Morgenstern blickte eine Weile aus dem Fenster, vorbei an seinem dürren Ficus, den er einst aus Nürnberg mitgebracht hatte, weswegen sich Hecht für nicht zuständig erklärt hatte. Dann drehte er sich um. »Barbie Breitenhiller ist erwürgt worden. Und wir müssen herausfinden, ob dieses Augustus-Ding etwas damit zu tun hat. Dieses römische Kettenhemd hat für mich eine klare Botschaft, die auch noch der letzte Idiot verstehen soll.«

»Der letzte Idiot …«, grübelte Hecht. »Meinst du damit vielleicht uns?«

»Uns auch. Natürlich. Wir sind gemeint, und ihr Vater auch. Oder es ist eine absichtlich falsch gelegte Fährte. Ein Wink mit dem extradicken Zaunpfahl, der dann geradewegs in die Sackgasse führt.«

»Mannomann, du kannst einem Ermittler wirklich jede Freude nehmen, Mike«, seufzte Hecht.

»Gern geschehen. Und jetzt fahren wir zum Limes. Legionäre suchen.«

Morgenstern saß am Steuer und fuhr über die Ringstraße hinaus aus Ingolstadt Richtung Eichstätt.

»Bei uns in Nürnberg gab's keine Römer«, räsonierte er. »Und wie war es hier in Ingolstadt? Oder bei dir in Schrobenhausen?«

»Keine Ahnung. Irgendwo müssen sie ja gewesen sein, wenn die ganze Gegend mal zum Römischen Reich gehört hat.« Hecht dachte eine Weile nach. »In Manching steht ein Kelten- und Römermuseum. Da werden römische Kriegsschiffe ausgestellt, mit denen die Legionäre auf der Donau Patrouille gefahren sind.«

Morgenstern versuchte sich in Heimatkunde. »Je näher man an den Limes kommt, desto mehr interessieren sich die Leute für die Römer. Meine Jungs sind auch ganz scharf darauf. In Möckenlohe gibt es einen rekonstruierten römischen Bauernhof, und in Weißenburg haben sie ein Tor vom Kastell wieder aufgebaut, genauso wie in Pfünz. Und außerdem gibt es in Weißenburg römische Thermen und ein Museum mit irgendeinem Schatz. Bin aber noch nicht drin gewesen.« Er erinnerte sich an die Plakate in Gundekar Russers Wohnung.

»Die haben mit ihren Museen bestimmt einen Mordszulauf, seit der Limes Weltkulturerbe ist«, sagte Hecht. »Hast du eine Ahnung, was davon überhaupt noch steht?«

»Auf jeden Fall keine Mauer mehr.« Ohne Eile gondelten sie durch den Ingolstädter Vormittagsverkehr stadtauswärts, auf der B 13 Richtung Friedrichshofen. Hier, im Westen der Stadt, neben dem »Westpark«-Einkaufszentrum, entstanden unablässig neue Geschäftshäuser aus Glas, Stahl und Beton. Die Ausfallstraße wurde zur neuen Business-Achse.

»Würde mich interessieren, wie viel davon in zweitausend Jahren noch existiert«, sagte Morgenstern. »Und ob das dann das Zeug zum Weltkulturerbe hat.«

»Das bezweifle ich doch sehr. Ich gebe mal einen Tipp ab: Wenn du lange genug in Eichstätt wohnen bleibst, dann wirst du erleben, wie diese ganzen Häuser hier, eines nach dem anderen, wieder abgerissen und stattdessen neue gebaut werden, davon bin ich felsenfest überzeugt.«

Schweigend fuhren sie weiter, erreichten nach zwanzig Kilometern das Altmühltal in Eichstätt und fuhren von dort aus hinauf zur Jurahöhe Richtung Titting. Windräder wiesen ihnen den Weg. Maisfelder glänzten dunkelgrün und satt in der Vormittagssonne. Auf Stoppelfeldern zogen Traktoren mit Pflügen ihre Bahnen. Hecht hatte die Landkarte auf dem Schoß und verfolgte die Route. Von Erkertshofen aus mussten die Legionäre nach Westen marschiert sein. Wenn sie nicht aufgehalten worden waren, dann sollten sie momentan westlich von Petersbuch sein. Morgenstern kannte das Gebiet von einem früheren Fall, der ihn in die Jura-Steinbrüche geführt hatte. Jetzt fiel ihm auf, dass er und Hecht damals ein Stück Straße direkt auf dem Limes gefahren waren, auf dem Weg zum größten Schotterwerk der Region.

»Fahr mal links«, sagte Hecht, als sie an Seuversholz vorbeikamen. Eine schmale Straße führte zu einer einsam gelegenen Wirtschaft, der »Ziegelhütte«, neben der in einer Koppel ein Rudel Hirsche graste. Durch ein Waldstück ging es zum Dörfchen Heiligenkreuz. Am Ortsende folgte Morgenstern einer staubigen Schotterstraße, die kerzengerade nach Norden führte. Ganz nahe im Westen begann dunkel der Wald. Und vor ihnen verlief einsam eine gewaltige Hecke. Es war keine der kümmerlichen Hagebutten- und Schlehenhecken, die man noch hie und da in der durch sogenannte Flurbereinigungen ausgeräumten Agrarlandschaft fand, sondern eine aus haushohen Bäumen und unzähligen Sträuchern bestehende Linie, nur gelegentlich durch Feldwege durchbrochen.

»Da vorne, das ist der Limes, sagt zumindest meine Karte«, sagte Hecht.

»Dieser komische Baumstreifen?«

»Es kann nicht anders sein. Also halt mal die Augen offen. Irgendwo hier müssen unsere Römer marschieren.«

Morgenstern ließ den Wagen ausrollen und parkte ihn neben dem Schotterweg auf einer abgemähten Wiese. Sie stiegen aus.

»Hier war einmal die bestbewachte Grenze der ganzen Welt«, sagte Hecht kopfschüttelnd. »Der Eiserne Vorhang des Altertums. Da muss man erst einmal drauf kommen.«

»Ach, von der Berliner Mauer ist doch auch nichts mehr zu sehen«, erwiderte Morgenstern. »Da muss man froh sein, wenn sie wenigstens noch ein paar Betonwände zur Erinnerung stehen lassen. Heute wissen nur noch Fachleute, wo genau einmal der Todesstreifen verlaufen ist, dabei ist die Grenze erst 1989 gefallen.«

»Hier war der Mauerfall schon im Jahr 233«, verkündete Hecht. »Das habe ich auf der Homepage vom Römerpark gelesen.«

»Angeber«, konterte Morgenstern.

Der Schotterweg durchtrennte den Lauf der kilometerlangen, wie mit der Schnur gezogenen Hecke mit einem senkrechten, fast chirurgischen Schnitt. Zu beiden Seiten, so sahen sie nun, verliefen unscheinbare landwirtschaftliche Feldwege, gerade breit genug, damit die Bauern zu ihren Feldern gelangen konnten. Der Limes selbst wäre trotz der großen Bäume von einer gewöhnlichen Hecke auf den ersten Blick nicht zu unterscheiden gewesen, wenn da nicht die unglaubliche Länge gewesen wäre. Fast sieben Kilometer lang, so entnahm Morgenstern seiner Karte, verlief die uralte Demarkationslinie hier auf der Jurahochfläche über freies Feld, ehe sie zur Linken wie zur Rechten im dichten Wald abtauchte. Aus der Luft musste das ein eindrucksvolles Bild sein.

Die Hecke selbst stand auf einem Durcheinander von bemoosten Steinen. Eine echte Mauerstruktur konnte Morgenstern jedenfalls nicht erkennen. Alles wirkte eher wie eine der Halden aus Lesesteinen, die die Bauern auf der Jurahöhe vielfach angelegt hatten, wenn sie ihre steinigen, kargen Äcker zur Bewirtschaftung vorbereiteten. Offenbar war auch der verfallene Limes im Laufe der Jahrhunderte in diesem Abschnitt eher vergrößert als verkleinert worden, weil die Bauern die gesammelten Feldsteine einfach in die vorhandene Hecke gekippt hatten.

Hecht machte sich gerade einen Spaß daraus, auf dem Schotterweg mal auf die eine, mal auf die andere Seite der Hecke zu gehen. »Römer – Germane – Römer – Germane«, rief er jedes Mal.

Morgenstern, immer noch mit der Karte in der Hand, grinste und deutete nach Norden. »Da drüben, zwei Kilometer weiter, fängt Franken an. Das freie Franken. Du kannst mir sagen, was du willst: Diese Grenze besteht in den Köpfen bis zum heutigen Tag.«

Hecht hörte aber schon nicht mehr richtig zu. »Da drüben kommen sie«, sagte er und wies nach Osten, wo nun in der prallen Sonne immer wieder ein metallenes Glitzern zu erkennen war, das stetig näher kam.

Keine fünf Minuten später standen die Soldaten, im Schlepptau einen großen grauen Esel, vor Hecht und Morgenstern.

»Legionäre: Halt!«, rief der Zenturio, für jedermann erkennbar an seinem roten Helmbusch, und hob theatralisch die rechte Hand. Die Gruppe bestand aus fünf Männern, die ihren Anführer angesichts der unbekannten Zivilisten fragend ansahen.

»Wir machen eine Pause«, sagte der Zenturio, der es offenbar leid war, unablässig in einem imitierten römischen Kasernenhofton sprechen zu müssen. »Ihr könnt euer Gepäck ablegen und etwas trinken.«

Morgenstern und Hecht stellten sich vor. »Sie sind Karl-Heinz Rehling?«, fragte Morgenstern.

»Exakt dieser. Carolus-Enricus.«

»Prima Truppe haben Sie da.«

»Wir sind nicht unzufrieden«, sagte Rehling, ein vollbärtiger, stämmiger Mann von etwa fünfzig Jahren, und es war nicht ganz klar, ob er im Namen der Gruppe sprach oder sich selbst in den Pluralis Majestatis erhoben hatte. Mit Feldherrengeste wies er auf seine Einheit. »Wir sind die Neunte Vindelikische Kohorte und bestehen aktuell aus sechs Mann, wie Sie sehen. Wir haben mich als Zenturio, einen Signifer, einen Optio, einen Tesserarius, einen Cornicen und einen Miles. Der Signifer trägt unsere Standarte, unser wertvollstes Stück, das uns in der Schlacht vorangetragen wird. Unser Cornicen mit seinem Horn bläst uns im Ernstfall die wichtigsten Signale. So hat jeder seine spezielle Aufgabe.«

»Und jetzt stapfen Sie am Limes entlang«, stellte Morgenstern nüchtern fest.

»Exakt. Wir sind auf mehrtägiger Patrouille. Am vergangenen Mittwoch sind wir am Limesbeginn in der Nähe von Neustadt an der Donau gestartet und wollen bis Aalen in Baden-Württemberg kommen.«

»Respekt«, sagte Morgenstern. »Irgendwelche Feindberührungen gehabt in den letzten Tagen?«

»Nein, Jupiter sei Dank nicht. Allerdings kommen zu unseren abendlichen Lagern oft Leute aus den Nachbardörfern mit ihren Kindern. Und einmal hatten wir auch schon die Presse da. Die Lokalzeitung. Immerhin.« Zenturio Rehling klang beleidigt.

»Was meinen Sie mit ›immerhin‹?«, fragte Morgenstern.

Der Zenturio wischte sich mit dem Ärmel seiner Tunika den Schweiß von der Stirn. »Bedauerlicherweise hat uns das Bayerische Fernsehen bisher ignoriert. Na, vielleicht kommen die noch, wenn wir in Weißenburg oder Ellingen sind.«

»Die kommen bestimmt noch«, sagte Hecht aufmunternd.

»Meinen Sie?«, fragte Rehling hoffnungsvoll, um dann mit großzügiger Geste abzuwinken. »Wenn ich es recht bedenke, bin ich froh, wenn sie uns in Frieden lassen. Wir hatten das vor ein paar Jahren schon mal: Da drehen die einen ganzen Tag lang mit der ganzen Gruppe, dirigieren einen hin und her, und am Ende hat der Beitrag bloß zwei Minuten.«

Die Legionäre hatten sich währenddessen neben der Hecke im Schatten niedergelassen und die schweren bronzefarbenen Helme abgenommen. Die Gesichter glänzten vor Schweiß.

»Unsere Ausrüstung ist schwer«, erläuterte Rehling. »Dreiunddreißig Kilo pro Person.«

»So viel!«, staunte Morgenstern. »Die spinnen, die Römer.«

Der Zenturio ignorierte die Bemerkung. »Das Legionärsleben war nichts für Weicheier. Essen, Trinken, Zelt, Waffen, Panzer, Kleidung. Da kommt ganz schön was zusammen. Und dem Esel kann man nur einen kleinen Teil der Last aufbürden. Das schwere Lederzelt und die Getreidemühle aus Stein und einen Teil der Lebensmittel.« Er wischte sich erneut den Schweiß ab. »Wenn wir es machen, machen wir es richtig, sonst können wir gleich zu Hause bleiben. Das ist zumindest meine Devise.«

»Und Sie wollen es wirklich bis Aalen schaffen. Mit dem ganzen Plunder?«, fragte Morgenstern.

»Aber sicher. Es gab schon mal welche, die sind mit der vollen Ausrüstung über die Alpen gelaufen. Von Verona bis Augsburg. Dann werden wir uns doch hier im Flachland nicht lumpen lassen. Stimmt's, Gundekar?«

Rehling ging zu einem der erschöpft im Schatten ruhenden Legionäre, beugte sich hinunter und klopfte ihm auf die Schulter.

»Das ist der Gundekar. Er ist unser Signifer, den erkennt man daran, dass er ein Wolfsfell umgehängt hat. Sie machen sich keine Vorstellung, wie schwer es ist, so ein Fell aufzutreiben. Sie brauchen es ja mitsamt Kopf und Gebiss, damit es auch wirklich original ist. Aber unser Gundekar ist ein Hundertprozentiger.«

Der Signifer nickte matt.

»Sie sind Herr Russer?«, fragte Morgenstern.

Der Signifer, der einen kurzen Schluck aus einer tönernen Trinkflasche genommen hatte, nickte überrascht und begann, weil er sich verschluckt hatte, zu husten.

»Wir würden uns gerne kurz mit Ihnen unterhalten, unter sechs Augen«, sagte Morgenstern und nickte Hecht zu.

»Sind Sie von der Presse oder was?« Mühsam rappelte sich Russer auf, hängte sich seine Flasche an den Gürtel und ging mit Hecht und Morgenstern ein Stück abseits. »Sie wollen ein Interview machen? Gerne doch.«

»Knapp daneben«, sagte Morgenstern. »Wir sind von der Kriminalpolizei in Ingolstadt und haben ein paar Fragen an Sie.«

»Kriminalpolizei?« Russer war zweifelsfrei erschrocken.

»Kripo Ingolstadt. Oberkommissar Morgenstern und Oberkommissar Hecht.«

Russer rückte noch ein Stück weiter von seinen Kameraden ab, gefolgt von den beiden Ermittlern. »Es muss ja nicht jeder hören, was wir hier zu sprechen haben«, flüsterte er. »Also, wer hat mich hingehängt? Das waren garantiert die vom privaten Grabungsbüro in Ingolstadt.« Seine Augen blitzten wütend. Als keine Reaktion kam, wurde er konkreter. »Na, diese studierten Archäologen, die die offiziellen Ausgrabungen für das Landesamt für Denkmalpflege vornehmen. Mit denen hab ich schon länger Stress. Die warten nur darauf, dass sie mir die Polizei auf den Hals hetzen können. Sie wissen schon, Raubgräber und so.«

»Interessant«, sagte Hecht nur.

Russer sprach aufgeregt weiter: »Als ob ich auch nur ein einziges Mal eine von ihren Baustellen gefilzt hätte. Blöd müsste ich sein.« Er nahm einen Schluck aus seinem Trinkgefäß und verzog das Gesicht. »Ich weiß nicht, ob ich mich an das Zeug jemals gewöhnen werde. Ein Gemisch aus Wasser und saurem Wein, eher gesagt Essig, heißt auf Latein ›Posca‹. Damit kann man mich jagen. Aber es heißt, die römischen Legionäre hätten im Dienst nie was anderes getrunken. Immerhin löscht die Posca den Durst.«

Er sah die Besucher mit einem Mal skeptisch an. »Sie kommen doch wegen der Archäologie, wegen meiner Suche mit dem Metalldetekor. Oder?«

Morgenstern ließ die Frage einen Moment im Raum stehen. »Nein, Herr Russer«, sagte er dann. »Das ist uns total egal.«

Über ihnen schrie ein Mäusebussard so laut auf, dass alle drei den Kopf nach oben wandten, wo der Raubvogel seine Kreise zog und in den Stoppelfeldern nach unvorsichtigen Mäusen Ausschau hielt, seien sie nun auf römischer oder auf germanischer Seite.

»Ja, wie … warum …« Russer geriet kurz ins Stammeln. »Es geht gar nicht um Raubgrabungen? Was wollen Sie denn dann?«

»Wir würden gerne mit Ihnen über Barbara Breitenhiller sprechen.«

Jetzt wirkte der Legionär völlig überrascht. »Die Barbie? Warum das denn, was ist mit ihr?«

Morgenstern beobachtete Russer genau und versuchte herauszufinden, ob seine Ahnungslosigkeit nur gespielt war. Schwer zu entscheiden.

»Wann haben Sie Frau Breitenhiller zuletzt gesehen?«, fragte er schließlich, und Hecht lauerte mit seinem treuen teuren Montblanc-Füllfederhalter auf die Aussage.

»Wieso wollen Sie das wissen?«

»Wir stellen hier die Fragen«, gab Morgenstern barsch zurück.

Gundekar Russer blickte vorsichtig um sich, ob ihn seine Legionskameraden hören konnten, dann fuhr er im Flüsterton fort: »Die Barbie … ich hab die Barbie am Sonntagnachmittag getroffen. Unten in Kipfenberg, beim Limesfest. Wir haben uns kurz unterhalten, und ich habe ihr gesagt, wie toll sie als Limeskönigin aussieht. Das hat auch gestimmt. Wissen Sie, wir waren mal eine Weile ein Paar.«

Morgenstern nickte. »Und danach, nach dem Treffen?«

»Ich hatte leider nicht viel Zeit. Ich hab mir den Festzug angesehen, bin noch auf eine Maß ins Bierzelt, und dann bin ich wieder abgezogen.« Wieder sah er nach den Legionären.

»Haben Sie was zu verbergen vor Ihren Freunden?«, fragte Morgenstern.

»Pscht!«, machte Russer und hielt sich den Zeigefinger vor den Mund. »Der Zenturio soll nicht wissen, dass ich auf dem Limesfest war. Das könnte Ärger geben.« Wieder nahm er einen Schluck aus seiner Feldflasche. »Es hat die eindeutige Entscheidung gegeben, dass das Limesfest für uns nicht in Frage kommt. Unser Zenturio hat vor ein paar Jahren Streit mit der Gemeinde

Kipfenberg gehabt, da ging es um ein Antrittshonorar für unsere Gruppe. Das ist verweigert worden, und deswegen machen wir da aus Prinzip nicht mit.«

»Sie sind aber trotzdem hingegangen.«

»Genau, als Privatmann sozusagen. Wir hatten am Sonntag unser Lager ausgerechnet oberhalb von Kipfenberg aufgeschlagen. Im Wald über der Schule sind ein hölzerner Wachturm und ein kurzes Stück Holzpalisade, daneben ist unser Zelt gestanden. Wir hatten den Sonntag als Lagertag zur Erholung eingeplant, und da hab ich mich für eine Weile abgeseilt. Ich meine, verboten war das eigentlich nicht, und ein paar von den anderen haben schon mitbekommen, dass ich nach Kipfenberg runtergehe. Aber ich habe das ziemlich geräuschlos gemacht. Der Zenturio dachte, ich laufe ins Tal runter nach Böhming.«

»Nach Böhming? Was wäre denn da gewesen?«, fragte Morgenstern.

»Na, da war zur Römerzeit das nächste Kastell im Altmühltal. Am Dorfrand, wo heute die Kirche und das Mesnerhaus stehen. Die Kirche ist exakt da, wo früher die Lagerverwaltung war, die Kommandantur. Man kann vom Limesturm aus genau auf die Kirche sehen. Das müssen Sie mal machen.«

»Herr Russer, Ihre touristischen Tipps interessieren uns nur am Rande. Haben Sie Frau Breitenhiller später noch einmal getroffen. Vielleicht am späteren Abend oder in der Nacht?«, fragte Morgenstern.

»Nein, habe ich nicht. Ich war oben bei unserer Gruppe. Aber was fragen Sie denn da die ganze Zeit? Ist der Barbie etwas passiert?«

Morgenstern nickte. »Frau Breitenhiller ist in der Nacht zum Montag in einem Weiher bei Pfahldorf ertrunken. Haben Sie noch nicht davon gehört?«

Russer schaute die beiden Ermittler mit fassungsloser Miene an. »Die Barbie ist tot?«, stöhnte er. »Was ist mit ihr passiert? Uns hat bisher keiner etwas gesagt. Und deswegen sind Sie hier?« Russer wusste offensichtlich nicht, was er zuerst fragen wollte.

»Barbara Breitenhiller ist seit Sonntagnacht tot«, sagte Morgenstern. »Und Sie? Was haben Sie in der Nacht gemacht?«

»Sie glauben doch nicht, dass ich damit etwas zu tun habe? Ich war die ganze Zeit im Lager beim Limesturm. Wir haben ein großes Zelt dabei, in dem wir alle Platz haben. Sie können die anderen fragen. Ich war immer da.«

»Das dürfte sich in der Tat überprüfen lassen.« Morgenstern überlegte. »Mich wundert, dass Sie nichts von der Bergungsaktion in Pfahldorf mitbekommen haben. Sie müssen doch am Montagvormittag in unmittelbarer Nähe vorbeigekommen sein.«

»Wann soll das denn gewesen sein?«

»Gegen zehn Uhr«, sagte Morgenstern, und er erinnerte sich an die vielen Fahrzeuge, die an der Straße gestanden hatten, an das Aufsehen, für das die Bergung in ganz Pfahldorf gesorgt hatte.

»Um zehn Uhr waren wir schon längst durch. Wir sind am Montag in aller Herrgottsfrühe aufgebrochen. Der Zenturio hat bereits um fünf Uhr wecken lassen, und kurz vor sechs Uhr war Abmarsch. Wir waren bestimmt um sieben Uhr auf Höhe von Pfahldorf und sind dann über Hirnstetten weiter bis Erkertshofen. Das war eine relativ kurze Etappe. Wir waren mittags schon am Ziel und haben dann in Erkertshofen Lagerleben veranstaltet und Waffenübungen gemacht.«

»Waffenübungen.«

»Ja. Legionäre müssen trainieren. Wir haben jede Menge Ausrüstung dabei. Hier.« Russer zog ein kurzes, gefährlich glänzendes Schwert aus einer spitzen Scheide, die an einem schmalen Ledergürtel befestigt war. Der Griff war aus Holz gedrechselt. Er drehte die Klinge in den Händen, sodass sie in der hoch stehenden Sonne aufblitzte.

»Jeder hat außerdem einen Wurfspeer, das Pilum. Und als Ferngeschütz haben wir einen Scorpio dabei. Den trägt zum Glück der Esel.«

Morgenstern blickte zu dem seelenruhig neben der Hecke stehenden Tier. Es trug neben diversen Töpfen und hölzernen Palisadenstangen auch ein Gerät, das auf den ersten Blick wie eine altertümliche Gucklochkamera wirkte: ein Stativ aus hellbraun glänzendem Holz mit einem klobigen hölzernen Aufsatz, umwickelt mit hellen Seilen.

»Das ist wie eine Art Armbrust«, erklärte Russer. »Schießt sehr weit und sehr genau, wenn man erst einmal Übung damit hat. Wir haben ganz erstaunliche Trefferquoten.«

Er hielt kurz inne, als würde ihm auffallen, wie seltsam sich seine Ausführungen über römische Bewaffnung anhören mussten, wo er doch eben erst vom Tod seiner früheren Freundin erfahren hatte.

»Ich kann es nicht fassen. Die Barbie ist ertrunken.«

Morgenstern nickte ausdruckslos.

»Wie kann das passieren, hat sie, hat sie … ich meine …« Gundekar Russer kam ins Stottern, fing sich aber wieder. »Ich weiß nicht, ob Sie das wissen. Sie hat ja in der Vergangenheit schon mindestens zweimal versucht, sich etwas anzutun.«

Hecht blickt überrascht von seinem Block auf, und auch Morgenstern war erstaunt. »Nein, das wussten wir bisher noch nicht«, sagte er. »Sie meinen, sie hat versucht, sich das Leben zu nehmen?«

Russer rieb sich die schweißnass gewordenen Hände. »Wie man's nimmt. Ich weiß auch nicht alles. Aber soweit ich weiß, hat sie sich schon als junges Mädchen immer wieder die Unterarme geritzt. Und später war dann was mit Schlaftabletten.«

»Eine Überdosis?«, fragte Hecht.

»Ja, ungefähr mit sechzehn. Ihre Mutter hat das damals noch rechtzeitig bemerkt und den Notarzt geholt. Das stand seinerzeit Spitz auf Knopf. Sie müssen sich mal vorstellen, wie lange das dauert, bis man von Hirnstetten im Eichstätter Krankenhaus ist.«

»Sie sprachen von zwei Fällen«, sagte Morgenstern sanft.

»Ja, etwa ein Jahr später hat sie sich die Pulsadern aufgeschnitten. Die Narben hat man immer noch sehen können. Sie waren nicht besonders auffällig, ich glaube auch nicht, dass das ein ernsthafter Selbstmordversuch war.«

»Sondern?«, fragte Hecht.

»Ich denke, das war eher so eine Art Hilferuf. Sie ist damals auch schnell gefunden worden. Daheim in der Badewanne, von ihrer kleinen Schwester.«

Wieder hallte über ihnen der spitze Schrei des Mäusebussards.

Von der Ferne näherte sich – aus Germanien – ein Traktor mit einem riesigen Pflug.

»Und so etwas nennt man dann ländliches Idyll«, sagte Morgenstern gedankenversunken. »Frau Breitenhiller war also psychisch nicht besonders stabil.«

Russer nickte und wischte sich mit dem Ärmel seiner braunen Tunika über die Stirn. »Mit ihr war's mal so und mal so. Himmelhochjauchzend, zu Tode betrübt. Das hat manchmal innerhalb von Minuten gewechselt. Und sie hatte Alpträume.«

»Hat die nicht jeder?«, sagte Morgenstern.

»Kann sein«, gab Russer zurück. »Aber sie ist in der Nacht schreiend aufgewacht und musste erst mühsam wieder beruhigt werden.« Er schaute Morgenstern in die Augen. »Ich hoffe für Sie, dass Ihre Träume weniger schrecklich sind. Sie dürfen mir glauben: Es war nicht immer leicht mit ihr. Aber sie war eine echte Schönheit. Alle Männer waren hinter ihr her, wie, wie … wie der Teufel hinter der armen Seele.« Russer hielt inne, weil ihm wohl bewusst wurde, wie unpassend der Vergleich klingen musste. Wie zur Bestätigung gab es aus nördlicher – also germanischer – Richtung eine dumpfe Detonation, die in mehrfachen Echos widerhallte.

Hecht und Morgenstern sahen sich überrascht an. »Was war das?«, fragte Hecht. Zeternd stieg aus der Limeshecke ein Eichelhäher mit blau glänzenden Flügeln auf, um sich durch lautes Keckern über die Störung seiner Mittagsruhe zu beschweren.

»Das war da drüben im Steinbruch.« Russer deutete nach Norden, wo in etwa fünfhundert Metern Entfernung eine riesige quadratische Wunde in der Landschaft klaffte. »Vereinigte Marmorwerke Kaldorf. Die bauen Juramarmor ab und verkaufen ihn in die ganze Welt. Hochhäuser in Kuwait oder Amerika, der Berliner Flughafen, überall ist Juramarmor verbaut. Die Römer haben den übrigens auch gerne verwendet. Hier in der Gegend gibt es noch viele römische Grabsteine aus Juramarmor. Die haben sie früher zum Teil in die Kirchen eingemauert, deswegen haben sie die Jahrhunderte sicher überstanden.«

»Interessant«, sagte Morgenstern. »Bei Ihnen kann man was lernen. Um aber auf Frau Breitenhiller zurückzukommen: Warum hat sie sich von Ihnen getrennt?«

Russer blickte zu dem Traktor mit Pflug, der in einiger Entfernung begonnen hatte, ein Stoppelfeld umzubrechen. Fett glänzten die Erdschollen in der Sonne. Er versuchte sich vergeblich an einem Lächeln. »Sie hat sich von mir getrennt, so wie sie sich schon von vielen getrennt hat. Aber ich habe sie geliebt. Mit all ihren Macken. Obwohl sie immer wieder mal mit anderen Männern zusammen war. Ich habe ihr das nachgesehen. So war sie eben.«

»Aber sie hat irgendwann das Interesse an Ihnen verloren«, sagte Hecht vorsichtig.

»Ich wollte ihr helfen.« Noch immer blickte Russer auf den pflügenden Bauern. »Ich wollte ihr wirklich helfen. Ich wollte die Schatten vertreiben. Aber sie hat sich nicht helfen lassen. Ihr war nicht zu helfen.« Er seufzte. »Stattdessen ist sie gegangen.«

Morgenstern stellte sich vor, wie Russer an langen Abenden auf seine Freundin einredete, als wäre er der Wiedergänger von Sigmund Freud höchstpersönlich. Wie er sich als Traumdeuter versuchte und als Rorschach-Test-Versteher. Wenn Barbara Breitenhiller tatsächlich so eine komplizierte, vielleicht auch verkorkste Persönlichkeit gewesen war, wie Russer geschildert hatte, dann war da mit ein paar gut gemeinten Worten nichts zu machen gewesen. Dann klaffte zwischen »Gut gemeint« und »Gut gemacht« ein Abgrund. Ein Abgrund von der Dimension des Jurasteinbruchs der Vereinigten Marmorwerke Kaldorf.

Der Zenturio löste sich von den anderen Männern, die sich zum Ausruhen auf ihre rechteckigen roten Schilde gelegt hatten. »Wir müssen weiter«, sagte er zu den Ermittlern. »Wenn Sie noch mehr wissen wollen, können Sie gerne heute am späteren Nachmittag zu uns kommen. Zum Kastell bei Burgsalach, dem Burgus. Da können Sie unser Lagerleben kennenlernen, und wenn Sie wollen, dürfen Sie auch mit uns essen.«

»Was gibt es denn?«, fragte Hecht.

»Das übliche Legionärsessen. Eintopf mit Speck.«

»Ich denke, das lässt sich einrichten«, sagte Morgenstern. »Ich bin sowieso gerade Strohwitwer.«

Mühsam rappelten sich die Legionäre auf, spannten sich ihre großen Schilde über den Rücken und nahmen das Pilum, den Speer, in die Hand. Auch Gundekar Russer versetzte sich in Marschbereitschaft. Seinen Helm mit dem präparierten Wolfskopf hängte er sich lässig über die Schulter, statt des Pilums trug er das Feldabzeichen der Kohorte, einen langen Speer, auf dem von oben nach unten silberne Scheiben montiert waren. Direkt unter der Spitze glänzte ein Messingschild mit dem Namen der Kohorte.

Russer wandte sich noch einmal kurz den beiden Ermittlern zu. »Sie wissen, dass die Barbie direkt am Limes aufgewachsen ist.«

»Ja und?«, fragte Morgenstern.

»Das fällt mir jetzt erst auf: Sie hat fast nie das Wort Limes verwendet, wenn davon die Rede war. Für sie war das immer die Teufelsmauer. Den Begriff verwenden sonst nur noch ein paar alte Leute. Und wenn die Barbie Probleme hatte, psychische Probleme, dann hat sie immer gesagt, dass das von der Nähe zur Teufelsmauer kommt.«

»Da ziehen sie hin«, sagte Hecht, als sie im Auto saßen und in der Ferne nur noch das Glitzern der Helme, Waffen und Rüstungen zu sehen war. »Und das alles ohne Waffenschein.«

»Wie meinst du das?«

»Ich meine, dass die Herren schwer bewaffnet sind. Allein dieses Geschütz, das sie dem Esel aufgebürdet haben, ist eine absolut tödliche Waffe. Ich habe das mal im Fernsehen gesehen, mit so einem Teil kannst du auf fünfzig Meter ein Brett durchschießen. Einfach so. Ich bin mir nicht sicher, ob unsere Dienstpistole das schaffen würde.« Hecht kratzte sich nachdenklich am Kopf. »Und diese Schwerter sind auch nicht ohne, genauso wenig wie die Lanzen.«

Morgenstern nickte. »Du hast recht. Im Grunde ist das so etwas wie eine paramilitärische Gruppe. Lauter Männer, die gerne Uniform und Waffen tragen. Auch wenn es historische

Uniformen sind und historische Waffen. Die behalten wir im Auge. Aber was tun wir mit dem angebrochenen Nachmittag?«

»Wir klopfen bei diesem Römerpark auf den Busch«, schlug Hecht vor.

Morgenstern grübelte. »Wie hieß noch mal der Geldeintreiber? Dieses Blaublut?«

Hecht blätterte kurz in seinem Block. »Oswald von der Tann, Baron, in Ingolstadt. Ich habe Adresse und Telefonnummer da.«

Keine zwei Minuten später hatten die Kommissare einen Termin mit dem Baron vereinbart. Man könne sich jederzeit in seinem Büro in Ingolstadt treffen. Er stehe den Herren Kommissaren in vollem Umfang zur Verfügung.

»Jetzt hat der zum Abschluss doch tatsächlich ›Adieu‹ gesagt«, staunte Hecht.

»Adel verpflichtet«, sagte Morgenstern.

Das Büro der »Von der Tann Finanzoptimierung« lag in der Milchstraße, einer Parallelstraße zur Ingolstädter Fußgängerzone, im zweiten Stockwerk eines Geschäftshauses. Antike Sessel, ein dickes dunkelbraun glänzendes Ledersofa, ein mächtiger Schreibtisch aus dunklem, auffällig gemasertem Holz, vielleicht Nussbaum, beherrschten den Raum. In der Luft hing der süßlich-bittere Duft von kaltem Zigarrenrauch.

»Ja, das Augustus-Park-Projekt ist derzeit in der heißen Phase«, erklärte Oswald von der Tann, nachdem die Kommissare auf dem Sofa Platz genommen hatten. »Ich beschäftige mich mit kaum etwas anderem.«

»Wir auch, wir auch«, sagte Morgenstern knapp und musterte von der Tann. Der Baron war groß gewachsen, bestimmt über einen Meter neunzig, hager und hatte markante, scharfe Gesichtszüge sowie glatte, zum Seitenscheitel gekämmte dunkelbraune Haare. Er trug ein Tweedsakko mit hellbraunen ledernen Ärmelschonern, ein gestreiftes Hemd mit auffälligen goldenen Manschettenknöpfen und anstelle einer Krawatte ein gelbes Seidentuch, das sorgfältig in den Hemdkragen eingesteckt war. Die braunen Schuhe waren, soweit sich Morgenstern da auskannte, nicht bei Deichmann gekauft, sondern von einem ergrauten oberbayerischen Schuster handgenäht worden, der eben erst im Bayerischen Fernsehen im Rahmen der Serie »Der Letzte seiner Zunft« porträtiert sein mochte und ausschließlich Leder von glücklichen japanischen Rindern verwendete.

Das Alter des Barons schätzte Morgenstern auf sechzig plus/minus fünf. Bei solchen Menschen konnte man sich leicht vertun. Sie wirkten oft schon als Jugendliche sonderbar erwachsen und altmodisch, umgekehrt behielten sie im Alter Haltung. Oder saß er da schon wieder einem Klischee auf, das die Yellow Press gerne über die deutsche Aristokratie in Umlauf brachte? Von der Tann jedenfalls wirkte auf ihn wie jemand, der dieses Klischee bewusst als Kapital nutzte, als Beweis von Seriosität, Tradition und erlesenen Manieren. Kurzum: Er war das diametrale Gegenteil von Mike Morgenstern – der allerdings keinerlei Absicht hatte, sich von Optik und Gehabe des »Finanzoptimierers« einschüchtern zu lassen.

»Dieses Mal soll es also klappen mit dem Römerpark?«, fragte er jetzt. »Wir haben gelesen, dass Ihre beiden Vorgänger gescheitert sind.«

Der Baron schnitt sich mit einem kleinen, guillotineartigen Zwickgerät eine Zigarre zu. »Es ist richtig, dass es vergleichbare Konzepte gab, die sich in der konkreten Umsetzung als schwierig erwiesen haben. Aber dieses Mal ist es anders.«

»Wie viel Geld müssen Sie denn einsammeln?« Morgenstern studierte das Wappen des Barons, das hinter dem Schreibtisch in einem Glasrahmen an der Wand hing und, kaum erstaunlich, neben allerlei golden rankendem Zierrat einen Tannenbaum zeigte.

»Alles in allem oder nur in der Region? Wissen Sie, wir möchten gern Geldgeber aus der Region mit einbinden. Sie kennen das vielleicht von Windkraftanlagen. So etwas stärkt die Akzeptanz in der Bevölkerung.«

»Alles in allem«, sagte Morgenstern.

Der Baron steckte sich die Zigarre in den Mund und zündete sie umständlich mit einem extralangen Streichholz an. »Nun gut: Insgesamt, aber das haben Sie bestimmt schon unseren einschlägigen Veröffentlichungen entnommen, benötigen wir siebzig Millionen Euro.«

»Und wie viel davon soll lokal sein?«

»Da kalkulieren wir zwanzig Millionen ein. Das dürfte in einer florierenden Region wie der unseren eigentlich zu machen sein.« Er lächelte. »Sie haben hier die niedrigste Arbeitslosigkeit in ganz Europa, Sie haben gut bezahlte Arbeitsplätze, und Sie haben ein konservatives, sparsames Publikum. Fast schwäbisch, würde ich sagen.« Wieder versuchte sich der Baron an einem gewinnenden Lächeln. »Die Menschen hier sitzen auf ihrem Geld. Die Herren Kommissare können sich kaum vorstellen, zu welch kläglichen konservativen Konditionen viele hier ihre Ersparnisse anlegen. Bei den Sparkassen, bei den Raiffeisenbanken.«

»Und da bieten Sie nun eine glänzende Alternative. Eine Finanzoptimierung?« Morgenstern sah den lächelnden Geldprofi mit den guten Manieren an und erinnerte sich an eine Szene, die ihm bei einem seiner ersten Auslandsurlaube zusammen mit einem Freund widerfahren war. Irgendwo im damals noch real existierenden Jugoslawien war er an einem Rastplatz neben einer Schnellstraße an zwei Hütchenspieler geraten. Den beiden Profizockern war es binnen kürzester Zeit gelungen, den deutschen Jungtouristen pro Nase fünfzig D-Mark abzuluchsen. Bis heute war Morgenstern nicht ganz klar, wie das damals vonstatten gegangen war.

»Eine Finanzoptimierung«, wiederholte der Baron. »Exactement. Wir wenden uns an Menschen, die unsere Visionen mit uns teilen möchten. Menschen, die zusehen wollen, wie ihr sauer verdientes Geld für sie arbeitet. Es ist ein exklusives Projekt, das wir in Hirnstetten realisieren. Und ich versichere Ihnen: Viele, viele Menschen werden bald schon bedauern, dass sie sich uns nicht angeschlossen haben.« Er lächelte wieder. »Das ist eine todsichere Anlageform.«

Der Satz blieb in der Luft schweben wie ein zwei Tage alter Gasluftballon. Zu schwach, um die Decke erreichen zu können, zu aufgeblasen, um zu Boden zu sinken.

»Todsicher«, wiederholte Morgenstern nachdrücklich.

Der Baron zeigte zum ersten Mal Anzeichen von Nervosität

und versuchte mit einer wedelnden Handbewegung, den imaginären erschlafften Ballon zu entsorgen. »So habe ich das nicht gemeint, da gebe ich Ihnen mein Ehrenwort. Ich kannte die Tochter von Herrn Breitenhiller, ich habe sie bei einem meiner Besuche in Hirnstetten kennengelernt. Ein ganz charmantes Wesen, fast feenhaft, wenn Sie mich fragen. Wirklich reizend. Und ich bin von ihrem Tod ebenso erschüttert wie alle anderen. Ich habe ihren Eltern selbstverständlich bereits schriftlich kondoliert. Wir werden auch für ihre arme, reine Seele beten.«

Aha, dachte Morgenstern. Der Baron war fromm oder zumindest in frommen Kreisen beheimatet. »Sie beten für Barbie Breitenhiller?«

»Selbstverständlich. Die Familie von der Tann stellt sich traditionell in den Dienst des Malteserordens sowie der Ritter vom Heiligen Grab zu Jerusalem. Und sehen Sie selbst.« Er deutete auf eines von mehreren sorgfältig gerahmten Fotos, die hinter dem Schreibtisch an der Wand hingen, etwas kleiner als das Familienwappen. Morgenstern und Hecht standen gehorsam auf und umrundeten den Schreibtisch, um das Bild genauer zu sehen. Von der Tann sah sie voller Stolz an.

»Was sagen Sie nun?«

»Der Papst und Sie«, sagte Morgenstern.

»Der Pontifex Maximus«, bildungshuberte Hecht.

»Der ehemalige Heilige Vater, Benedikt XVI.«, sagte von der Tann.

Die Kommissare nutzten die Gelegenheit, sich die anderen Fotos an der Wand anzusehen. Establishment, so weit das Auge reichte. Oswald von der Tann mit dem amtierenden bayerischen Ministerpräsidenten. Oswald von der Tann in jungen Jahren – »als Landesvorsitzender der Schüler-Union« – mit Franz Josef Strauß. Oswald von der Tann in einem sonderbaren langen Umhang mit aufgenähten Kreuzen und einem noch seltsameren Hut zusammen mit dem Münchner Kardinal und dem Eichstätter Bischof. Oswald von der Tann, jetzt wieder in Zivil, mit dem Vorstandsvorsitzenden von Audi. Oswald von der Tann mit dem Intendanten der Bayerischen Staatsoper. Die Identität des Intendanten konnten Hecht und Morgenstern allerdings erst auf Nachfrage klären, worauf Hecht mit einem geflunkerten »Ach, natürlich, der Herr Intendant. Jetzt hätte ich ihn beinahe nicht erkannt« reagierte.

Als sie sich wieder gesetzt hatten, legte Morgenstern nach. »Ich denke, Sie beten nicht nur für die arme Frau Breitenhiller, sondern ein klein wenig auch dafür, dass das Geschäft durch diesen Todesfall nicht ins Wanken gerät, könnte das sein?«

Von der Tann zog gemächlich an seiner Zigarre und stieß dann eine dicke Rauchwolke aus. »Ins Wanken? Wie meinen Sie das?«

»Es wäre doch möglich, dass der gewaltsame Tod von Barbara Breitenhiller mit diesem Projekt zusammenhängt? Mit dieser angeblich todsicheren Geldanlage?«

Von der Tann schnippte die Zigarrenasche in einen schweren Kristallbecher auf dem Schreibtisch. »Ich sehe da keinen Zusammenhang.«

»Wir könnten uns das durchaus vorstellen. Unter anderem deswegen sind wir hier. Herr Baron: Wie viel Geld haben Sie denn schon eingesammelt von diesen angestrebten zwanzig Millionen?«

Von der Tann zögerte, lächelte, seufzte dann. »Müssen Sie das wirklich wissen? Wem hilft das denn weiter?«

Morgenstern und Hecht hielten seinem Blick schweigend stand.

Der Baron gab sich demonstrativ einen Ruck. »Nun gut. Sie sind hier schließlich die Repräsentanten der demokratischen Staatsgewalt.« Es hörte sich nicht so an, als ob von ihm erhebliche Einwände gegen die Wiedereinführung der Monarchie zu erwarten wären. »Bisher haben wir, hat unser Unternehmen zwölfeinhalb Millionen Euro beisammen.«

»Und die sind voll verfügbar?«, bohrte Morgenstern nach.

»Natürlich.« Das Lächeln des Finanzoptimierers war nun geradezu unaristokratisch breit. »Das Geld wird auch bereits bestens verzinst.«

Morgenstern schüttelte den Kopf. »Beste Zinsen, ohne dass da oben von diesem Park auch nur ein einziger Stein steht.«

Hecht hatte sich bisher zurückgehalten. Mehr noch: Er war auf dem Ledersofa immer stiller und blasser geworden. Morgenstern sah besorgt zu seinem Kollegen hinüber.

»Geht's dir nicht gut?«, wisperte er.

»Geht schon«, flüsterte Hecht zurück, und Morgenstern wurde klar, dass der gute Spargel als überzeugter Nichtraucher den raumfüllenden Zigarrendunst des Barons nicht verkraftete.

»Und wie sieht es mit dem anderen Anteil aus, dem Löwenanteil, wie man das so nennt?«, führte Morgenstern die Befragung im Alleingang fort.

»Sie meinen unsere institutionellen Anleger?«

»Genau diese.« Morgenstern wusste allerdings nicht recht, was er sich unter solchen Investoren vorstellen sollte. Am ehesten kamen ihm irgendwelche chinesischen Staatskonzerne in den Sinn. Die steckten doch ihr Geld in den letzten Jahren unablässig in europäische oder amerikanische Großprojekte, kauften ganze Flughäfen auf und rohstoffhaltige Ländereien in aller Welt. Aber Chinesen in Hirnstetten? Oder saudi-arabische Ölscheichs? Bislang, da war sich Morgenstern sicher, waren derlei exotische Herrschaften auf den Dörfern allenfalls an Fasching aufgetaucht: bei den Maskenbällen der örtlichen Vereine, wo der »Scheich« wegen der unkomplizierten Maskerade (Nachthemd, Sonnenbrille, Palästinensertuch) besonders gerne genommen wurde.

»Sprechen wir von internationalen Investoren?«, fragte Morgenstern, als der Baron schweigsam blieb.

Von der Tann rang sich zu einem Nicken durch.

»Europäisch oder global?«, hakte Morgenstern nach.

Der Baron schaute ihn gequält an. »Ich glaube nicht, dass ich Ihnen das sagen darf.«

»Ganz wie Sie wollen. Aber eines würde mich doch interessieren: Diese Großinvestoren, woher auch immer sie sind … haben die ihr Geld bereits vorgeschossen, also steht Ihnen das auch bereits voll zur Verfügung? So wie die Summen von den privaten Anlegern, die Sie so gut verzinsen?«

Von der Tann knetete seine dünnen, langen manikürten Finger und begann dann, mit einem grünen Bleistift zu spielen, indem er ihn wieder und wieder um seine Finger drehen ließ, erst langsam, dann immer schneller, was in Morgenstern nur umso mehr das Bild eines trickreichen Zirkuskünstlers, eines Jongleurs, verstärkte. Eines Zauberers, der mit schwarzem Zylinder nur so lange seriös wirkte, bis sich ein argloses weißes Kaninchen unter seinen Händen auf Nimmerwiedersehen in Luft auflöste. Nur gut, dass die Familie Morgenstern finanziell alles andere als auf Rosen gebettet und mithin nicht in der Verlegenheit war, den guten alten Sparstrumpf in irgendeiner Form »optimieren« zu müssen.

»Also gut«, sagte von der Tann nach einer schier endlosen Pause. »Wir halten auch dieses Geld bereits auf unseren Konten bereit. Wir haben die gesamte Summe zusammen. Sie müssen sich um die Finanzierung des Projekts Augustus-Park keine Sorgen machen.«

Morgenstern stand auf, um sich zu verabschieden und gleichzeitig den schon inzwischen käsweißen Kollegen Hecht an die frische Luft zu bringen. »Ich mache mir keine Sorgen wegen des Römerparks. Ich mache mir Sorgen wegen Barbara Breitenhiller.«

Er stand schon in der Tür, da fiel ihm noch eine letzte Frage ein. »Ihre internationalen Kreditgeber?«

Von der Tann drückte gerade den Rest seiner Zigarre in den noblen Aschenbecher. »Ja, was soll mit denen sein?«

»Haben die vielleicht einen Grund, sich Sorgen zu machen, Herr Baron?«

»Wie bitte?«

»Sie haben mich schon verstanden. Wir waren oben am Limes. Wie schon gesagt: Viel gibt es noch nicht zu sehen. Wenn man mal von ein paar Protestplakaten absieht. Wer steht am Ende dafür gerade, dass Ihr Park zustande kommt?«

Morgenstern glaubte ein kurzes Zwinkern in von der Tanns Augen zu sehen. Dann setzte der Baron sein unverbindliches Lächeln auf und sagte: »Das garantiert selbstverständlich die Immo World Limited mit Sitz in Luzern.«

»Und Herr Breitenhiller?«

»Zu einem geringeren Teil garantiert das auch Herr Breitenhiller aus Hirnstetten in der Marktgemeinde Kipfenberg. Wenn Sie mich jetzt bitte entschuldigen würden. Wie Sie ganz richtig bemerkt haben, haben wir noch ein gutes Stück Arbeit vor uns.«

Morgenstern brummte der Kopf, als er wieder in seinem Büro im Polizeipräsidium Oberbayern-Nord saß, die Beine auf den Schreibtisch gelegt, eine Tasse bitteren Kaffees in der Hand. Hecht hatte sich so weit wieder erholt, dass er die Ergebnisse der letzten Gespräche niederschreiben konnte. Morgenstern hatte sich den Leitzordner aus dem Hause Breitenhiller vorgenommen, in dem der Briefwechsel mit Heinrich Pietzka abgeheftet war.

Pietzka hatte offenbar eine Interessengemeinschaft gegen den Römerpark ins Leben gerufen, die allerdings im Wesentlichen aus ihm alleine bestand. Eine Art Bürgerinitiative: Morgenstern ließ sich das Wort auf der Zunge zergehen. Irgendwie, so dachte er, hatte dieser Begriff viel von seiner alten Schlagkraft verloren, hatte dem Bild vom »Wutbürger« Platz gemacht. Und der war, so wie Morgenstern es verstanden hatte, ein im Herzen zutiefst biederer Mensch, dessen zentrales Ziel die Zementierung der bestehenden Verhältnisse war. Der in Veränderungen zuallererst eine Bedrohung sah und keine Skrupel hatte, diese Veränderungen notfalls mit Gewalt zu bekämpfen. Ob die Sache den Kampf wert war, schien zweitrangig. Am Ende war immer derselbe Satz zu hören: »Hier geht es ums Prinzip.«

Morgenstern erinnerte sich an Bürgerinitiativen gegen Windkraftanlagen, Schweinemastbetriebe und Asylbewerberheime. Und jetzt also auch gegen den Augustus-Park. Wie weit, so fragte er sich, würde jemand im Übereifer gehen, wenn es ums »Prinzip« ging? Würde jemand aus Furcht vor einem Autostau vor seiner Haustür einen Mord begehen? Nicht einen Totschlag im giftig aufbrausenden Jähzorn, sondern einen echten, sorgfältig geplanten Mord? Er konnte es sich nicht vorstellen. Aber was konnte er sich überhaupt vorstellen von der Sorge, die biedere Haus- und Grundbesitzer umtrieb? Die ihr Lebenswerk, ihr Idyll bedroht sahen?

Morgensterns Phantasie reichte nicht aus. Er, der immer schon mit leichtem Gepäck gereist war, wie er es für sich selbst etwas heroisch formulierte, ohne Haus und ohne Wurzeln an seinem derzeitigen Wohnsitz Eichstätt, würde vor Auseinandersetzungen solchen Kalibers wohl eher heute als morgen die Flucht ergreifen. Nicht aus Feigheit, sondern, wie er bilanzierte, aus Prinzip. Das Morgenstern-Prinzip.

Höchste Zeit also, sich Ingenieur Pietzka vorzunehmen.

In Hirnstetten ging nach kurzem Läuten eine Frau ans Telefon.

»Pietzka.«

»Mike Morgenstern von der Kriminalpolizei in Ingolstadt. Könnte ich wohl Ihren Mann sprechen, Frau Pietzka?«

»Mein Mann … Heinrich, er ist nicht da. Er ist an der Arbeit, in Ingolstadt. Bei Audi.« Einen Moment war es still in der Leitung, dann fragte sie: »Ich nehme an, es geht um Frau Breitenhiller? Schrecklich. Wir können es gar nicht fassen.«

»Ja, eine schlimme Sache«, sagte Morgenstern. »Haben Sie sie denn gut gekannt, Ihr Mann und Sie?«

»Was heißt kennen. Das Dorf ist klein, das werden Sie wohl wissen. Hier kennt jeder jeden. Wir haben leider keinen sehr guten Draht zur Familie Breitenhiller. Aber das kann Ihnen mein Mann alles sehr viel genauer sagen.«

Es war klar, dass sie Morgenstern so schnell wie möglich abwimmeln wollte, und der ließ es geschehen. Sie diktierte ihm die Handy- und die Festnetznummer ihres Mannes, und keine Minute später hatte er den Ingenieur am Apparat. Pietzka meldete sich mit genervter Stimme, zeigte sich aber nicht überrascht, dass die Kriminalpolizei ihn sprechen wollte. Er habe bereits auf den Anruf gewartet, schließlich sei er Initiator der Interessengemeinschaft »Naturpark statt Römerpark«.

»Können Sie sich für eine Stunde frei nehmen und zu uns ins Präsidium kommen?«, fragte Morgenstern.

Pietzka zögerte. »Ich habe gerade unglaublich viel um die Ohren. Ich kann kaum weg. Sie können sich nicht vorstellen, was bei uns los ist. Hier gilt das olympische Prinzip.«

»Dabei sein ist alles?«, fragte Morgenstern.

Pietzka, wiewohl nach dem bisher hinterlassenen Eindruck ein humorferner Mensch, lachte. »Nein, ›höher, schneller, weiter‹ natürlich. Wir jagen hier von Rekord zu Rekord. Von Quartal zu Quartal werden unsere Absatzzahlen besser. Die Chinesen reißen uns unsere Autos praktisch aus der Hand. Inder, Amerikaner – alle wollen Audi fahren. Und wir tun alles dafür, dass das so bleibt.«

»Was arbeiten Sie denn genau, Herr Pietzka?«

»Ich bin in der Entwicklungsabteilung«, kam es mit kaum verhohlenem Stolz zurück. »Alles streng geheim.«

»Aha. Dann gehe ich mal davon aus, dass mein Kollege Hecht und ich nicht einfach so bei Ihnen reinspazieren können.«

»Da liegen Sie richtig. Ich würde vorschlagen, wir treffen uns am Audi-Forum. Im öffentlichen Bereich, direkt vor dem Werk. Am Eingang zum Museum Mobile.«

»Museum Mobile«, notierte Morgenstern. »In zwanzig Minuten?«

»Ich werde da sein. Wie erkenne ich Sie denn?«

»Jeansjacke, Cowboystiefel«, sagte Morgenstern und legte auf.

Zum Audi-Werk war es von der Innenstadt nur ein Katzensprung. »Radlentfernung«, wie Morgenstern gerne sagte, ohne dass er selbst allerdings allzu häufig mit dem Fahrrad unterwegs wäre. Nicht in Eichstätt und schon gar nicht im Dienst in Ingolstadt. Es gab Kollegen, die von Gott weiß woher jeden Tag mit dem Mountainbike ins Präsidium strampelten und dort ebenso verschwitzt wie endorphingesättigt ankamen. Kollege Hecht hatte es sogar von Schrobenhausen immer wieder einmal versucht und war mit einem sportlichen Rennrad quer durchs tellerflache Donaumoos zur Arbeit geradelt. Aber für Morgenstern war das entschieden zu ambitioniert. Und zu einem dienstlichen Termin, und wäre er noch so günstig gelegen, hätte er nie im Leben ein Rad benutzt. Als Kriminaloberkommissar musste man schließlich Seriosität ausstrahlen, so die Meinung des Mannes mit den abgewetzten Cowboystiefeln.

So fuhr er, Radldistanz hin oder her, mit Hecht im dunkelblauen Dienst-Audi über die Ettinger Straße zum Werk am nördlichen Stadtrand. Das Museum Mobile war ein runder zweistöckiger Glasbau: ein Tempel zum Lobpreis der vier Ringe, ein Tabernakel voller rollender Reliquien, ein Mausoleum für Motoren und Karossen. Hinter den Glasfronten standen auf Hochglanz polierte Fahrzeuge, die als Ikonen der Audi-Geschichte galten. Morgenstern wusste nur zu gut, dass er für das laut ausgesprochene Wort »Oldtimer-Ausstellung« an diesem Ort augenblicklich geteert und gefedert würde.

Dr. Heinrich Pietzka wartete wie versprochen vor der Eingangstür, direkt an einem großen Vorplatz, der von Zeit zu Zeit für Konzerte und Open-Air-Kino-Abende Verwendung fand. Nach kurzem Überlegen – Pietzka hatte tatsächlich in einer halben Stunde schon wieder ein Arbeitstreffen, das bei ihm selbstverständlich »Meeting« hieß –, ließ man sich einfach auf ein paar Steinquadern nieder, die von der Sonne angenehm temperiert waren.

Morgenstern musterte den Mann: Er war klein, höchstens eins siebzig, stämmig, aber muskulös, und hatte blonde, zur Mecki-Frisur gestoppelte Haare. Morgenstern schätzte, dass Pietzka etwa in seinem Alter war, Mitte vierzig also. Das war es aber auch schon mit den Gemeinsamkeiten, allein wegen des grauen Anzugs und der dunkelblauen Krawatte, die der Ingenieur trug.

»Schießen Sie los«, sagte Pietzka. »Was müssen Sie wissen?«

»Kannten Sie Barbara Breitenhiller? Die Limeskönigin?«, fragte Hecht.

»Selbstverständlich kannte ich sie. Hirnstetten ist winzig. Und auch wenn meine Frau und ich erst vor drei Jahren hergezogen sind und am Dorfleben zunächst keinen regen Anteil genommen haben, so kennt man sich doch.«

»Keinen regen Anteil?«, fragt Morgenstern erstaunt. »Immerhin machen Sie gegen den Römerpark mobil. Haben Sie nicht sogar eine Bürgerinitiative gegründet?«

»Was meinen Sie mit ›mobil machen‹? Denken Sie, ich bin ein Aufwiegler? Nein, ich will nur die Leute darüber informieren, was da oben bei uns geplant ist. Das ist mein gutes Recht. Bloß am Vereinsleben sind wir nicht beteiligt. Und auch nicht am sonntäglichen Kirchgang. Das ginge auch gar nicht. Wir sind evangelisch.«

»Und warum sind Sie ausgerechnet nach Hirnstetten gezogen?«

»Meine Frau und ich haben lange in der Nähe von Wolfsburg gewohnt. Ich war bei VW, ebenfalls in der Entwicklung. Als ich das Angebot erhielt, zu Audi zu wechseln, habe ich angenommen. Wir haben kurz zur Miete gewohnt und uns dann sehr schnell ein Haus in Hirnstetten bauen lassen, ein exklusives Architektenhaus am Dorfrand. In der bayerischen Idylle. Unschlagbar günstige Grundstückspreise. Und wir haben gerne unseren Frieden. Stress habe ich an der Arbeit schon genug.«

»Das idyllische Hirnstetten. Und jetzt sehen Sie Ihre Idylle bedroht?«

»Bedroht ist gar kein Ausdruck, Herr Kommissar. Wenn man die Pläne für diesen Park nicht stoppt, erstickt unser Dorf im Verkehr.«

Morgenstern konnte es sich nicht verkneifen. »Einen Verkehr, an dem Sie eine gewisse Mitschuld tragen. Ist es nicht Ihr Unternehmen« – er deutete ins weite Rund der Audi-Piazza –, »das ständig die unbegrenzte Mobilität und die Freude am Fahren, die Freiheit hinterm Steuer propagiert?«

»Das hat damit gar nichts zu tun!«, schnappte Pietzka. »Und außerdem ist Freude am Fahren der Spruch von BMW.«

»Für mich ist das alles dasselbe«, sagte Morgenstern provokant.

»Für mich nicht. Und ich bin durchaus ein Verfechter des Individualverkehrs. Aber doch nicht, wenn sich die Autos sinnlos vor meiner Haustür stauen.«

»Oh heiliger Sankt Florian, verschon mein Haus, zünd andre an.« Morgensterns Blick wurde hart: »Sei's drum. Wir waren bei der ermordeten Barbara Breitenhiller. Sie können sich vorstellen, dass Sie, Herr Pietzka, uns da ins Blickfeld geraten. Wir suchen nach Menschen, die ein Problem mit Frau Breitenhiller hatten …«

»Ich hatte kein Problem mit ihr, ich kannte sie kaum.«

»… oder die ein Problem mit ihrer Familie, speziell ihrem Vater, hatten«, schob Hecht nach.

»Sie haben nachweislich ernsthaften Streit mit Herrn Albert

Breitenhiller«, sagte Morgenstern. »Ich habe Ihren Briefwechsel mit ihm gelesen. Darin deutet nichts darauf hin, dass Sie beide in diesem Leben noch mal Freunde werden.«

»Im nächsten Leben auch nicht«, sagte Pietzka. »Dieser Breitenhiller ist, mit Verlaub, ein Arschloch. Sie sollten mal hören, was der mir schon alles an den Kopf geworfen hat. Ich hätte nicht gedacht, dass ich mich wegen eines sturen Bauern so aufregen könnte. Meiner Frau geht es genauso. Die war sogar schon in psychologischer Behandlung, nur wegen dieses Römerparks. Das ist doch kein Leben mehr.«

»Wie ist das nun mit Ihrer Bürgerinitiative?«, fragte Morgenstern. »Wenn ich Ihre Briefe so lese, dann kommt mir das vor wie eine One-Man-Show. Wie eine Heinrich-Pietzka-Solonummer. Ein Feldherr ohne Bataillone.« Er grinste. »So ungefähr wie die bayerische FDP.«

»Nein, nein«, protestierte Pietzka. »Die Interessengemeinschaft ›Naturpark statt Römerpark‹ ist zwar von mir ins Leben gerufen worden …«

»Wann?«

»Vor gut einem Jahr. Und ich bin ihr Sprecher, ganz klar. Aber ich habe inzwischen eine ganze Reihe von Mitstreitern. In Enkering, Pfahldorf und auch hier in Hirnstetten habe ich Gleichgesinnte gefunden. Ich muss allerdings gestehen, dass manche Leute sich von diesem Park Arbeitsplätze erhoffen. Und ich musste leider feststellen, dass die ganze Aktion für mich als Auswärtigen, zumal als gebürtigen Norddeutschen, mitten in Bayern keine ganz einfache Sache ist.«

»Wie norddeutsch?«, fragte Hecht.

»Buxtehude.«

»Oje!«, entfuhr es Hecht.

»Vor drei Wochen sind meine Frau und ich ein ganzes Wochenende lang mit einer Unterstützerliste von Haus zu Haus gegangen. Da haben sich siebenundzwanzig Sympathisanten eingetragen.«

»Respekt«, sagte Morgenstern, und Pietzka nahm das ironisch vergiftete Kompliment ernst.

»Das ist natürlich nur die Spitze des Eisbergs. Ich spüre ganz deutlich, dass ich die breite Mehrheit hinter mir habe. Aber die Masse hat bedauerlicherweise die Angewohnheit, zu schweigen.«

»Aha«, sagte Morgenstern höflich.

»Genau. Ich habe einmal eine interessante Theorie gelesen, in der es genau darum geht. Die Mehrheit der Leute schweigt, und das ermuntert die Minderheit dazu, sich immer lautstärker zu artikulieren und so den Weg in die Zeitungen und ins Fernsehen zu finden. So lange, bis öffentlich der Eindruck entsteht, die Minderheit wäre die Mehrheit.«

»Selten so einen Käse gehört«, sagte Morgenstern, der der Argumentation nicht recht gefolgt war.

Pietzka ignorierte den Einwurf. »Das ist die Theorie von der Schweigespirale. Aber ich werde diesen Trend durchbrechen. Eines verspreche ich Ihnen: Ich werde durch alle Instanzen gehen. Wenn es nötig ist, bis zum Bundesverwaltungsgericht. Meine Rechtsschutzversicherung zieht mit, das ist schon geklärt. Und wenn es richtig hart wird, sorgen wir dafür, dass die UNESCO dem Limes den Titel ›Weltkulturerbe‹ entzieht.«

»Wie bitte? Das ist doch nicht Ihr Ernst.« Morgenstern war ernsthaft empört über Pietzkas destruktive Entschlossenheit.

»Selbstverständlich. Denken Sie mal an die Waldschlösschenbrücke von Dresden. Die UNESCO versteht keinen Spaß, wenn man mit dem Welterbe Schindluder treibt. Da wird ruckzuck der Status entzogen, wenn jemand meint, er könnte direkt neben dem Limes so ein Disneyland aufbauen. Und wissen Sie, wie man dann in Buxtehude sagt?«

Hecht und Morgenstern verneinten.

»Se sitt all wedder in'n Pissputt.« Pietzka zeigte ein boshaftes Grinsen, als freute er sich auf den Tag, an dem seine Befürchtung wahr werden und er recht behalten würde. Dann schaute er auf seine Uhr, eine dicke Breitling. »Also, was wollen Sie nun wissen? Fragen Sie bitte gerade heraus und nicht um den heißen Brei herum. Wie gesagt, ich habe in Kürze ein Meeting. Und wir Ingenieure sind gewohnt, Probleme direkt anzugehen.«

»Sehr gut. Also dann: Was haben Sie in der Nacht von Sonntag auf Montag zwischen Mitternacht und zwei Uhr gemacht?«, fragte Morgenstern.

»Also in der Zeit, als Frau Breitenhiller ums Leben gekommen ist?«

»Exakt. Um in Ihrer direkten Ingenieursprache zu bleiben: Haben Sie ein Alibi?«

Pietzka verzog keine Miene. Er schien das Gespräch in der wärmenden Augustsonne sogar zu genießen. Hier, umgeben von all den Dingen, die ihm als Audianer wichtig waren, hatte er sein Heimspiel.

»Sonntagnacht?« Er strich sich langsam über die blonden Haarstoppeln, blinzelte in die Sonne. »Ich war mit meiner Frau zu Hause. Wir hatten Besuch von Arbeitskollegen, mit denen wir im Garten gegrillt haben. Ich kann Ihnen die Telefonnummer geben, Sie können das überprüfen.«

»Wann ist dieser Besuch wieder gefahren?«

»Es ist ein langer Abend geworden, wir waren später noch im Haus. Sie sind erst gegen ein Uhr gefahren. Meine Frau und ich haben dann noch aufgeräumt und sind hundemüde zu Bett gegangen. Da war es dann schon zwei Uhr. Ein ganz und gar wunderbarer Abend.«

»Das werden wir überprüfen«, sagte Hecht.

»Tun Sie das.« Pietzka stand auf. »Jetzt muss ich aber wirklich los. Sollten Sie noch etwas fragen wollen, wissen Sie ja, wo Sie mich erreichen.«

»Sie hören von uns«, versprach Morgenstern.

Pietzka hatte bereits einige Meter Richtung Haupteingang zurückgelegt, als er mit einem Mal stehen blieb. Er drehte sich nach den regungslos verharrenden Kommissaren um, gab sich einen Ruck und kehrte mit raschen Schritten zurück.

»Ist Ihnen noch etwas eingefallen?«, fragte Morgenstern.

»Da gibt es noch eine Sache, die ich Ihnen gerne sagen würde.« Pietzka zog das Sakko aus, ihm war wohl heiß geworden. »Wo Sie schon einmal hier sind. Ich habe bisher noch mit niemandem darüber gesprochen.«

Er fuhr sich mit der rechten Hand durchs Haar. Morgenstern

sah – und glaubte gleichzeitig zu riechen –, dass sich an den Achseln des dezent gestreiften Hemdes großflächige Schweißflecken gebildet hatten.

»Noch nicht einmal meiner Frau habe ich davon erzählt. Ich will nicht, dass sie sich unnötig Sorgen macht.« Pietzka sah Hecht und Morgenstern mit einem um Verständnis heischenden Blick an.

»Was haben Sie ihr nicht erzählt?«, drängte Hecht.

»Vielleicht sollten wir uns dafür lieber ins Museumscafé setzen«, schlug Pietzka vor.

»Und Ihr Meeting?«, fragte Morgenstern.

»Ach, das Meeting. Lassen Sie das meine Sorge sein. Sie haben keine Ahnung, wie viele Meetings wir haben. Morgenmeeting, Mittagsmeeting, Nachmittagsmeeting. Hier eine Konferenz, da eine Gruppenbesprechung. Und an jeder Ecke haben sie neuerdings einen Meetingpoint mit Kaffeeautomaten eingerichtet, damit wir alle schön kommunizieren. Ich frage mich manchmal, wer überhaupt noch in Ruhe an seinem Schreibtisch arbeiten kann.«

Morgenstern dachte an ihren Chef Adam Schneidt, der bestimmt in Kürze ebenfalls Rechenschaft einfordern würde, Zwischenergebnisse oder am besten gleich den Abschlussbericht, präsentiert auf dem Silbertablett. Doch damit konnten er und Hecht nicht dienen. Was sie bisher hatten, war eine Handvoll loser Fäden. Auf dem Eichstätter Volksfest hatte er eine Bude gesehen, die nach genau diesem Prinzip funktionierte. Ein Bündel langer Schnüre, die über eine Rolle nach oben führten und mit verschiedensten Gewinnen verknüpft waren. Mit welcher Schnur sich letztlich der Hauptgewinn, ein riesiger Plüschteddybär aus vermutlich südostasiatischer Kinderarbeit und mit aberwitziger Schadstoffbelastung, ziehen ließ, das wusste nicht einmal der Budenbesitzer selbst.

Im Café rückte Ingenieur Pietzka, nachdem er einmal seinen Entschluss gefasst hatte, ohne Umschweife mit seiner Information heraus.

»Ich fühle mich verfolgt.«

»Verfolgt?«, fragten Hecht und Morgenstern wie aus einem Munde.

»Ja, verfolgt. Oder beobachtet. Nennen Sie es, wie Sie wollen.« Pietzka schaute sich um, ob sie von jemandem an den Nachbartischen belauscht werden konnten. Morgenstern tat es ihm gleich, als suchte er bereits das Café nach dem ominösen Verfolger ab.

»Wie soll ich es Ihnen erklären? Das ist jetzt vielleicht drei Wochen her, möglicherweise auch schon einen Monat.« Pietzka strich sich nervös durchs Stoppelhaar. »Man kennt die Leute aus dem Dorf, das habe ich Ihnen bereits erklärt. Man weiß, wer dazugehört und wer nicht. Und man hat ein Gefühl, wenn da irgendwo ein Fremder ist, der einen beobachtet.«

»Wo haben Sie diesen Fremden gesehen?«, fragte Hecht.

»Richtig gut gesehen habe ich ihn nie. Es war wie ein Schatten.« Pietzka tupfte sich mit einer Papierserviette die Stirn, dabei war es im klimatisierten Café angenehm kühl.

»Der große Unbekannte also«, sagte Morgenstern und hatte das ungute Gefühl, dass der Ingenieur sie mit seiner nebulösen Geschichte auf ein Abstellgleis lotsen wollte. Weg vom möglicherweise verdächtigen Querulanten Pietzka hin zum armen Opfer Pietzka.

»Ein Schatten«, wiederholte Hecht, der sich Notizen gemacht hatte. »Das ist ein bisschen wenig, finden Sie nicht auch?«

»Nein, da war bestimmt dreimal jemand am Waldrand, der zu meinem Haus herübergeschaut hat. Ich hatte den Eindruck, dass er sogar ein Fernglas benutzt hat. Denn einmal haben die Gläser in der Sonne aufgeblitzt.«

»Ein Jäger«, sagte Hecht.

»Nein, das war bestimmt kein Jäger. Einmal war es am helllichten Tag. Was soll denn da ein Jäger? Zuerst habe ich mir nichts dabei gedacht. Beim ersten Mal war es am frühen Morgen. Ich war kurz im Garten, da stand er am Waldrand und schaute herüber. Dann hat er sich weggedreht und ist verschwunden.«

»Woher wissen Sie, dass es ein Mann war?«, fragte Hecht.

»Das war einfach mein Eindruck.«

»Welche Kleidung trug er?«

»Jeans, eine dunkelblaue Trainingsjacke. Ich kann mich aber auch täuschen.«

»Ein Jogger«, sagte Morgenstern.

»Ein Jogger mit Fernglas?«, fragte Pietzka zurück.

»Ein Jogger mit Brille«, präzisierte Morgenstern. »Auch Brillengläser können in der flach stehenden Morgensonne aufblitzen. Ich glaube, Sie bilden sich da etwas ein, Herr Pietzka. Ich sehe nicht, dass jemand Sie gezielt verfolgen würde.«

»Sie glauben mir also nicht?«

»Doch, doch«, sagte Morgenstern. »Aber ich an Ihrer Stelle würde nicht aus einer Mücke einen Elefanten machen. Ich schlage vor, dass Sie die Sache im Auge behalten. Sie dürfen sich gerne wieder bei uns melden, sobald es etwas Neues gibt.«

»Es war ein Gefühl«, beharrte der Ingenieur. »Man sagt uns Technikern immer nach, dass wir keine Ader für Gefühle hätten. Aber in diesem Fall war das für mich ganz deutlich zu spüren.«

»Was haben Sie gespürt?«, fragte Hecht.

Pietzka ließ sich mit der Antwort Zeit. Viel Zeit. Als die Kommissare schon nicht mehr damit rechneten, beugte er sich vor und flüsterte nur ein einziges Wort: »Bedrohung.« Dann kramte er nach seiner Geldbörse, legte drei Euro auf den Tisch und stand auf. »Meine Herren, jetzt muss ich aber wirklich zu meinem Meeting.« Er klopfte zum Abschied mit den Knöcheln der rechten Hand auf die Tischplatte, sah sich dann aber doch noch zu einem abschließenden Kommentar genötigt: »Es geht mir nicht darum, dass ich in irgendeiner Form Schutz bräuchte, gar von der Polizei. Ich wollte Sie nur in Kenntnis setzen.« Damit verließ er das Café, ohne sich noch einmal umzudrehen.

»Verfolgungswahn«, sagte Morgenstern, nachdem Pietzka verschwunden war. »Beginnende Paranoia.«

»Ich weiß nicht, was ich davon halten soll.« Hecht packte seinen Notizblock ein. »Mir kam es so vor, als ob er tatsächlich Angst hätte. Jetzt ist er beleidigt, weil wir seine Sorgen nicht ernst genommen haben.«

Morgenstern wischte die Bedenken weg. »Wie soll man so

etwas ernst nehmen? Da hätten wir viel zu tun, wenn wir jedem, der sich beobachtet fühlt, das schwitzige Händchen halten. Und der einzige Feind, den sich Pietzka meines Wissens gemacht hat, ist kein großer Unbekannter, sondern ein allseits Bekannter – Herr Breitenhiller, Römerpark-Planer aus Hirnstetten.«

»Und wenn er doch beobachtet wird?«, beharrte Hecht.

Morgenstern schüttelte den Kopf. »Ich sage dir: Dieser Typ stilisiert sich zum Opfer. Das ist doch typisch für Querulanten. Die fühlen sich von aller Welt verfolgt. Ob da nun einer einen Römerpark baut oder ein Windrad oder ob einer bloß unmotiviert am Waldrand steht und sich die Landschaft ansieht.«

»Dein Wort in Gottes Ohr«, sagte Hecht. Er nippte an seinem kalt gewordenen Cappuccino. »Ganz anderes Thema. Was macht eigentlich deine Familie? Wenn ich die Zeichen heute früh richtig gedeutet habe, war der Herr ein bisschen zerknittert.«

»Frag bloß nicht. Die Jungs sind im Zeltlager am Ende der Welt, und Fiona entrümpelt in Nürnberg die Habseligkeiten ihrer verstorbenen Mutter.« Morgenstern schaute verkniffen.

»Ganz allein?«, fragte Hecht.

»Wie – ganz allein? Natürlich bin ich ganz allein. Ich habe nicht mal eine Katze, die mir Beistand leistet.«

»Nein, ich meine Fiona. Sie muss die Wohnung ganz alleine leer kriegen? Das stelle ich mir schwierig vor.«

»Die ganz großen Möbel sind schon seit ein paar Wochen raus. Und Sie hat einen Helfer«, sagte Morgenstern schmallippig. »Hat sie mir heute früh am Telefon gesagt.

»Na prima«, sagte Hecht. »Dann hebt sie sich wenigstens keinen Bruch. Da kann man ab einem gewissen Alter gar nicht genug aufpassen. Und wer ist das, der ihr da in Nürnberg hilft? Verwandtschaft?«

Peter Hecht hatte einen sechsten Sinn für peinliche Fragen. Das machte wohl einen guten Kriminaler aus, dass er instinktiv wusste, wo die Wunden waren, in die er seine Finger zu legen hatte, damit es richtig wehtat, dachte Morgenstern.

»Nein, keine Verwandtschaft«, knurrte er.

»Sondern?« Hecht ließ nicht locker.

»Ein alter Jugendfreund«, sagte Morgenstern mit blecherner Stimme. »Wenn du es ganz genau wissen willst, dann ist er ein Ex von Fiona, aus uralten Zeiten.«

»Ihr Ex. Und jetzt kriegst du es mit der Angst zu tun, dass es da oben funken könnte, während du mutterseelenallein daheim in Eichstätt sitzt.«

Morgenstern guckte finster, was Hecht als Bestätigung interpretierte.

»Was ist denn das für ein Typ? Weißt du was über ihn?«

»Nicht viel«, antwortete Morgenstern. »Fiona hat kaum was über ihn erzählt und immer so getan, als wäre das alles Schnee von gestern. Aber jedenfalls ist der aus Nürnberg. Er fährt eine Harley, hat einen Pferdeschwanz und betreibt eine Musikkneipe in der Altstadt. Das ›Crazy Horse‹. Ich war aber noch nie drin und werde auch nie einen Fuß reinsetzen.«

»Wieso denn nicht?«

»Erstens aus Prinzip. Und zweitens glaube ich kaum, dass man mir da ein Bier geben würde. Ich denke, der ist immer noch sauer, dass Fiona jetzt mit mir zusammen ist.«

»Aber das muss doch alles schon eine Ewigkeit her sein«, sagte Hecht verwundert.

Morgenstern winkte ab. »Jedenfalls hilft ihr ausgerechnet dieser Typ, Charly heißt er, jetzt beim Entrümpeln. Und Fiona erzählt mir das in einer Beiläufigkeit, dass es mir fast die Kinnlade ausgerenkt hätte.«

»Crazy Horse«, wiederholte Hecht. »Ich wette, dieser Charly war schon mal in Amerika.«

Autsch. Wieder hatte Hecht einen wunden Punkt erwischt. Morgensterns alten, bislang unerfüllten Traum, eines Tages eine große Reise durch die USA zu unternehmen. Durch den Westen natürlich, den einstmals Wilden Westen und seine endlosen Weiten. Morgenstern stöhnte leise, während Hecht unbeirrt weitermachte.

»Charly mit der Harley, hahaha. Weißt du, wie der mir vorkommt?«

»Wie denn?«, fragte Morgenstern genervt.

Hecht, der Hobbypsychologe, grinste maliziös: »Wie dein großer Bruder.«

»Was soll denn das jetzt wieder heißen?«

»Das weißt du besser als ich. Der Bursche hat alles, wovon du immer bloß träumst.«

»Bis auf Fiona«, sagte Morgenstern grimmig.

»Bis auf Fiona«, wiederholte Hecht mit neutralem Ton.

Morgenstern spürte mit einem Mal, dass ihn fröstelte. Das muss an der Klimaanlage liegen, dachte er.

Es war gegen achtzehn Uhr, als die Kommissare das Feldlager der Kohorte erreichten. Hecht und Morgenstern wollten Gundekar Russer unbedingt noch einmal auf den Zahn fühlen – und nicht zuletzt zuverlässig abklären, wo er zur Mordzeit gesteckt hatte

»Niemand ist so gefährlich wie ein verschmähter Liebhaber«, hatte Morgenstern im Büro doziert, als Hecht vorsichtig nachfragte, ob die erneute Fahrt über Land denn tatsächlich nötig sei.

Die Legionäre waren inzwischen bis nach Burgsalach marschiert, ein Dorf auf der Jurahöhe, zwischen Raitenbuch und Oberhochstatt, allerdings hatte sie sich nicht wie angekündigt an den Grundmauern des Kleinkastells Burgus niedergelassen, sondern direkt am Limes. Von ferne grüßte der Fernsehturm von Nennslingen, assistiert von mehreren riesigen Windkraftanlagen. Ein Filmregisseur auf der Suche nach möglichst authentischen Römer-Kulissen konnte heutzutage wohl in ganz Bayern nirgendwo mehr fündig werden, dachte Morgenstern. Hochspannungsleitungen, Überlandstraßen, Freiflächen-Photovoltaik-Anlagen: Selbst im entlegensten Winkel erhob die moderne Technik und Infrastruktur ihr zumeist hässliches Haupt. Ein unbehelligter Horizont war im Freistaat spätestens seit der sogenannten Energiewende so schwer aufzutreiben wie einer der sagenumwobenen Wolpertinger.

Das Lager mit den zwei Lederzelten war ein paar hundert Meter südlich des Dorfs aufgebaut. Der Sportplatz des Burgsalacher Fußballvereins lag ganz in der Nähe. Finster erhob sich der Saum eines Fichtenwalds im Süden; der Limes verlief direkt entlang der

Waldgrenze. Und irgendwann war hier ein hölzerner römischer Wachturm rekonstruiert worden, nur einen Katzensprung von den steinernen Fundamenten seines bald zweitausend Jahre älteren Vorgängerbaus entfernt. Der Holzturm war aus Bohlen gezimmert und hatte in luftiger Höhe, vielleicht acht Meter über dem Boden, einen umlaufenden Balkon. Umgeben war der Turm von einer kleinen übermannshohen Palisade, in die eine Tür eingelassen war.

Hecht und Morgenstern stellten ihren Wagen in größerem Abstand ab, um das Historiker-Idyll nicht zu stören, und näherten sich zu Fuß. Die Legionäre hatten bereits ein Lagerfeuer entzündet, über dem auf einem Dreibein ein großer, vom Ruß schwarz gewordener Topf hing. Der Esel war auf der Wiese an einen Pflock gebunden und rupfte gleichmütig am allgegenwärtigen Löwenzahn der überdüngten Wiese. Hecht schnupperte und verzog dann das Gesicht.

»Ganz schlechter Platz«, sagte er.

»Warum? Haben die Römer beim Feng-Shui nicht aufgepasst?«

»Nein. Auch keine Erdstrahlen, unterirdische Wasseradern oder so ein Zeug.«

»Was dann?« Auch Morgenstern nahm Witterung auf und erschnupperte nun ein süßlich-strenges Odeur.

»Gülle«, sagte Hecht. »Der Bauer hat die Wiese vor noch nicht allzu langer Zeit geodelt, und weil es seitdem noch nicht geregnet hat, ist das Zeug einfach eingetrocknet.«

»Darf man über den Limes, diesem Weltkulturerbe, überhaupt odeln?«, fragte Morgenstern. »Oder gibt es dann von der UNESCO gleich die Rote Karte wegen ungebührlichen Verhaltens?«

»Gülle geht in Ordnung«, sagte Hecht. »Drüberpflügen ist verboten. Und bestimmt wäre heute auch dieser neue Turm mitten auf dem Limes unzulässig. Aber der steht schon länger. Da haben sie Glück gehabt, die Burgsalacher.«

Zenturio Rehling, der am Lagerfeuer saß, bemerkte die sich nähernden Gäste und stand mit weit ausgebreiteten Armen auf.

»Ach, wen haben wir denn da?«

»Wir sind's nur«, gab Morgenstern zurück. »Wir wollten Ihre Einladung annehmen und schauen, was Sie hier so treiben.«

»Tun Sie das«, sagte der Zenturio. »Haben Sie schon gesehen? Kamerad Russer hat den Scorpio aufgebaut.«

Das Pfeilgeschütz stand auf der Wiese, in fünfzig Metern Abstand war auf einem hölzernen Pfahl eine Strohscheibe mit aufgemalten konzentrischen Ringen in Rot und Blau aufgehängt. Russer selbst stand, nur in seiner Tunika, ohne Helm und Kettenhemd, darübergebeugt und legte gerade einen Pfeil ein.

»Schauen Sie ruhig zu«, sagte Rehling. »Unser Signifer ist ein Meisterschütze.«

»Robin Hood als Legionär«, meinte Morgenstern.

»Wenn Sie so wollen. Allerdings ist unser Scorpio jedem englischen Langbogen weit überlegen, sowohl was die Reichweite angeht als auch in Sachen Präzision. Wir sind sehr stolz darauf.«

Gebannt verfolgten die Ermittler, wie Russer das Geschütz sorgfältig in die richtige Lage brachte, dann, als Morgenstern fast schon die Geduld verlieren wollte, gab es ein kurzes Schnalzen, und der Pfeil schoss auf die Strohscheibe zu. Der Einschlag war so heftig, dass der Holzpflock wackelte.

Morgenstern, Hecht und Rehling liefen, ebenso wie Russer, auf das Ziel zu, nur um zu sehen, was sie schon geahnt hatten: Der Pfeil hatte den zehn Zentimeter schmalen schwarzen Kreis in der Mitte der Strohscheibe getroffen und fast ganz durchgebohrt. Nur das gefiederte Ende des Geschosses ragte noch heraus.

»Herzlichen Glückwunsch, Herr Russer«, sagte Hecht.

Russer, der gerade mit großer Mühe versuchte, den Pfeil aus der Scheibe zu ziehen, drehte sich überrascht um. »Ich habe Sie gar nicht kommen sehen«, sagte er.

»Wir wollten Ihre Konzentration nicht stören. Ganz erstaunlich, wie genau Sie treffen.«

Russer lächelte, während er weiter an dem Pfeil zerrte. Endlich war das hölzerne Geschoss befreit. »Es fasziniert mich immer wieder, wie hoch entwickelt die römische Technik war. Ich würde mich als feindlicher Soldat auch heute noch ungern einer Kampfreihe von Legionären gegenübersehen, moderne Waffen hin oder her. Sie sehen ja selbst, wie weit so ein Scorpio schießt.«

»Sie haben aber auch Übung«, sagte Morgenstern anerkennend.

»Ich gebe mein Bestes.« Russers Wangen röteten sich vor Stolz. »Und wenn es Ihnen nichts ausmacht, würde ich gern noch ein bisschen weitertrainieren.«

»Lassen Sie sich nicht aufhalten. Wir schauen uns so lange noch ein wenig um. Kann man eigentlich auf diesen Turm hochklettern?«

Der Zenturio schüttelte den Kopf. »Da ist leider ein dickes Vorhängeschloss an der Palisade. Wenn Sie gestern in Erkertshofen oder vorgestern in Kipfenberg dabei gewesen wären … da stehen die Türme offen.«

»In Kipfenberg«, wiederholte Morgenstern. »Können Sie uns erzählen, was Sie am Sonntag in Kipfenberg gemacht haben?«

Rehling räusperte sich. »Nun, wie Sie schon wissen, haben wir am Sonntag eine Pause eingelegt. Das war ein Erholungstag sozusagen. Wir haben lange geschlafen, schön gekocht. Viel Getreide auf Vorrat gemahlen.«

»Am siebten Tage sollst du ruhn«, kommentierte Hecht.

»So in etwa. Wir waren schon ziemlich weit marschiert. Das darf man nicht unterschätzen.«

Morgenstern warf einen Blick zurück zu Gundekar Russer. Der hatte in der kurzen Zeit bereits zwei Pfeile auf die Scheibe abgeschossen, alle drei ins Schwarze oder in dessen unmittelbare Nähe.

Zwei andere Legionäre hatten begonnen, mit Holzübungsschwertern aufeinander loszugehen. Morgenstern musste an seine Jungs denken, die sich bei solchen Kämpfen regelmäßig gegenseitig auf die Finger schlugen. Hier, bei den Erwachsenen, war es kaum anders. Schon nach kurzer Zeit ließ einer der Legionäre mit einem abscheulichen Fluch sein Schwert fallen und hielt sich das rechte Handgelenk.

»Ein klarer Fall fürs Lazarett«, sagte Morgenstern.

»Ach wo, wir sind nicht wehleidig«, gab der Zenturio zurück. »Aber vielleicht erzählen Sie mir jetzt mal, was Sie wissen müssen.«

»Es geht um die Limeskönigin, Barbara Breitenhiller. Sie ist die ehemalige Freundin von Herrn Russer. Und sie ist in der

Nacht zum Montag ermordet worden. Wir haben ihre Leiche in Pfahldorf gefunden.«

Rehling schwieg lange. »Das ist ja furchtbar. Aber was hat das mit unserer Kohorte zu tun?«

»Sie sind mit Ihrer Gruppe nahe am Geschehen gewesen. Herr Russer hat uns heute schon gesagt, dass er am Sonntagnachmittag am Festplatz in Kipfenberg war und die Limeskönigin kurz gesprochen hat. Wussten Sie das?«

Der Zenturio warf einen undeutbaren Blick auf den unverdrossenen Meisterschützen, der immer noch Pfeil um Pfeil abfeuerte. »Nein, das habe ich nicht gewusst. Ich hatte ausdrücklich Anweisung gegeben, dass wir uns von diesem Spektakel fernhalten. Dass wir damit nichts zu tun haben wollen.«

»Ja, das hat uns Ihr Signifer auch erzählt. Er hat sich aber über Ihre Order hinweggesetzt.«

Rehling kratzte sich an seinem Vollbart. »Befehlsverweigerung … Renitenz. Wie ich das hasse. Es ist heute so schwer, einer Gruppe Disziplin beizubringen. Wenn man da nicht aufpasst wie ein Haftlmacher, dann tut jeder gerade, was er will. Aber ich möchte mich nicht beklagen: So, wie unsere Gruppe momentan aufgestellt ist, klappt das ganz ordentlich. Ich denke, dass diese Eigenmächtigkeit ein einmaliger Ausrutscher war. Ich werde mir Kamerad Russer aber bei nächster Gelegenheit zur Brust nehmen.«

»Wie sie momentan aufgestellt ist?«, wiederholte Morgenstern. »Heißt das, dass Sie auch mal Wechsel in der Mannschaft haben?«

Der Zenturio nickte missmutig. »Es hat ein paar Kollegen gegeben, mit denen es einfach nicht gepasst hat. Die haben das dann entweder selbst kapiert und sind gegangen …«

»Oder?«, fragte Morgenstern.

»Oder sie sind gegangen worden.« Rehling seufzte. »Unerfreuliche Sache. Aber manchmal unvermeidlich.«

»Wie dürfen wir uns das vorstellen?«

Der Zenturio überlegte kurz, wie viel er den beiden Ermittlern wohl an Interna verraten durfte, entschied dann aber, kein Blatt vor den Mund zu nehmen. »Zuletzt war da unser Kamerad

Habermann. Er hat sich nicht in die Gruppe eingefügt, fehlte ständig unentschuldigt bei unseren Veranstaltungen. Ein unsicherer Kantonist, wenn Sie verstehen, was ich meine.«

»Da haben Sie ihn rausgeschmissen.«

»Nein, nicht gleich. Da gab es eine Sache, die hat das Fass zum Überlaufen gebracht.« Rehling ächzte, als bereite ihm allein die Erinnerung an den Vorfall körperliche Schmerzen. Er blickte in die Ferne. »Erotische Fotoaufnahmen. Habermann hat seine Ausrüstung seiner Freundin geliehen, für ein Foto-Shooting. Halb nackt mit Helm und Schwert, ganz nackt hinterm Schild. Die fanden das wohl witzig. Ich aber überhaupt nicht.«

»Ich könnte mir das schon recht ästhetisch vorstellen«, wandte Morgenstern ein.

»Ästhetisch, ästhetisch«, äffte ihn der Zenturio nach. »Das war nicht ästhetisch, das war Schweinskram. Fast schon Pornografie. Jedenfalls eine Entweihung von allem, was uns heilig ist.« Er redete sich weiter in Rage. »Mit unserer Ausrüstung treibt man kein Schindluder. Wir wären wohl nicht draufgekommen, wenn die Fotos, zumindest die Unverfänglicheren, nicht eines Tages mitten in Eichstätt im Schaufenster eines Fotostudios ausgehängt gewesen wären. Und das Schlimmste ist: Da hängen Sie heute noch. In der Herzoggasse, gleich hinterm Rathaus. Als ich daran vorbeigekommen bin, dachte ich, mich trifft der Schlag.«

Morgenstern wandte sich zu Hecht, der bislang schweigend zugehört hatte. »Na, Kollege, was halten Sie von diesem Foto-Shooting?«

»Hochverrat«, sagte Hecht, ohne eine Miene zu verziehen.

»Ganz genau – Hochverrat«, schloss sich der Zenturio an. »Wir haben Kamerad Habermann noch in derselben Woche unehrenhaft aus der Legion entlassen.«

»Und Ihre Kohorte hat diesen Habermann einstimmig ausgeschlossen?«, fragte Morgenstern.

»Nicht ganz einstimmig, aber nahezu«, gab der Zenturio zu.

»Wer hat für Habermann ein gutes Wort eingelegt?«, fragte Hecht.

»Es war unser Signifer. Der Gundekar. Der hat um Verständnis geworben. Aber da war nichts zu machen. Nicht bei mir und auch nicht bei den anderen. Der Habermann ist raus. Obwohl er rumgetobt hat, dass er Gründungsmitglied unserer Gruppe sei, dass wir so mit ihm nicht umspringen können und dass wir das noch bereuen würden. Das war aber alles Quatsch. Die Zeit heilt, wie man so schön sagt, alle Wunden.«

»Da wäre ich mir nicht so sicher«, sagte Morgenstern, der sich noch gut an einen Mordfall erinnerte, dessen Wurzeln sechzig Jahre in die Eichstätter Vergangenheit zurückgereicht hatten. Er ließ sich die Daten des geschassten Legionärs geben – Herbert Habermann aus Nassenfels, siebenundzwanzig Jahre alt –, und weil ihn die Geschichte mit den erotischen Fotos irgendwie fasziniert hatte, fragte er noch, ob der Zenturio vielleicht Näheres über diese Venus in Legionärsausrüstung sagen könne. Der Vollständigkeit halber.

Der Zenturio wusste zwar »beim besten Willen« nicht, was diese ganze Fragerei solle, aber bitte sehr: Die schamlose Person sei eine junge Frau, die gar nicht weit von Nassenfels entfernt wohne, am Rande des Donaumooses. Eine Bauerstochter aus Zell bei Neuburg, um ganz genau zu sein. Hecht war so überrascht, dass ihm sein teurer Montblanc-Füller auf den Boden fiel.

»Monika Weinzierl?«, fragte Morgenstern.

»Ach, Sie kennen sie?«, staunte der Zenturio.

Hecht sammelte sein Schreibgerät ein. »Flüchtig«, sagte er. »Und ausschließlich in korrekter Kleidung.«

Eine halbe Stunde später wurden die Kommissare zum Essen gebeten. Die achtköpfige Römertruppe versammelte sich dazu ums Lagerfeuer. Jeder hatte eine Tonschüssel auf dem Schoß, einen hölzernen Löffel in der Hand, auch für die Besucher gab es Geschirr. Mit einem Schöpflöffel rührte der Zenturio ein paarmal in dem brodelnden Kessel über dem Feuer, dann erhielt jeder eine Kelle voll Eintopf. Legionärspampe.

Morgenstern nahm einen Löffel davon, dann musste er prusten. Zum einen war die Suppe glühend heiß, zum anderen war ihm schlagartig klar geworden, woran ihn die Mahlzeit erinnerte:

an jenen Asterix-Band, in dem die beiden Helden sich als Legionäre verpflichteten und als Erstes feststellen mussten, dass es bei der römischen Armee einen schrecklichen Fraß gab, »um die Krieger bei schlechter Laune zu halten«.

Die Kohorte am Burgsalacher Limesturm musste demnach eine katastrophale Laune haben. Morgenstern sah, dass auch Kollege Hecht dem antiken Pichelsteinerrezept nichts, aber auch gar nichts abgewinnen konnte. Die Sache wurde auch nicht dadurch besser, dass einer der Soldaten aus frisch gemahlenem, genauer gesagt grob geschrotetem Weizen in der offenen Glut des Lagerfeuers eine Art Brotfladen fabriziert hatte. Angekokelte flache Teiglinge. Wenn dieses Brot der römischen Legion seinerzeit tatsächlich täglich serviert worden wäre, hätte das garantiert zu massenhaftem Desertieren geführt, dachte Morgenstern, als er an dem mit Asche garnierten Fladen kaute. Prompt biss er mit dem Eckzahn auf einen kleinen Stein, der irgendwie in den Teig geraten war.

Inzwischen war auch Gundekar Russer zum Feuer gekommen, und Morgenstern beschloss, das bisherige Geplänkel zu beenden und übergangsweise das Kommando über die Kohorte zu übernehmen, die nun komplett ums Lagerfeuer versammelt war.

»Meine Herren«, sagte er mit bedeutungsschwerer Stimme. »Mein Kollege Oberkommissar Hecht und ich, Oberkommissar Morgenstern, sind auf Ihre Mithilfe angewiesen.«

Kurz schilderte er den gewaltsamen Tod der Limeskönigin und insbesondere das Kettenhemd, das den Körper der jungen Frau unbarmherzig in die Tiefe gezogen hatte.

»Es ist gut möglich, dass derjenige, der sie auf dem Gewissen hat, die Spur ganz bewusst zu Ihnen gelegt hat. Sie waren ganz in der Nähe und sind am Morgen sogar direkt am Pfahldorfer Weiher vorbeigekommen. Und nicht zuletzt war Ihr Kollege und Signifer Herr Russer früher kurzzeitig mit Frau Breitenhiller liiert. Deswegen waren wir auch heute Mittag schon kurz hier.«

Unter den Legionären setzte aufgeregtes Diskutieren ein, das Morgenstern aber rasch abwürgte.

»Mir wäre es lieb, wenn Sie so laut sprechen könnten, dass mein Kollege und ich beteiligt sind. Für uns sind alle Details wichtig.«

Die Soldaten Roms verstummten, und Morgenstern fuhr fort: »Herr Russer hat uns heute Mittag erzählt, dass er am Sonntagnachmittag auf eigene Faust beim Kipfenberger Limesfest war. In voller Legionärsausrüstung.«

Erneut setzte aufgeregtes Gemurmel rund ums Lagerfeuer mit der antiken Gulaschkanone ein.

»Er konnte der Versuchung nicht widerstehen, sich dieses Spektakel und vor allem den Auftritt von Frau Breitenhiller anzusehen. Er hat, wie er uns gesagt hat, auch einige Worte mit ihr gewechselt. Und außerdem wissen wir, dass er eine kurze, aber schmerzhafte Auseinandersetzung mit ihrem aktuellen Freund hatte. Es handelt sich dabei um einen der Kipfenberger Germanen.«

Gundekar Russer schüttelte den Kopf. »Müssen Sie das hier alles so genau vor meinen Kameraden ausbreiten? Ich dachte eigentlich, meine Auskünfte wären vertraulich.«

»Wir wollen Ihnen nur helfen, Herr Russer«, sagte Morgenstern mit samtweicher Schmeichelstimme, und Hecht nickte eifrig. »Außerdem finde ich es absolut nachvollziehbar, dass Sie sich am Sonntagnachmittag diese kleine Auszeit genehmigt haben. Man muss sich mal vorstellen: tagelang marschieren, mit schwerem Gepäck. Die Nächte im Zelt. Es ist stickig, es stinkt, zwei Mann schnarchen. Ich kann mir das lebhaft vorstellen.« Morgenstern deutete hinüber zu dem großen hellbraunen Lederzelt, das mit weißen Seilen abgespannt war. Sein nächster Blick galt dem rußgeschwärzten Topf. »Und dann tagein, tagaus diesen Eintopf. Gekochte Gerste mit Speck und Karotten. Um Gottes willen!«

»Also, ich muss doch sehr bitten«, schaltete sich der Zenturio ein. »Das war die absolut übliche Mahlzeit der Legionäre, und wenn die damit jahrelang zufrieden waren, dann werden wir wohl ein paar Tage damit zurechtkommen können, ohne dass wir gleich bei der erstbesten Gelegenheit einer Currywurst mit Pommes hinterherrennen. Das gehört für mich zur Disziplin.«

Wieder setzte mehrstimmiges Brummen ein. Die Legionäre, so folgerte Morgenstern, waren mit ihrem Zenturio hinsichtlich des Speiseplans nicht ganz einer Meinung. Er hätte etwas darum gegeben, wenn er eine Kiste voller Schokoriegel dabeigehabt hätte. Oder eine Kiste Bier, vorzugsweise das populäre hefigschwere Weißbier der ganz in der Nähe liegenden Tittinger Brauerei Gutmann. Damit hätte er unter den geplagten Männern problemlos eine ausgewachsene Meuterei auslösen können.

»Herr Russer war jedenfalls am Limesfest, und in der folgenden Nacht kam Frau Breitenhiller zu Tode. War vielleicht noch jemand von Ihnen ohne genehmigten Ausgang unten in Kipfenberg?«

Alle schüttelten den Kopf, während Russer schweigend vor sich hin starrte.

»Wie muss man sich Ihre Nachtruhe vorstellen?«, fragte Hecht. »Liegen da alle, wie es mein Kollege Morgenstern geschildert hat, schnarchend nebeneinander wie die Sardinen in der Blechdose, oder muss einer Wache schieben, falls die bösen Germanen einen Überfall planen?«

»Hermunduren, wenn Sie es genau wissen wollen. Es waren die Hermunduren, die da drüben im Norden lebten«, sagte Zenturio Rehling besserwisserisch. »Und ja: Wir haben selbstverständlich eine Nachtwache. Im Zwei-Stunden-Wechsel muss einer draußen am Feuer sitzen und auch mal eine kleine Patrouille machen.«

»Einer ganz alleine?«, fragte Hecht.

»Ja. Eigentlich sollten es zwei sein, aber nun wollen wir es mal nicht übertreiben. Die Hermunduren lassen zurzeit nichts von sich hören. Da können wir den Wachdienst mit kleiner Besetzung absolvieren.«

»Können Sie sich noch erinnern, Herr Rehling, wie die Wacheinteilung in der Nacht zum Montag war?«

Der Zenturio kratzte sich am Kopf. »Ich glaube nicht.«

Ein Legionär schaltete sich ein. »Ich weiß es noch: Zuerst, von zehn Uhr bis Mitternacht, war ich dran. Ich habe dann Kamerad Russer aufgeweckt, damit der von zwölf bis zwei Wache schiebt.

Von zwei bis vier war der Egon an der Reihe, und die letzte Schicht von vier bis zum Wecken um sechs hatte der Walter.«

»Und der Zenturio durfte durchschlafen«, stellte Morgenstern trocken fest. Er hatte beschlossen, diesen Karl-Heinz Rehling mit seinem historischen Militaria-Tick und dem Geschwafel von Disziplin und historischer Korrektheit nicht zu mögen. Die Neunte Vindelikische Kohorte hätte unter solchen Bedingungen auch als »Wehrsportgruppe Rehling« durchgehen können.

Hecht nahm Gundekar Russer ins Visier. »Herr Russer, Sie waren also von zwölf bis zwei der Wachhabende. Zwei Stunden lang, ganz alleine hier draußen. Gibt es zufällig irgendjemanden, der Sie in dieser Zeit gesehen hat, zum Beispiel weil er mal pinkeln musste?«

In der Runde fand sich jedoch keiner, der Russers Nachtwache bezeugen konnte. Nur besagter Egon, Egon Ullmann, bestätigte, dass er gegen zwei Uhr von Russer aus seligem Schlummer geweckt worden sei und äußerst ungern die nächste Schicht übernommen habe.

»Zwei Stunden«, sagte Morgenstern nüchtern.

»Die entscheidenden zwei Stunden«, setzte Hecht einen drauf.

»Ich habe Wache geschoben, von der ersten bis zur letzten Minute«, beharrte Russer.

»Bisher hat niemand etwas anderes behauptet«, sagte Morgenstern und stellte seine Schüssel ab, ohne noch einen Löffel vom Eintopf genommen zu haben. »Ich würde vorschlagen, wir bleiben in Kontakt. Sie, Herr Rehling, lassen Ihr Handy ab sofort eingeschaltet, damit wir Sie jederzeit erreichen können.«

»Aber das bringt unser ganzes Konzept durcheinander«, widersprach der Zenturio.

»Wissen Sie, was Ihr Konzept durcheinanderbringen würde? Wenn Herr Hecht und ich entscheiden würden, dass Sie alle, einer nach dem anderen, zu uns zum persönlichen Gespräch ins Polizeipräsidium nach Ingolstadt kommen. Und zwar ohne Helm, ohne Kettenhemd, ohne Schwert. Und vor allem ohne Esel. Das würde ich durcheinanderbringen nennen.«

Mit einem letzten Blick auf die verdutzte Truppe standen

Hecht und Morgenstern auf und überließen die Legionäre neben dem hölzernen Limesturm ihrem schwer verdaulichen Eintopf und ihren trüben Gedanken.

Als Morgenstern am späten Abend nach ebenso end- wie fruchtlosem TV-Konsum, begleitet von ebenso end- wie fruchtlosem Bierkonsum, in seinem einsamen Bett lag, kreisten seine Gedanken ebenso end- wie fruchtlos um den Tod der Limeskönigin und die seltsamen Gestalten, die sich im Lauf der vergangenen Tage um ihr algig-modriges Weihergrab aufgebaut hatten. Über ihm drehte sich träge ein rundes Weidengeflecht, in das ein Spinnennetz aus bunten Wollfäden geknüpft war. Daran baumelten Federn von Enten und Eichelhähern. Es war ein indianischer Traumfänger, den Fiona ihm vor einigen Jahren geschenkt hatte mit der reichlich esoterischen Erklärung, dieses Netz werde in bester Tradition der nordamerikanischen Indianer künftig Morgensterns nächtliche Alpträume einfangen und beim ersten Sonnenstrahl zerstören. Bisher hatte der Indianer-Kescher allerdings nicht geholfen. Anscheinend nutzte das bloße Aufhängen des Öko-Talismans über der Bettstatt nichts, solange der Schläfer nicht zumindest ein wenig an dessen Wirkmacht glaubte.

In Morgensterns müdem Kopf defilierten nun die Kraut- und die Kartoffelkönigin vorbei, der Schatzgräber Gundekar Russer samt Sonde und frommer Mutter, Audi-Entwicklungsingenieur Heinrich Pietzka und Zenturio Karl-Heinz Rehling. Mit ernsten Gesichtern schwebten Albert Breitenhiller, dessen Frau Rosemarie und die verbliebene Tochter Katharina vorbei. Und am Ende der seltsamen Prozession rollte Werner Bauernfeind feierlich im Harvester am Weiher entlang.

Morgenstern, im Dämmerzustand zwischen Wachen und Träumen, drehte sich grunzend um und zog die Bettdecke enger um seine nackten Schultern. Jetzt träumte er, Hunderte, gar Tausende von Kipfenberger Schaffell-Germanen, allen voran der hünenhafte Werner Bauernfeind, stürmten mit Speeren und Schwertern auf eine endlose hohe Mauer zu, bei sich einen Baumstamm als Rammbock. Und oben auf der Mauer, auf der hölzernen Balustrade eines Turms, saßen Karl-Heinz Rehling, Gundekar Russer und die anderen Legionäre und bliesen verzweifelt in ein schmales Horn aus Messing. Bei ihnen war, warum auch immer, der Legionär Morgenstern, immerhin bewaffnet mit seiner Dienstpistole.

Schon flogen Pechfackeln auf den hölzernen Turm, prasselten die Speere, surrten scharf die todbringenden Pfeile, die Signifer Russer vom Scorpio aus auf die Angreifer abfeuerte. Eine hölzerne Sturmleiter wurde an den Turm angelehnt, der erste Germane kletterte mit dem Langschwert in der Hand hinauf, mit wildem Bart, die blauen Augen hart wie Diamanten. Zenturio Rehling versuchte, die Leiter vom Turm wegzudrücken, doch sofort kletterte der nächste Angreifer nach. Der Erste hielt sich mit einer Hand an der hölzernen Brüstung fest, gleich würde er sich hinüberschwingen zum finalen Kampf Mann gegen Mann; von unten strömten immer mehr Feinde auf den Turm zu, der nun in lodernden Flammen stand. Der Rammbock hatte längst die ungeschützte Steinmauer durchschlagen, von allen Seiten stürmten die Germanen oder Hermunduren oder Alemannen oder Mongolen, Hunnen und Tartaren auf die Handvoll Legionäre in ihrem brennenden Turm ein, und gerade als Morgenstern seine Pistole auf den Hünen Bauernfeind abfeuern wollte, krachte der Turm in sich zusammen und riss alle mit sich in die Tiefe. Morgenstern breitete die Arme aus und fiel und fiel und fiel …

Stöhnend wachte er auf und fand mühsam die Orientierung wieder. Mit ausgebreiteten Armen lag er in seinem Bett, die Daunendecke weit von sich gestrampelt, das Laken verschwitzt und zerwühlt. Er sah auf den Wecker: zwei Uhr morgens. Sein alter, lang gehasster Alptraum hatte wieder zugeschlagen. Der Sturz-Traum, der ihn schon seit seiner Kindheit verfolgte und dessen unerträgliche Wucht auch nicht dadurch gemildert wurde, dass er irgendwo gelesen hatte, dieses gruselige Fallen in finstere Tiefen zähle zu den meistverbreiteten Alpträumen. Herzlichen Dank: Noch nicht einmal den Horror hatte er exklusiv.

Genervt und erschöpft knipste er das Licht an und starrte eine Weile an die Decke zu dem nichtsnutzigen Traumfänger.

Dann stand er auf, um ein Glas Milch zu trinken und sich auf den Balkon zu stellen. Im Wohnzimmer lag noch die Hülle der DVD, die er am Abend misslaunig und gelangweilt zur Hälfte angesehen hatte. Den Film »Herr der Ringe – Die zwei Türme«. Da brauchte er sich nicht zu wundern, wenn die Schlacht bei Helms Klamm mit all ihrem Schauder in seine Träume Einzug gehalten hatte, mit Blitz, Donner und einer Heerschar von Orks. Fröstelnd stand er, nur in Boxershorts, auf dem Balkon und blickte hinauf zum Himmel. Wie bestellt sauste eine Sternschnuppe durch sein Panorama und dann gleich noch eine. Mitte August: die Zeit der Perseiden-Meteoritenschauer, Wünsch-dir-was-Zeit.

Zwei kleine Meteore hatte er gesehen, folglich hatte er zwei Wünsche frei. Morgenstern brauchte keine Sekunde für den ersten. Der führte geradewegs nach Norden, in einen Pub namens »Crazy Horse«, in dem ein Harley-Fahrer mit Pferdeschwanz vielleicht nicht gerade von Pest und Cholera, aber doch wenigstens von chronischer Diarrhöe außer Gefecht gesetzt werden sollte. Nummer zwei hätte unter normalen Umständen dem Wohlbefinden der beiden Morgenstern-Söhne gegolten, aber dem Vater steckte sein Alptraum noch so heftig in den Knochen, dass er sich raschen Erfolg bei der Klärung des Mordes an Barbara Breitenhiller wünschte, und zwar so, dass er seine Dienstpistole (im Unterschied zur Schlacht um den Limesturm) nicht zum Einsatz bringen musste. Bei näherer Betrachtung wusste er dann aber nicht, ob Letzteres vielleicht schon ein drittes und somit im Sternschnuppenkontingent nicht mehr enthaltenes Anliegen war.

Er nahm noch ein paar tiefe Atemzüge in der Kühle der Sommernacht, dann kehrte er in seine verschwitzte, feucht-klamme Betthöhle zurück. Als er an das sonderbare Defilee am Pfahldorfer Weiher dachte, musste er lächeln, weil ihm ein kurioses Detail wieder einfiel: Finanzoptimierer Baron von der Tann war, wenn er sich recht entsann, in Begleitung von Papst und Schweizer Gardisten um den Weiher gewandelt.

DONNERSTAG

Am Morgen hatte Morgenstern den Alptraum weitgehend vergessen. Während er eine Tasse Kaffee trank, überflog er kurz die Zeitung. Im Lokalteil fiel ihm ein Foto ins Auge, das einen Mann in römischer Tunika zeigte, der mit einem mageren weißen, langhornigen Ochsen und einem altmodischen hölzernen Pflug ein gelbes Stoppelfeld umackerte. Der dazugehörige Artikel warb für ein Römerfest, das am kommenden Wochenende »traditionell rund um die historische Villa Rustica von Möckenlohe über die Bühne« gehen werde, mit diversen Vorführungen rund um die Landarbeit der römischen Bauern im Hinterland des Limes, der Präsentation römischer Haustiere, zu denen unter anderem Wollschweine und ungarische Steppenrinder gehörten, und nicht zuletzt einem großen Umzug rund um das Landgut, das auf den originalen Grundmauern komplett rekonstruiert worden sei. Den Abschluss der zweitägigen Feierlichkeiten bilde wie alle Jahre ein symbolischer Angriff von alemannischen Reitern, die einen Stapel Strohbüschel in Brand steckten.

Morgenstern betrachtete noch einmal das Foto des pflügenden Römers und entschied, dass die Sache am Sonntag wohl einen Familienausflug wert sein könnte. Höchste Zeit, dass die Morgensterns wieder komplett waren. Von den Kindern hatte er – wie vereinbart – nichts gehört. Sie hatten Order, sich nur in dringenden Fällen telefonisch daheim zu melden, alles andere widersprach Morgensterns Ansicht nach den Prinzipien eines Zeltlagers, das zwei Brüder doch locker ohne peinliche Heimweh-Attacken überstehen konnten. Von Fiona hatte er seit dem vorvergangenen Abend auch nichts gehört – in ihrem Fall hätte er ein wenig Heimweh allerdings durchaus für angebracht gehalten. Sollte er sie in Nürnberg anrufen? Es war sieben Uhr dreißig. Vielleicht schlief sie noch? Nach einem langen, fröhlichen Abend im »Crazy Horse«?

Wut stieg in ihm auf. Und ein giftig-grün wucherndes Gefühl, das er bisher kaum gekannt hatte. Missmutig schlüpfte er in seine ausgelatschten Stiefel, trank im Stehen seinen Kaffee aus, dann riss er die Ankündigung des Römerfestes mit einem Ratsch aus der Zeitung und nagelte sie an die Kork-Pinnwand im Flur. Heute Abend, so beschloss er, würde er mit dem Zug nach Nürnberg fahren und sich die Sache mit eigenen Augen ansehen. Mike Morgenstern, der Schachtelteufel aus dem Umzugskarton.

Im Polizeipräsidium Ingolstadt lagen an diesem Morgen die wesentlichen Ergebnisse der Spurensicherung vor; auch die Auswertung von Barbara Breitenhillers Notebook, die eine junge Kollegin vorgenommen hatte, war vorläufig abgeschlossen. Wie Alina Baumüller berichtet hatte, quoll der Facebook-Account über von sogenannten Freunden. Undenkbar, all diese Kontakte abzuklopfen, diese Hundertschaften von »Gefällt mir!«-Günstlingen durchzurastern, jeden Einzelnen aus dieser Heerschar von potenziellen Informanten nach Hinweisen zu befragen.

»Da wäre die Nadel im Heuhaufen ein wesentlich kleineres Problem«, sagte Morgenstern.

»Vor allem wenn man sich Gundekar Russers Metallsuchsonde ausleihen dürfte«, erwiderte Hecht. »Wenn du die moderne Technik nutzen kannst, lösen sich solche altmodischen Probleme in Luft auf. Nadel im Heuhaufen: Da piepst es beim Raubgräber schon nach ein paar Sekunden.«

»Moderne Technik nutzen«, wiederholte Morgenstern und starrte auf das Notebook der Limeskönigin. »Das ist die Idee: Wir starten über Barbies Facebook-Seite einen offiziellen polizeilichen Aufruf. Wir mobilisieren das Internet.«

Hecht sah ihn ungläubig an. »Wir – mobilisieren – das – Internet? Ausgerechnet wir beide? Du hast doch von diesem Zeug so wenig Peilung wie ich. Außerdem haben wir längst den Zeugenaufruf übers Radio und die Zeitungen laufen lassen. Hat das nicht den gleichen Effekt?«

Morgenstern schüttelte den Kopf. »Du kannst über Facebook alle Freunde direkt ansprechen, nach dem Motto: Jetzt müssen wir alle zusammenhelfen, um Barbie die letzte Ehre zu erweisen, und so weiter. Selbst Leute, die sich hundertmal überlegen, ob sie wegen eines Details zur Polizeiinspektion gehen, hauen im Internet locker alle Vermutungen und Überlegungen raus. Wir halten die Sache so unverbindlich, wie es geht, und wenn wir es richtig anpacken, ist es für diese Internetfritzen so, als würden sie mit Barbie noch direkt kommunizieren. Vom Hier ins Jenseits. Wenn du verstehst, was ich meine.«

»Und wer von uns soll das übernehmen?«, fragte Hecht und nippte an seiner Tasse mit Kamillentee.

»Na, die junge Kollegin, die für uns schon den Laptop durchforstet hat«, entschied Morgenstern. »Das ist bestimmt eine, die täglich mit Facebook umgeht. Die soll mit all den Barbie-Freunden chatten, bis der Computer qualmt. Oder was weiß ich, mit welchen Apparaten man heute seine ›Gefällt mir!‹-Nachrichten verschickt. Du wirst sehen: Die Facebook-Welt ist das genaue Gegenteil von der echten Welt, die wir am Pfahldorfer Weiher erlebt haben. Weißt du noch, wie ich mit dem Megafon alle Gaffer verscheucht habe?« Morgenstern grinste.

Hecht blieb skeptisch. »Und wenn nichts dabei rauskommt?«

»Dann hat eine junge Kollegin die Lektion gelernt, dass Chatten auf Dauer nichts bringt außer leerem Geschwätz.«

Kriminaldirektor Adam Schneidt war zunächst wenig begeistert, als ihm seine beiden Ermittler ihren Facebook-Plan vorstellten, allerdings eher aus rechtlichen denn aus taktischen Gründen. Dann aber telefonierte er mit den Eltern von Barbara Breitenhiller und ließ sich von ihnen eine Unbedenklichkeitsbescheinigung ausstellen. Sie unterstützten alles, was zur Aufklärung beitragen könnte, sagten sie. Erst jetzt gab Schneidt der neunzehnjährigen Jungpolizistin Alina Baumüller den Auftrag für die Betreuung der Facebook-Seite. In Abstimmung mit Hecht und Morgenstern formulierte sie den Zeugenaufruf und erläuterte den »Usern«, was der Sinn der ganzen Aktion sei.

Eine halbe Stunde später hatte sie bereits zweihundertsechsundfünfzig »Gefällt mir!«-Klicks und siebenunddreißig zustimmende Kommentare eingefahren. Die »Community« formierte sich zur Kriminalisten-Kolonne.

»Und da habe ich etwas, was Sie vielleicht interessieren könnte«, sagte Alina Baumüller, als sie zu einem ersten Zwischenbericht ins Büro der Kollegen kam.

»Super«, sagte Morgenstern. »Endlich ein Hinweis.«

»Das nicht gerade«, sagte die Beamtin mit dem Facebook-Know-how. »Aber einen interessanten Termin. Heute Abend um sechs Uhr wird in der Kirche in Hirnstetten ein Rosenkranz gebetet, im Gedenken an Barbara Breitenhiller. Dass ein Rosenkranz als Facebook-Veranstaltung gepostet wird, habe ich noch nie erlebt. Es gibt massenhaft Anmeldungen.«

»Anmeldungen für einen Rosenkranz?«, fragte Hecht staunend.

»Ja, eine Freundin hat den Termin ins Netz gestellt, und jetzt kommen die ganzen Klicks ›Ich nehme teil‹ oder ›Ich nehme vielleicht teil‹. Da wird die Kirche brechend voll.«

»Was hat das jetzt mit uns zu tun?«, fragte Morgenstern. »Sollen wir etwa in die Kirche gehen?«

»Ich mische mich da nicht ein«, sagte die junge Kollegin und klang ein wenig beleidigt. »Aber schaden könnte es nicht. Da haben Sie alle Freunde und Verwandten auf einem Haufen.«

Morgenstern überlegte, wann er zum letzten Mal bei einem Rosenkranz gewesen war. Das musste beim Tod seiner Oma gewesen sein, also in seiner frühen Jugend. Er erinnerte sich nur noch an einen eintönig-leiernden Singsang.

»Klär mich mal kurz auf, Spargel. Wie war das gleich wieder mit diesem Rosenkranz?«

»Schäm dich, du Karteileichenkatholik«, sagte Hecht mit tadelndem Blick. »Also gut: Da kommt erst ein Vaterunser und dann zehn Ave-Marias, das Ganze fünfmal hintereinander. Und dazwischen heißt es immer wieder: ›Oh mein Jesus, verzeih uns unsere Sünden, bewahre uns vor dem Feuer der Hölle. Führe alle Seelen in den Himmel, besonders jene, die deiner Barmherzigkeit am meisten bedürfen.‹« Hecht guckte stolz.

»Du kennst dich aus«, sagte Morgenstern beeindruckt. »Bewahre uns vor dem Feuer der Hölle … ganz schön gruslig.«

»Einmal gelernt, nie mehr vergessen«, meinte Hecht. »Ich war als Bub Ministrant. Und wenn das heute Abend tatsächlich so eine große Sache wird da draußen in Hirnstetten, dann müssen wir dabei sein.«

Die junge Kollegin nickte zufrieden.

»Himmel, hilf«, sagte Morgenstern.

Den Tag verbrachten die beiden in Kipfenberg, wo sie sich im Rathaus am Marktplatz mit dem Bürgermeister unterhielten, sich das verwaiste Festgelände ansahen und den Parkplatz begutachteten, auf dem Barbara Breitenhillers Corsa gestanden war. Sie sprachen, begleitet vom Bürgermeister, mit den verschiedensten Bürgern, die Sonntagnacht noch im Bierzelt gewesen waren. Zwischendurch telefonierte Hecht Heinrich Pietzkas Grillfreunden hinterher. Sie waren tatsächlich bis tief in die Nacht in Hirnstetten gewesen. Pietzkas Alibi war stabil.

Schließlich fuhren Morgenstern und Hecht direkt von Kipfenberg zum Rosenkranz.

Als sie gegen siebzehn Uhr fünfundvierzig in Hirnstetten ankamen, war schon das ganze Dörfchen vollgeparkt. Am Straßenrand, aber auch in den Höfen waren die Autos der Kirchenbesucher abgestellt. Der Moierhof der Familie Breitenhiller hatte sich in einen Großparkplatz verwandelt, und Morgenstern erschien das Verkehrschaos wie ein Vorgeschmack auf künftige Zeiten, wenn der Augustus-Park Wirklichkeit sein würde. In Scharen strömten die Menschen, vor allem junge Leute mit betroffenem Gesichtsausdruck, zu der kleinen weißen Kirche mit dem massiven, gedrungenen Turm, deren Glocke gerade zu läuten begonnen hatten.

Es war den Kommissaren rasch klar, dass das Gotteshaus die Massen nie und nimmer würde fassen können, sodass sich ein Großteil der Besucher mit einem Stehplatz draußen auf dem kleinen Friedhof würde begnügen müssen. Zur Übertragung nach draußen war neben der Kirchentür eigens ein schmaler Lautsprecher auf einem Dreibein aufgestellt worden. Morgenstern und Hecht drängten sich in die Kirche und fanden mit Mühe auf der linken Seite in der vorletzten Sitzbank zwei Plätze, von denen aus sie mit ein bisschen Kopfstrecken einen Überblick über die Trauergemeinde hatten. In der vordersten Bankreihe saßen mit versteinerten Mienen Barbie Breitenhillers Eltern und ihre Schwester Katharina. Eine Reihe dahinter entdeckte Morgenstern den Kipfenberger Bürgermeister, begleitet von etlichen Marktratsmitgliedern, die sie ebenfalls schon tagsüber kennengelernt hatten. In der dritten Reihe, weit vorn also, hatte sich Baron Oswald von der Tann niedergelassen. Weiter hinten saßen Ingenieur Heinrich Pietzka von der Interessengemeinschaft gegen den Freizeitpark und, ein Stück von ihm entfernt, Werner Bauernfeind, der Germane.

Eine Glocke neben der Sakristei wurde kurz geläutet, dann kam ein Geistlicher mit zwei Ministranten heraus. Die Orgel setzte ein. Mächtig hallte es durch das Kirchlein: »Wir sind nur Gast auf Erden und wandern ohne Ruh mit mancherlei Beschwerden der ewigen Heimat zu.«

Morgenstern spürte eine grässliche Beklemmung, die ihn frösteln ließ. Irritiert sah er zu Hecht hinüber, der voll Inbrunst mitsang. Den Text kannte der Kollege auswendig, bis zur dritten Strophe.

»Hättest von mir aus auch gerne alleine fahren können, wenn dir das so viel Spaß macht«, zischte er Hecht zu.

»Blödmann«, kam es leise zurück.

Der Pfarrer ergriff das Wort. Es sei noch offen, wann das Requiem abgehalten werden könne, denn die leibliche Hülle der armen Verstorbenen befinde sich bis auf Weiteres in den Händen der Rechtsmedizin. Der Rosenkranz biete nun die Gelegenheit, in der tröstenden Gemeinschaft der Gläubigen um Barbara Breitenhiller zu trauern.

»Viele von Ihnen werden wissen, dass dieser Tod auch mich persönlich aufs Tiefste erschüttert. Barbara war mein Patenkind, und nie werde ich jenen Sonntag vor zweiundzwanzig Jahren vergessen, als ich sie genau hier, in dieser Kirche, in meinem Heimatdorf Hirnstetten, auf meinen Armen getragen habe.«

Morgenstern warf Hecht einen langen Blick zu. »Der Onkel

aus dem Vatikan, der Monsignore«, flüsterte er. »Der ist extra angereist.«

»Wundert dich das?«, wisperte Hecht zurück.

Der Monsignore versuchte derweil mit mäßigem Erfolg, seine Gefühle vor der Gemeinde unter Kontrolle zu behalten. Umständlich zog er aus dem Ärmel seines weißen Untergewands ein Taschentuch hervor und tupfte sich über die Augen. Peinliche Stille breitete sich aus, und es schien fast, als wären die Tränen des Monsignore ansteckend. Immer mehr Menschen bekamen feuchte Augen, und Morgenstern sah mit Verwunderung, dass sogar seinen Kollegen Hecht ein nervöses Zucken der Augenlider heimsuchte. Spargel hatte nah ans Wasser gebaut.

Die Situation beruhigte sich schließlich, als der Monsignore mit dem Rosenkranzgebet begann. Fasziniert hörte Morgenstern zu, wie sich die rechte und die linke Seite der Kirche bei der Hälfte jedes Ave-Maria abwechselte. Hier die Männer mit ihren dunklen, dumpfen Stimmen, da die hellen Frauenstimmen. Denn in den kleineren bayerischen Dörfern wurde im Unterschied zu den Städten noch darauf geachtet, dass die Geschlechter getrennt saßen, die Männer auf der rechten Seite, die Frauen auf der linken.

Morgenstern erkannte die Systematik der Sitzordnung erst jetzt. Nur die engsten Verwandten in den ersten Reihen hatten sich nicht an die Geschlechtertrennung zu halten. Und er wusste jetzt auch, warum er und Hecht von den umsitzenden Frauen immer wieder mit bohrender Neugierde gemustert wurden und warum Hecht ihn bei der Platzsuche so penetrant am Jackenärmel gezupft hatte. Er hatte ihn – vergeblich – aufzuhalten versucht. Sie saßen auf der Frauenseite. Als einzige Männer.

Nach einer geschlagenen halben Stunde fand der monotone Gebetssingsang ein Ende, der zumindest bei Morgenstern keine meditative Grundstimmung ausgelöst, ihn vielmehr zunehmend zermürbt hatte. Mürrisch schaute er auf den Geistlichen, der in seinem schwarzen, mit Goldfäden durchwirkten barocken Messgewand vor dem Hochaltar kniete, mit einer altertümlichen, eckigen Kopfbedeckung, dem Birett. Morgenstern kannte diesen seltsamen Hut bisher nur aus den Don-Camillo-Filmen.

Monsignore Breitenhiller war ein hagerer, groß gewachsener Mann mit scharfen Gesichtszügen und einer kräftigen, sicheren Stimme. Die Ähnlichkeit mit seinem Bruder, dem Bauern, war unverkennbar.

Und mit besagter Stimme begann er am Ende der Andacht zu singen: »Segne du, Maria, segne mich, dein Kind …«

Die Gemeinde setzte lautstark ein: »… dass ich hier den Frieden, dort den Himmel find.«

Und wieder war Peter Hecht textsicher mit von der Partie. Morgenstern schüttelte fassungslos den Kopf.

Als die kleine Orgel verklungen war, strömten die Trauergäste nach draußen. Nur Hecht und Morgenstern blieben noch in ihrer Bank auf der Frauenseite und sahen zu, wie die Mesnerin die Kerzen am Altar ausblies.

Es dauerte noch eine kleine Weile, dann kam der Monsignore aus der Sakristei, begleitet von den beiden Ministranten, die er zum Abschied kurz in die Wangen kniff. Er trug nun einen feinen schwarzen Anzug und seinen Priesterkragen. Ein gut aussehender, selbstbewusster Mann mit dichtem dunklem Haar und leicht ergrauten Schläfen.

Morgenstern und Hecht gingen, ohne dass sie sich abgesprochen hatten, auf den Geistlichen zu, der fragend in der Mitte des Kirchenschiffs stehen blieb.

»Mein herzliches Beileid«, sagte Hecht und drückte dem Geistlichen die Hand.

»Ebenfalls«, sagte Morgenstern. »Herr Pfarrer, wir sind von der Kripo in Ingolstadt und führen hier im Fall Barbara Breitenhiller die Ermittlungen.«

»Mein Bruder und meine Schwägerin haben von Ihnen gesprochen«, sagte Breitenhiller. »Ich bin erst heute Nachmittag aus Rom eingetroffen. Mein Bruder hatte mich am Montagmittag angerufen. Ich habe alle Hebel in Bewegung gesetzt, um so schnell wie möglich nach Hause zu kommen.« Er schüttelte den Kopf. »Ich sage immer noch ›nach Hause‹, dabei lebe ich nun schon etliche Jahre im Vatikan. Der Vatikan ist mein Zuhause. Aber die Heimat ist doch immer der Ort, an dem man geboren und aufgewachsen ist, wo man seine Wurzeln hat. Auch seine geistlichen Wurzeln.« Er deutete um sich auf die Wände der kleinen Kirche.

»Ich finde das sehr schön, dass Sie heute diese Andacht gehalten haben«, sagte Hecht fromm.

»Das war mir wirklich ein großes Anliegen.« Breitenhiller nickte. »Ich werde selbstverständlich auch die Beisetzung übernehmen, wann immer sie sein wird. Ich bin die nächsten beiden Wochen hier in Hirnstetten.«

»Haben Sie sich Urlaub genommen?«, fragte Morgenstern.

»Ja, es ist ohnehin Urlaubszeit im Vatikan. *Ferragostana*, wenn Ihnen das etwas sagt. Die Tage nach Mariä Himmelfahrt. Die Stadt ist aufgeheizt wie ein Pizzaofen. Rom ist wie ausgestorben, viele Läden haben zu. Und unser Heiliger Vater ist auf seinem Sommersitz in Castel Gandolfo. Es sind stille Tage in der Ewigen Stadt, bis auf die unbelehrbaren Touristen natürlich. Da kommt die Kurie auch einmal zwei Wochen ohne mich aus.«

»Sie waren der Taufpate von Barbara«, sagte Hecht. »Der Patenonkel. Wir könnten uns vorstellen, dass sie zu Ihnen ein besonderes Vertrauensverhältnis hatte. Hat sie Ihnen möglicherweise Dinge erzählt, die sie anderen nicht anvertraut hat?«

Der Monsignore sah Morgenstern mit einem Blick von unendlicher Traurigkeit an. »Da liegen Sie gar nicht so falsch. Ich bin übrigens auch der Pate von Katharina. Die Mädchen hielten das immer für etwas ganz Besonderes, dass ein Priester ihr Pate ist. Das hat weiß Gott nicht jeder.«

»Waren Sie immer im Bilde, was Barbara so gemacht hat?«, hakte Morgenstern nach.

»Im Großen und Ganzen schon. Ich wusste zum Beispiel, wer aktuell ihr Freund war, wenn Sie das meinen. Sie hat ihre Freunde leider häufig gewechselt. Das hat weder ihren Eltern noch mir gefallen. Das ist nicht gerade das, was der Katechismus lehrt. Ihre Eltern haben mich sogar einmal um Hilfe gebeten, gleichsam als Vermittler eingeschaltet. Ich sollte ihr ins Gewissen reden. Aber das habe ich sein lassen.«

»War bestimmt besser so«, meinte Morgenstern.

»Ansonsten konnten wir aber über fast alles sprechen. Ich weiß noch gut, wie wir im Sommer oft hier am Limes entlangspaziert sind, hinter dem Dorf, unter den uralten Apfelbäumen. Ich habe früher meinen Sommerurlaub fast jedes Jahr hier in der alten Heimat verbracht, drüben auf dem Hof.« Der Monsignore wies in die Richtung des Moierhofs. »Ich habe auf dem Anwesen lebenslanges Wohnrecht. Das hat mir unser Vater seinerzeit bei der Hofübergabe an meinen Bruder notariell zugesichert. Im ersten Stock habe ich ein Zimmer, vorne raus, auf der rechten Seite.«

»Aber das Haus ist doch ganz neu gebaut«, sagte Hecht überrascht.

»Trotzdem. Das Wohnrecht erlischt nie. Und mein Bruder und meine Schwägerin haben mich gerne im Haus. Sie haben mir sogar ein eigenes Bad eingebaut. Klein, aber mein. Aber Sie haben mich nach den Dingen gefragt, die Barbara mir vielleicht erzählt haben könnte.« Er schaute sinnend zur Kirchendecke. »Ich weiß nicht. Das waren oft sehr oberflächliche Dinge. Aber an eines kann ich mich noch erinnern: Sie hat mich vor ein paar Wochen angerufen und mir erzählt, dass sie zur Limeskönigin gekürt worden ist. Und wie glücklich sie darüber ist.«

»Und?«, fragte Morgenstern ungeduldig.

»Und dabei hat sie mir erzählt, dass sie nicht mehr mit diesem Finanzbeamten zusammen ist, diesem Gundekar. Aus Eichstätt. Das ist so ein Hobby-Legionär.«

»Wir kennen ihn«, sagte Hecht. »Wir haben bereits mit ihm gesprochen.«

Der Monsignore sah sich nach allen Seiten um, bis sein Blick bei der Mesnerin hängen blieb. Die alte Dame in ihrer schwarzen Strickweste war ganz unauffällig und beiläufig schon seit einiger Zeit am rechten der beiden Seitenaltäre damit beschäftigt, vertrocknete Blätter von einem blau blühenden üppigen Hortensienstock abzuzupfen. Eine Tätigkeit, die Zeit brauchte und die Möglichkeit bot, hochwertigsten Tratsch aufzuschnappen, die goldene Währung der Dorffrauen.

Der Monsignore senkte die Stimme. »Barbara hat mir bei

diesem Telefonat im Vertrauen erzählt, dass sie mit Gundekar Schluss gemacht hat, er das aber nicht akzeptieren wolle. Dass er ihr ständig hinterhertelefoniere und sie bedränge, zu ihm zurückzukehren.« Er sprach noch ein wenig leiser, um endgültig jeden Lauschangriff der hellhörigen Mesnerin zu unterbinden und den Kommissaren zugleich die Brisanz der Information deutlich zu machen. »Ich wurde bei diesem Anruf den Eindruck nicht los, dass sie sich durch diesen jungen Mann belästigt fühlte. Ich würde fast sagen, aber das ist nur so eine Ahnung, dass sie Angst vor ihm hatte.«

»Angst?«, sagten Morgenstern und Hecht gleichzeitig, und fast im selben Moment stand die Mesnerin neben ihnen, den Plastikeimer für die vertrockneten Hortensienblätter in der Hand.

»Frau Wittmann, ich muss doch sehr bitten«, sagte der Monsignore ärgerlich. »Das hier ist ein intimes Gespräch. Sie müssen doch sehen, dass wir Sie hier nicht brauchen können.«

»Aber zum Kerzenanzünden und Blumengießen bin ich recht«, sagte die alte Dame beleidigt und trippelte mit raschen Schritten in die Sakristei, deren schwere hölzerne Tür sie geräuschvoll zuschlug.

»Angst«, wiederholte der Monsignore. »Da gibt es doch so einen neumodischen Begriff, wenn ein Mensch aus verschmähter Liebe einen anderen permanent verfolgt.«

»Stalking«, sagte Morgenstern. »Glauben Sie, dieser Gundekar hat sich zum Stalker entwickelt?«

»Für mich ist das so durchgeklungen. Auf jeden Fall wollte sie ihren Eltern nichts davon sagen. Sie war immer der Meinung, sie sollten sich nicht in ihre Beziehungen einmischen, und das galt dann eben im Guten wie im Bösen.«

»Haben Sie ihr einen Rat gegeben? Als guter Patenonkel?«

Breitenhiller lächelte. »Ja, einen ganz naheliegenden. Sie hatte mir erzählt, wer ihr neuer Freund ist. Das muss ein Bär von einem Mann sein, drunten vom Altmühltal, aus Böhming.«

»Richtig«, sagte Morgenstern. »Werner Bauernfeind, ein Typ wie ein kanadischer Holzfäller. Er war übrigens auch hier in der Kirche.«

»Das ist naheliegend. Aber ich kenne ihn nicht. Jedenfalls war für mich klar, dass Barbara bei einem solchen Beschützer keine weitere Hilfe braucht.«

»Falsch gedacht«, sagte Morgenstern. »Wo bleibt denn der Heilige Geist, wenn man ihn einmal braucht? Gegen Stalker hilft erfahrungsgemäß nur die Polizei.«

Der Monsignore atmete scharf ein. »Ich kann nur beten, dass ich mich nicht mit schuldig gemacht habe. Ich habe mir da keine Sorgen gemacht. Und jetzt ist sie tot.« Er musste kurz schluchzen, aber schon ein paar Augenblicke später hatte er sich wieder im Griff.

»Wie kommt ein Mann eigentlich von Hirnstetten in den Vatikan?«, fragte Hecht.

»Durch Begabung«, sagte der Monsignore. »Und auch durch Entschlossenheit. So ein Angebot erhält man nur einmal im Leben, und dann muss man bereit dazu sein.«

»Ich mache Ihnen ein Angebot, das Sie nicht ablehnen können«, sagte Morgenstern zum Abschied und hatte dabei nicht etwa den Eichstätter Bischof vor Augen, sondern Don Vito Corleone respektive Marlon Brando.

Breitenhiller verstand die geschmacklose Anspielung zum Glück nicht.

Als sie aus der Kirche traten, standen zwei Menschen auf der Straße – und Morgenstern kannte beide. Anna Russer, die Mutter von Gundekar Russer, war eigens für den Rosenkranz von Eichstätt nach Hirnstetten gefahren. Außerdem lehnte der Baron aus Ingolstadt an der Friedhofsmauer und zog an einer Zigarre.

Anna Russer ging in demütiger Haltung auf den Monsignore zu. Den Kommissar Morgenstern erkannte sie entweder nicht oder er schien ihr in diesem Augenblick nicht so wichtig zu sein wie der Kleriker aus dem Vatikan.

»Ach, da ist ja die gute Frau Russer aus Eichstätt«, sagte der Monsignore betont herzlich. »Was für eine Überraschung, Sie hier zu sehen.«

Anna Russer lächelte. »Ich musste doch herkommen! Mein

Sohn war eine Weile mit der Barbara befreundet. Und ich bin sozusagen als seine Vertreterin hier.«

»Wie geht es Ihnen denn? Sind Sie immer noch so engagiert im Gebetskreis für geistliche Berufe?«

»Aber selbstverständlich.« Anna Russer wurde ein wenig rot vor Stolz.

Morgenstern, der dicht bei den beiden stehen geblieben war, reimte sich zusammen, dass die frömmlerische Frau Russer und der Monsignore sich schon seit Jahrzehnten vage kannten, wenn auch immer in dem gebührenden Abstand, den die Kirchenhierarchie zwischen gottesfürchtigen Frauen und geistlichen Herren gebot. Im Jugendjargon, so überlegte Morgenstern, würde Anna Russer als »Fan« firmieren.

Erst jetzt schien es dem Monsignore, der zunächst wohl nur mit einem Ohr zugehört hatte, aufzugehen, warum Anna Russer nach Hirnstetten gekommen war.

»Ach«, sagte er überrascht. »Ihr Sohn war der Freund von Barbara? Heißt er etwa Gundekar?« Er wandte sich kurz zu Morgenstern und warf ihm einen vieldeutigen Blick zu. »Der Name Russer ist in der Gegend ziemlich verbreitet.«

Anna Russer nickte. »Und ich habe gar nicht gewusst, dass Sie der Onkel von Barbara sind. Die jungen Leute geben leider immer so wenig preis. Was für eine Überraschung.«

»Und was für ein trauriger Anlass, uns zu sehen«, bestätigte der Monsignore. »Aber jetzt habe ich leider gar nicht viel Zeit für Sie. Vielleicht sehen wir uns die nächsten Tage ja noch einmal. Spätestens bei der Beisetzung. Behüt Sie Gott, Frau Russer.« Er nahm zum Abschied ihre rechte Hand, drückte sie ganz fest und hielt als Zeichen der besonderen Herzlichkeit gleichzeitig Anna Russers rechten Ellbogen. Dann wandte er sich ab und schlenderte zum Baron. Morgenstern blieb, wo er war, und spitzte weiter die Ohren. Wenn der Monsignore keine Zuhörer wollte, dann musste er ihn wenigstens so energisch wegschicken wie vor wenigen Minuten in der Kirche die Mesnerin.

»Schrecklich, nicht wahr?«, sagte der Baron zur Begrüßung.

»Sie sagen es, Baron«, gab der Monsignore zurück. »Es ist alles so unwirklich. So entsetzlich.«

»Wie geht es Ihrem Bruder?«

»Nicht sehr gut, das können Sie sich vorstellen. Aber er wird es überstehen. Das Leben geht weiter.« Der Monsignore drückte dem Baron die Hand, wieder mit dem parallel eingesetzten Ellbogen-Klammergriff. »Ich werde ihm beistehen, so gut ich kann. Da können Sie sich drauf verlassen. Und Sie sollten sich keine Sorgen machen. Wie heißt es in unserem wunderschönen Bayern: Pacta sunt servanda.«

»Wir telefonieren«, sagte der Baron und hielt sich die Hand mit einem imaginären Telefon ans rechte Ohr.

»Was war denn das?«, fragte Morgenstern, als sie in ihrem Dienstwagen saßen. »Diese Pacta-Geschichte.«

Hecht war die Freude anzusehen, dass er seinen Kollegen wieder einmal mit seinem Allgemeinwissen beschämen konnte. »Pacta sunt servanda, das ist Latein und bedeutet, dass Abmachungen unter allen Widrigkeiten eingehalten werden müssen. Das war einst einer der Lieblingssprüche des großen bayerischen Parteivorsitzenden.«

»Ich finde es ungewöhnlich, dass der Monsignore und dieser Finanzheini sich kennen«, sagte Morgenstern. »Und wie mir schien, sogar ziemlich gut.«

»Der Baron kennt doch Hinz und Kunz«, gab Hecht zurück. »Denk mal an die Fotos in seinem Büro. Der pflegt sein Netzwerk, wo er nur kann. Kontakte sind sein Kapital.«

»Und was bringt ihm der Monsignore?«

»Eine Eintrittskarte zu einer Privataudienz beim Papst zum Beispiel? Da ist er bestimmt ganz scharf drauf. Das Foto kann er sich dann gleich wieder im goldenen Rahmen in sein Büro hängen.«

Morgenstern dachte nach. »Nein, ich bin mir sicher, dass da mehr dahintersteckt«, sagte er schließlich. »Pacta sunt servanda: Das heißt doch im Klartext, dass es da irgendeinen Deal gibt, einen Vertrag.«

»Du meinst, der Monsignore ist an der Finanzierung dieses Parks beteiligt?«

»Was weiß ich? Aber wenn die beiden Herren telefonieren, dann wird es kaum um Kochrezepte für original italienische Ravioli mit Kürbis-Ricotta-Füllung gehen. Meine Vermutung ist: Der fromme Herr Breitenhiller hilft dem Herrn Baron bei der Beschaffung der Gelder für den Freizeitpark.«

»Ich weiß nicht recht. Das ist mir alles zu weit hergeholt.«

»Der Vatikan ist von Hirnstetten nicht so weit weg wie die Vereinigten Arabischen Emirate. Aber über einen Scheich als Großinvestor hättest du dich nicht gewundert.«

»Ein Scheich schwimmt schließlich in Geld. Genauer gesagt, erst in Öl und dann in Geld.«

»Und der Vatikan? Seit wann geht die Kirche am Bettelstab?«

»Mike, das ist doch alles Quatsch. Warum sollte die Kirche in einen bayerischen Römerpark investieren? Die finanzieren mit ihrem Geld irgendwelche Missionsprojekte in Indien oder Südamerika. Die bezahlen damit Papstreisen oder den Neubau von Kirchen.« Mit Hecht ging im Galopp der ehemalige brave Schrobenhausener Ministrant durch. Oberministrant, um genau zu sein.

»Träum weiter, Spargel«, kam es strohtrocken vom Fahrersitz. »Liest du keine Zeitung? Hast du schon mal was von der Vatikanbank gehört? Da geht es drunter und drüber, sage ich dir. Da gibt es Mord und Totschlag.«

»Du siehst Gespenster, Mike!«, schoss Hecht giftig zurück.

Morgenstern ließ nicht locker. »Ich verfolge nur die Nachrichten, lieber Kollege. Und ich mache mir meine Gedanken, wenn ich sehe, dass so ein Schleimbeutel wie dieser blaublütige Finanzfuzzi und der Würdenträger aus dem Vatikan ziemlich beste Freunde sind.«

Schweigend fuhren sie der tiefrot glühenden untergehenden Sonne entgegen.

In Eichstätt überließ Morgenstern Hecht den Dienstwagen zur Heimfahrt nach Schrobenhausen. Er selbst würde sich in den

Zug setzen, um nach Nürnberg zu fahren. Bevor er ausstieg, setzte er Hecht über seinen Plan, Fiona in der Frankenmetropole zu überraschen, in Kenntnis. Hecht hielt das definitiv für keine gute Idee. Vergeblich warnte er vor den Unwägbarkeiten, die ein solch unangekündigter Besuch in der Wohnung von Fionas Mutter seligen Eingedenkens mit sich bringen könnte, von einer Stippvisite in einer Nürnberger Kaschemme namens »Crazy Horse« ganz zu schweigen.

»Ruf sie wenigstens an, das ist das Mindeste«, empfahl er.

»Tue ich fast im Stundentakt«, sagte Morgenstern. »Aber sie hat ihr Handy ausgeschaltet. Blanke Absicht. Sie will Funkstille.«

»Du steigerst dich da in was rein«, meinte Hecht. »Und überhaupt: Was machst du, wenn du Fiona und diesen Kneipenwirt tatsächlich in einer komischen Situation antriffst? Hast du dich dann im Griff?« Seine Sorge war unüberhörbar. Doch Morgenstern ließ sich nicht beirren.

»Ich fahre jetzt da rauf, und wenn ich erst mal Nürnberger Großstadtpflaster unter meinen Stiefelsohlen habe, dann wird Fiona schon sehen, was sie an mir hat. Dann habe ich nämlich ein Heimspiel.«

»Prima Plan«, sagte Hecht. Bevor er den Motor startete, um in seine einsame Junggesellenwohnung nach Schrobenhausen zu fahren, öffnete er noch einmal die Seitenscheibe. »Soll ich vielleicht mitkommen, Mike?«

»Danke. Aber da muss ich jetzt durch. Ganz alleine.«

Es war zehn Uhr abends, als Morgenstern die Tür zum »Crazy Horse« in der Nürnberger Altstadt öffnete. Schlechte Lage, verdächtig nahe bei diversen Rotlicht-Etablissements, wie er beim Stromern durch die Straßen bemerkt hatte. Bestimmt zehn Minuten lang hatte er draußen auf der Straße gestanden und durch die milchigen Fenster gespäht. Er hatte das »Crazy Horse« als Musikkneipe in Erinnerung, musste nun aber erkennen, dass es sich eher um einen Rockertreffpunkt handelte, vermutlich den letzten seiner Art. Ein gastronomischer Dinosaurier.

Jetzt, mitten im Hochsommer, durchlief der Laden wie alle

Kneipen ohne Biergarten eine existenzbedrohende Flaute. Nur eine Handvoll Gäste waren da. Allesamt Männer. Jeansjacken, Lederwesten, Sonnenbrillen im Haar. Morgenstern passte objektiv betrachtet ganz gut dazu. Zwei standen um einen riesigen Billardtisch, der im Zentrum des schwach beleuchteten Gastraums thronte. Zwei weitere saßen am Tresen. Ein Trio lärmte mit Würfelbechern an einem schäbigen Tisch.

Hinter dem Tresen stand der Wirt: Charly. Schlank, einen Meter fünfundachtzig groß, die dunkelbraunen Haare zum Pferdeschwanz gebändigt, große, dunkle Augen. Bekleidet mit einer schwarzen, an den Seiten geschnürten Lederhose, einem breiten Gürtel, dessen Schließe das Wappen der amerikanischen Konföderierten schmückte. Darüber ein enges T-Shirt mit Harley-Davidson-Aufdruck, mächtig spannte sich der Bizeps. Grässlich, fand Morgenstern.

Er fragte sich, ob dieser Charly, Fionas Exfreund, wusste, wer er war. Vor vielen, vielen Jahren war er mit Fiona in der Fußgängerzone auf ihn getroffen, eine Szene, die er selbst noch in peinvoller Erinnerung hatte. Fiona hatte es damals für nötig erachtet, eine ausufernde Plauderei zu starten, während er an nichts anderes dachte als an geordneten Rückzug, wahlweise auch überstürzte Flucht. Fiona hatte ihm hinterher mit funkelnden Augen zu verstehen gegeben, er habe sich angestellt »wie ein kleines Kind im Sandkasten«. Glücklicherweise war es später nie wieder zu einem Aufeinandertreffen gekommen.

Und nun stand er hier, quasi in Feindesland, und hielt Ausschau nach seiner Frau. Er hatte im Regionalzug von Eichstätt nach Nürnberg (mit Umsteigen in Treuchtlingen und unterbrochen durch eine nicht enden wollende Stafette von Haltestellen wie Georgensgmünd und Unterheckenhofen) erneut versucht, Fiona auf dem Handy zu erreichen. Vergeblich. Er war zur Wohnung ihrer Mutter gelaufen in der Erwartung, sie dort beim Entrümpeln anzutreffen oder – noch besser – alleine bei einer Flasche Wein nach getaner Arbeit. Die Wohnung war finster gewesen, das Sturmläuten ungehört verhallt. So hatte ihn sein Weg schließlich ins »Crazy Horse« geführt, und mit Bitterkeit erinnerte er sich daran, dass er schon den ganzen Tag befürchtet hatte, letztlich hier zu landen.

»Krieg ich ein Bier oder krieg ich keins?«, hörte er sich plötzlich mit genervter Stimme fragen, und zu allem Überfluss klopfte er mit der flachen rechten Hand auf das harte dunkle Holz.

Charly schaute ihn mit durchdringendem Blick an. »Nerven bewahren, Fremder. Bei mir kriegt jeder ein Bier. Na gut, fast jeder. Ein Helles?«

»Ja.«

Sorgfältig betätigte Charly den Zapfhahn, schob Morgenstern dann das Glas zu. Tucher-Bräu.

»Wo kommst'n her?«, fragte er.

»Ingolstädter Gegend«, sagte Morgenstern vage.

»Bissl Großstadtluft schnuppern, was?«

»So ungefähr.« Morgenstern nahm einen großen Schluck und merkte, dass seine Hand vor Anspannung zitterte.

»Irgendwoher kommst du mir bekannt vor«, sagte Charly mit grübelndem Blick. »Warst du schon mal hier? Nee, das würd ich wissen. Ich kenne meine Kundschaft.«

»Bin zum ersten Mal hier. Premiere.«

Erneut nahm Morgenstern einen Schluck, wischte sich mit dem Ärmel den Schaum vom Mund. Dann packte er den Stier bei den Hörnern.

»Ich habe eine einzige Frage.«

»Dann frag halt.«

»Wo ist Fiona?«

Charly grinste über beide Ohren. »Jetzt weiß ich's. Du bist dieser Morgenstern. Fionas Macker. Na, wenn ich das gleich gewusst hätte, hätt ich mir das mit dem Bier noch mal überlegt.«

»Wo ist Fiona?«

Charly griff nach dem zu drei Viertel vollen Glas, und es war klar, dass dieses Bier in den nächsten Sekunden im Spülbecken landen würde. Morgensterns Hand schnellte vor, um das Glas zu sichern, dieses Allerweltsbehältnis mit dem Namen »Willy-Becher«. Charly und er rangelten um das Glas, zogen vor und zurück, und ehe sie sich's versahen, hatten sich die Stammgäste neben Morgenstern aufgebaut, um das zu erwartende Spektakel aus nächster Nähe mitzuerleben.

»Gib mir das Glas«, drohte Charly, und man musste kein Physiotherapeut sein, um vorauszusehen, wer von den beiden dieses alberne Kräftemessen gewinnen würde. Zu allem Unglück mischte sich der Stammgäste-Chor ein, die Kneipe hallte plötzlich von »Charly! Charly!«-Anfeuerungsrufen wider. Das war der Moment, als das feuchte Glas Morgenstern aus der schwitzigen Hand glitt – so überraschend, dass er rücklings vom Barhocker rutschte und hart mit dem Hintern auf dem Kneipenboden aufschlug.

Charly allerdings erging es deutlich schlechter. Er hatte zwar den Triumph über den umkämpften Willy-Becher davongetragen. Indes: Es war ein Pyrrhus-Sieg. Das Glas in der Hand, taumelte er nach hinten, knallte gegen die Rückwand seines Schankbereichs, worauf mehrere der sorgsam auf schmalen Regalbrettern aufgereihten Spirituosenflaschen splitternd zu Boden gingen. Der Inhalt des Bierglases allerdings, der Stolz der Brauerei Tucher, hatte sich zu diesem Zeitpunkt bereits schwungvoll über den torkelnden Wirt ergossen.

Hinterm Tresen dröhnte der fränkisch intonierte Schrei »Du Dreggsagg«, und die Gäste interpretierten das als Aufruf zum kollektiven Vergeltungsschlag gegen den fremden Eindringling, der es gewagt hatte, sich mit dem Wirt und Gastgeber anzulegen.

Morgenstern versuchte, sich aufzurappeln, aber er war erst auf den Knien, als er von allen Seiten Stöße und Tritte erhielt. Verzweifelt hielt er sich die geballten Fäuste vors Gesicht, um seinen Kopf zu schützen. Er steckte Bauchschläge ein, und irgendjemand schlug sogar mit einem Billardstock auf ihn ein. Das »Crazy Horse« war zum Westernsaloon mutiert und er, Mike Morgenstern, zur Hauptattraktion des Abends.

»Hilfe!«, rief er schließlich in größter Not. »Hilfe!«

Bloß: Wer konnte ihm hier helfen? Die siebte Kavallerie?

Morgenstern schloss die Augen und überließ sein Schicksal höheren Mächten, wer auch immer das sein mochte. Aus irgendeinem Grund fiel ihm der Refrain aus dem Rosenkranzgebet ein: »Bewahre uns vor dem Feuer der Hölle, besonders jene, die deiner Fürsorge am meisten bedürfen.« Wenn jetzt einer Fürsorge nötig hatte, dann wohl er, Mike Morgenstern.

Wie von ferne hörte er eine Stimme, eine vertraute Stimme: »So, Herrschaften: Jetzt langt's!« Gleichzeitig endeten die Schläge. Morgenstern atmete tief durch in Erwartung eines letzten, besonders brutalen Trittes. Doch es war vorbei. Die Schlacht war geschlagen.

Vorsichtig öffnete er die Augen, und was er sah, hätte er sich in seinen kühnsten Träumen nicht auszumalen gewagt: Über ihm stand, die Pistole drohend in der rechten Hand, den Dienstausweis demonstrativ in der linken, der Schutzengel aus Schrobenhausen, bekleidet mit brauner Cordhose und beigem Pullunder mit Rautenmuster: Kriminaloberkommissar Peter Hecht.

FREITAG

»Ich hatte einfach kein gutes Gefühl«, sagte Hecht, als sie am nächsten Morgen am Morgenstern'schen Frühstückstisch saßen. Er hatte seinen ramponierten Kollegen am Abend zuvor mit dem Dienstwagen nach Hause gebracht und dann kurz entschlossen bei ihm auf der Wohnzimmercouch übernachtet. »Dich kann man ja nicht alleine lassen. Wie im Kindergarten ist das«, hatte er geschimpft, ohne Widerspruch zu ernten. Morgenstern hatte zu seinem großen Glück bis auf ein paar blaue Flecken, einer großen Beule am Kopf (der Billardstock) und einem Veilchen am linken Auge keine ernsthaften Blessuren davongetragen. Eine nähere Überprüfung in der Eichstätter Klinik hatte er am späten Abend vehement abgelehnt, und auch jetzt am Morgen weigerte er sich, die Begutachtung durch den Hausarzt zumindest in Betracht zu ziehen.

Peter Hecht hatte schon ab sechs Uhr mit viel Geklapper begonnen, das Frühstück vorzubereiten: schwarzen Tee für sich selbst – Kamillentee hatte er keinen gefunden –, Kaffee für Morgenstern. Sogar in einer der zahlreichen Bäckereifilialen, die sich im Laufe der vergangenen Jahre metastasenhaft in der Eichstätter Innenstadt ausgebreitet hatten, war er gewesen, um Semmeln und Brezen zu kaufen. Und um die Samariterrolle perfekt zu machen, hatte er auch noch den seit Tagen überfälligen Abwasch erledigt.

»Deine Couch ist eine Katastrophe«, hatte er sein emsiges Treiben erklärt. »Ich habe heute Nacht kaum ein Auge zugetan. Und dann sind da ununterbrochen die Kirchglocken. Ich dachte immer, ich bin von Schrobenhausen allerhand gewohnt, aber das hier in Eichstätt ist noch einmal ein ganz anderes Kaliber.«

Morgenstern, der morgens grundsätzlich keinen Bissen hinunterbrachte, verzehrte aus reiner Dankbarkeit eine Marmeladensemmel.

»Wie bist du überhaupt auf die Idee gekommen, nach Nürnberg zu fahren?«, fragte er kauend.

»Ich war schon auf dem Heimweg. Doch dann bin ich ins Grübeln gekommen. Das war Intuition. Also habe ich überlegt, ob ich die Kollegen in Nürnberg anrufe, damit sie im ›Crazy Horse‹ nach dem Rechten sehen. Aber was hätte ich denen sagen sollen? Dass Mike Morgenstern im Anmarsch ist, seine verschollene Frau sucht und dabei vielleicht den Laden aufmischt? Am Ende habe ich umgedreht und bin selbst nach Nürnberg gefahren.« Hecht deutete auf seine Nase: »Das, mein Freund, ist eine Spürnase.«

»Aber was ist mit Fiona?«, wehklagte Morgenstern.

»Die meldet sich schon. Wirst sehen.«

»Dein Wort in Gottes Ohr.« Morgenstern verschüttete vor Sorge seinen Kaffee.

Im Polizeipräsidium wurden sie bereits ungeduldig erwartet. Polizeidirektor Adam Schneidt wollte über den neuesten Stand der Ermittlungen in Kenntnis gesetzt werden. Als Hecht und Morgenstern in sein Büro kamen, saß dort auf dem niedrigen speckigen Sofa bereits Alina Baumüller. Vor sich hatte sie einen Stapel Papierausdrucke liegen, auf dem Schoß stand ein aufgeklapptes Notebook. Morgenstern quetschte sich neben sie. Hecht nahm auf einem unbequemen hölzernen Stuhl Platz.

»Meine Herren«, schnarrte Schneidt, »ich erwarte Ergebnisse. Die Öffentlichkeit sieht uns genau auf die Finger, der Fall hat bayernweit Schlagzeilen gemacht. Und wir können, soweit ich das bisher weiß, noch nichts Nennenswertes vorweisen.«

Morgenstern schaute Schneidt bekümmert an.

»Was haben Sie denn mit Ihrem Auge angestellt, Morgenstern? Sie haben sich doch wohl nicht geprügelt?«

»Aber nein«, beeilte sich Morgenstern zu versichern. »Ich habe mich gestern Abend zu Hause am Küchenschrank gestoßen. Ein blöder kleiner Unfall.«

Schneidt schnaubte. »Das glaube Ihnen, wer will. Ich nicht. Ich hoffe für Sie, dass dieser ›Unfall‹ kein Nachspiel hat. Und jetzt möchte ich wissen, was es an Neuigkeiten gibt. Frau Baumüller, fangen Sie einfach mal an.«

Die junge Beamtin straffte den Oberkörper und blickte dann

auf ihren Bildschirm. »Wir erhalten über die Facebook-Freunde Hunderte von Informationsschnipseln. Ich hätte nicht gedacht, dass das so gut funktioniert. Ich war heute wieder die halbe Nacht am Chatten.«

»Wie? Am Chatten?«, fragte Schneidt.

»Na, ich bin ununterbrochen on, also eigentlich ist Barbara Breitenhiller on, und dann treten die Leute mit mir in Kontakt. Das ist dann wie E-Mail, nur direkter.«

»Ach so«, sagte Schneidt.

Alina Baumüller strich sich die Haare aus dem Gesicht. »Ich habe zum Beispiel gleich mehrfach den Hinweis bekommen, dass in einem Eichstätter Fotostudio bis vor Kurzem Bilder einer jungen Frau mit einem römischen Kettenhemd ausgestellt waren.«

»Davon haben wir auch schon gehört«, warf Morgenstern eifrig ein. »Das waren halb erotische Fotos, die ein Hobbylegionär von seiner Freundin hat machen lassen. Die Parallele ist nicht zu übersehen. Und diese Freundin und Barbara Breitenhiller kannten sich sogar.«

»Vielleicht hat sich der Mörder durch diese Fotos animieren lassen«, meinte Schneidt.

Alina Baumüller studierte wieder ihr Notebook. »Wir wissen, dass Frau Breitenhiller nicht nur in der einzigen Eichstätter Diskothek Stammgast war. Auch in Ingolstadt war sie regelmäßig, in Lenting und ab und zu sogar in München. Und sie hat es dort meistens bunt getrieben. One-Night-Stands bei jeder Gelegenheit. Ihr jetziger Freund muss ziemlich eifersüchtig gewesen sein.«

»Und dessen Vorgänger?«, fragte Morgenstern. »Weiß irgendwer von ihren Facebook-Freunden etwas über Gundekar Russer? Hat ihr Ex ihr auffällig nachgestellt?«

»Nachgestellt? Nein, da war bisher keine Rede davon. Hat er das denn?«

»Wir haben einen Hinweis drauf bekommen«, sagte Morgenstern. »Sie hat ihrem Onkel am Telefon davon berichtet, ihrem Patenonkel, der Pfarrer oder so im Vatikan ist.«

»Monsignore Dr. Johann Breitenhiller«, konkretisierte Hecht. »Don Giovanni. Er ist in der Vatikanverwaltung.«

»Ist ja interessant«, sagte Schneidt. »Und was sagt dieser Monsignore?«

»Angeblich hat Gundekar Russer nicht von seiner früheren Freundin lassen können. Dazu passt, dass er ihr auch noch am Sonntag beim Limesfest nachgestellt hat. Er ist eigens wegen ihr in voller Legionärsausrüstung zum Kipfenberger Umzug gegangen und hat sie am Festplatz angesprochen. Ihr Onkel glaubt, er ist ein Stalker.«

»Na also, das klingt doch vielversprechend«, sagte Schneidt. »Kümmern Sie sich darum.«

»Ein Stalker?«, fragte Alina Baumüller. »Komisch. Im Netz hat er ihr jedenfalls nicht nachgestellt. Wie heißt er gleich wieder? Gundekar Russer?«

Sie tippte eine Weile auf ihrem Computer herum.

»Er ist ganz normal unter den Freunden drin. Wenn er ihr nicht mehr gepasst hätte, wäre es ein einziger Mausklick gewesen, ihn auf Nimmerwiedersehen rauszuschmeißen.« Sie tippte weiter. »Und im Chat hat er sich auch ruhig verhalten.«

»Schlau«, sagte Schneidt. »Auf diese Weise hat er im Netz keine Spuren hinterlassen. Was haben wir sonst noch?«

»Eine ganz Flut von guten Wünschen an die Fahnder.« Alina Baumüller lächelte. »Das ist so üblich im Internet. Es finden sich immer ein paar, die ausdrücklich sagen, dass sie zum Thema zwar nichts beisteuern können, aber dass sie es ganz, ganz wichtig finden, dass über dieses Thema diskutiert wird.«

Morgenstern rechnete im Geiste durch, wie viel Lebenszeit durch solche sinnfreien Debatten verloren ging, ob in Büros während der Arbeitszeit oder in tiefster Nacht zur besten Schlafenszeit.

Aber vielleicht war das alles eine Altersfrage. Lieber erinnerte er sich nicht daran zurück, womit er als Teenager seine angeblich kostbare Freizeit vertändelt hatte.

»Lässt sich denn der Sonntagabend beim Limesfest übers Netz rekonstruieren?«, fragte Morgenstern. »Hat jemand mitbekommen, dass ihr Auto einen Platten hatte und sie deswegen eine Mitfahrgelegenheit nach Hirnstetten gebraucht hat?«

Die junge Polizistin schüttelte den Kopf. »Nein. Aber ich kann noch einmal einen Aufruf machen.«

»Tun Sie das«, befahl Schneidt ungeduldig. Dann lehnte er sich in seinem wuchtigen schwarzledernen Bürosessel zurück, faltete die Hände und schloss kurz die Augen, bis er sicher war, dass er die gesamte Aufmerksamkeit seiner Mitarbeiter auf sich fokussiert hatte.

»Übrigens: Ich habe heute früh einen Anruf aus Eichstätt erhalten. Der Landrat. Er wollte wissen, wie wir vorankommen. Und vor allem wollte er wissen, ob das Augustus-Park-Projekt in Gefahr ist.«

»Woher sollen wir das wissen?«, sagte Morgenstern patzig.

Schneidt schaute ihn scharf an. »Wissen Sie überhaupt, was ein bayerischer Landrat ist, Herr Morgenstern? Ein bayerischer Landrat ist wie ein Regionalfürst. Der stellt die entscheidenden Weichen für das, was in seinem Gebiet passiert. Welche neuen Straßen gebaut werden, wo ein neues Gymnasium entsteht, was mit den Krankenhäusern passiert. Ein starker Landrat stellt sich problemlos gegen einen Abgeordneten in München, und er kann sogar dem Ministerpräsidenten Ärger machen. Und der Eichstätter Landrat ist besonders selbstbewusst. Die Gegend boomt, die haben die niedrigste Arbeitslosigkeit von ganz Deutschland. Dem kann keiner blöd kommen.«

Morgenstern hakte vorsichtig nach. »Und was wollen Sie mir jetzt damit sagen?«

Adam Schneidt atmete tief durch und deutete mit spitzem Finger erst auf Morgenstern, dann auf Hecht, dem dabei sichtlich unbehaglich wurde. »Dem Landrat von Eichstätt ist dieser Römerpark ein persönliches Anliegen. Er ist der festen Überzeugung, dass das dem Tourismus im Altmühltal einen zusätzlichen Schub gibt. Hunderttausende von Besuchern, die an der Autobahnausfahrt Altmühltal einen kleinen Abstecher machen. Sind ja bloß ein paar Kilometer von der Ausfahrt nach Hirnstetten. Und jetzt ist er in Sorge, dass das Vorhaben kippen könnte.«

»Das glaube ich nicht«, sagte Morgenstern und dachte an die internationalen Investoren, die der adelige Finanzoptimierer geködert hatte. »Wir haben mit einem gewissen Baron von der Tann gesprochen. Er behauptet, die Finanzierung steht.«

Adam Schneidt wurde hellhörig. »Ach, von der Tann steckt da mit drin?«

»Kennen Sie ihn denn?«

Schneidt räusperte sich. »Ein wenig. Wir sind beide im Rotary Club.«

»Aber bei den Rittern vom Heiligen Grab sind Sie nicht?«, fragte Morgenstern.

»Wie meinen Sie?«

»Ach nichts, gar nichts.«

»Dann ist ja gut.« Schneidt sah Morgenstern misstrauisch an. »Ich denke, ich werde mal mit dem Baron telefonieren, dann kann ich auch dem Landrat einen inoffiziellen Zwischenstand geben.«

»Gerne«, sagte Morgenstern. »Wenn Sie ihn so gut kennen, kriegen Sie vielleicht auch unauffällig eine Information von ihm, die er uns bisher nicht geben wollte.«

Schneidt fühlte sich geschmeichelt und dehnte sich genüsslich in seinem Sessel. »Und was wäre das?«

»Er wollte uns nicht sagen, welcher Großinvestor beim Augustus-Park seine Hände im Spiel hat.«

Schneidt schaukelte in seinem Bequemmöbel vor und zurück. »Was soll das mit dem Mord an dieser jungen Frau zu tun haben, wer sich da einkauft? Es werden halt die Chinesen sein.«

»Oder der Vatikan«, sagte Morgenstern.

»Blödsinn«, konterte Schneidt. »Wie kommen Sie denn auf so was? Ich werde von der Tann fragen. Aber machen Sie sich keine großen Hoffnungen.«

Schneidts Telefon läutete. »Also wirklich, Frau Riepl weiß doch, dass sie gerade nichts durchstellen soll«, echauffierte er sich lautstark durch die Tür Richtung Sekretariat.

»Es ist dringend«, rief seine Sekretärin nicht weniger vehement zurück, und Schneidt hob mit einer unwirschen Bewegung ab.

Morgenstern, Hecht und auch Alina Baumüller spitzten die Ohren. Schließlich stellte Schneidt den Lautsprecher an.

»Es ist die Inspektion in Beilngries«, erklärte er. »Sagen Sie es noch mal, dann können die maßgeblichen Kollegen gleich mithören.«

Knisternd drang die Männerstimme aus dem Verstärker. »Wir haben gerade einen Notruf aus Hirnstetten reinbekommen. Es gibt einen tödlichen Unfall da draußen. Ein Mann ist mit seinem Fahrrad auf einem steilen Waldweg gestürzt. Und weil es Hirnstetten ist, ausgerechnet das kleine Dorf mit der Limeskönigin, dachten wir uns, dass Sie das so schnell wie möglich erfahren sollten.«

»Ein Fahrradunfall?«, fragte Morgenstern.

»Ja. Ein ganz schlimmer Sturz.«

»Haben Sie einen Hinweis, um wen es da geht?«

»Er kommt aus Hirnstetten. Erst vor ein paar Jahren zugezogen. Ein Audi-Ingenieur.«

Morgensterns Magen krampfte sich schmerzhaft zusammen. »Heinrich Pietzka!«, sagte er, und für einen Moment spürte er eine Gänsehaut. »Wir kommen sofort«, entschied er. »Und sagen Sie den Kollegen, sie sollen uns keine Spuren ruinieren.«

»Sie kennen den Mann, Morgenstern?«, fragte Schneidt völlig überrascht, nachdem er den Hörer aufgelegt hatte.

»Ja, wir haben ihn gestern Abend erst in der Kirche gesehen. Und …«

Er entschied, die Geschichte mit dem geheimnisvollen Beobachter erst einmal für sich zu behalten, die er für beginnende Paranoia gehalten hatte. Geschmackloserweise fiel ihm ausgerechnet jetzt, kaum dass sein Frösteln geendet hatte, ein Witz ein: Die Krankenschwester ruft: »Herr Doktor, Herr Doktor, der Simulant auf Zimmer Nummer vierzehn ist gestorben!« Darauf der Arzt: »Jetzt übertreibt er aber!«

Den würde er Hecht auf der Fahrt nach Hirnstetten erzählen.

Um an die Unfallstelle zu kommen, mussten sie zunächst ins Dorf, das ihnen inzwischen hinlänglich bekannt war. An der Kirche, wo sie erst am Abend zuvor in frommer Andacht verharrt hatten, bog Hecht rechts ab. Am Dorfende führte die Straße als schmales betoniertes Sträßchen, als sogenannter »Flurbereinigungsweg«, in sanftem Gefälle auf den Wald zu. Morgenstern, die Landkarte auf dem Schoß, sah, dass die Lage des Waldsaums kein Zufall war.

»Limes – Teufelsmauer«, las er und deutete auf die Bäume.

Die Straße wurde zum Schotterweg, der einen scharfen Knick machte und als steile Piste rasant ins Anlautertal hinabführte. Zweihundert Meter weiter hatten sie die Unfallstelle erreicht. Sie lag mitten im Buchenwald. Der Waldweg war durch einen Rettungswagen des Roten Kreuzes und den Einsatzwagen des Notarztes blockiert. Mehrere Autos waren rechts und links dahinter abgestellt, darunter auch der dunkelblaue Dienstwagen des »Eichstätter Kurier«. Die Feuerwehr war, anders als beim Tod der Limeskönigin, nicht im Einsatz. Bei einem fern der Hauptstraßen verunglückten Radfahrer gab es keinen Bedarf an Verkehrsregelung, Schaulustige in größerer Zahl waren hier ebenfalls nicht zu erwarten. Ein Stück die Straße abwärts stand ein Traktor mit Anhänger auf der Seite.

Dr. Heinrich Pietzka lag auf dem Schotterweg unter einer silbernen Abdeckfolie, gnädig vor den Blicken der Umstehenden verborgen. Nur das rechte Bein lugte unter der Plane hervor, Morgenstern erkannte modische knallgelbe Radlerschuhe, die auf einen ambitionierten Sportler schließen ließen. Ein Beamter der Polizeiinspektion Beilngries begrüßte die Ermittler.

»Er hat wohl die Kontrolle übers Rad verloren«, sagte er. »Das ist saugefährlich hier bei dem Gefälle und dem Schotter. Ein richtig teures Mountainbike, das liegt da drüben. Wahrscheinlich hat er sich in voller Fahrt verbremst. Die Vorderbremse statt der hinteren erwischt. Und schon hebt es einen mit Karacho über den Lenker. Das ist bei uns schon der fünfte schwere Fahrradunfall. Die meisten passieren unten auf dem Altmühltalradweg, da geht es jetzt im Sommer zu wie auf dem Stachus.«

Morgenstern beugte sich zu dem Toten und schob die Folie ein Stück zurück. Das Gesicht war blutverkrustet, die Nase gebrochen, die Haare verklebt von einer grauweißen Masse, die aus dem gebrochenen Schädel herausgequollen war. Heinrich Pietzka war einer der vielen Männer, die auf dem Fahrrad keinen

Helm tragen wollten, wohl um das vom Fahrtwind verursachte Freiheitsgefühl nicht einzuschränken. Morgenstern nahm sich fest vor, für sich und Fiona gleich am nächsten Tag einen Fahrradhelm zu kaufen. Die Kinder hatten längst welche.

»Weiß seine Frau Bescheid?«, fragte er.

»Logisch. Sie hat uns um halb neun Uhr angerufen, in Beilngries, dass ihr Mann nicht von seiner Morgenrunde zurückgekommen ist. Wir haben sie erst mal vertröstet, sie soll sich gedulden. Dass sein Rad vielleicht einen Platten haben könnte. Das Handy hat er dummerweise nicht eingesteckt. Eine halbe Stunde später hat ihn dann ein Bauer aus Schafhausen gefunden.«

»Schafhausen?«

»Die Straße runter, im Anlautertal, das nächste Dorf. Der Bauer wollte nach seinem Wald schauen, anscheinend hat er Probleme mit Borkenkäfern.«

»Wir haben heuer ein Borkenkäferjahr«, sagte Morgenstern ganz selbstverständlich, als wäre er tagein, tagaus mit Forstwirtschaft befasst, während er in Wirklichkeit nicht mehr wusste als das, was er in dieser Woche von Harvester-Fahrer Werner Bauernfeind gehört hatte. Der Kollege aus Beilngries schaute beeindruckt.

»Und wo ist Frau Pietzka jetzt? Ist sie nicht hier?«

»Sobald wir hier waren, haben wir sie angerufen und ihr Bescheid gegeben. Das war wohl nicht besonders schlau von uns«, sagte der Kollege selbstkritisch. »Sie hat einen Nervenzusammenbruch erlitten und hysterisch rumgeschrien. Wir haben sie vom Notarzt wegbringen lassen, ins Ingolstädter Klinikum.« Er seufzte. »Immerhin hat sie ihren Mann identifiziert.«

Hecht und Morgenstern sahen sich an. »Wir kennen ihn auch«, sagte Hecht. »Wir haben erst gestern mit ihm gesprochen, über die tote Limeskönigin. Er hatte Streit mit ihrem Vater, wegen dieses Freizeitparks.«

Morgenstern fasste nach. »Vorhin war die Rede von ›Morgenrunde‹. Ist Pietzka die Strecke denn regelmäßig gefahren?«

»Regelmäßig wie ein Uhrwerk. Dreimal die Woche. Immer dieselbe Tour. Von Hirnstetten durch den Wald hinunter nach

Schafhausen, von dort das Anlautertal aufwärts nach Erlingshofen, weiter nach Altdorf und Emsing, dann wieder aus dem Tal raus hoch nach Herlingshard und schließlich auf der Jurahöhe über Wachenzell und Götzelshard heim nach Hirnstetten. Das hat uns seine Frau gleich bei der ersten Vermisstenmeldung gesagt. Der Kollege hat sich das notiert.«

»Und das hat Pietzka alles geschafft, bevor er an die Arbeit zu Audi nach Ingolstadt gefahren ist?«, staunte Morgenstern. Unfassbar, welche Disziplin manche Menschen an den Tag legten. Er selbst nahm sich immer wieder mal vor, jetzt aber ganz bestimmt das Jogging-Training wieder aufleben zu lassen. Aber doch nicht in aller Herrgottsfrühe!

»Ja, seine Frau hat gesagt, dass er um sechs Uhr aus dem Haus ist. Und dass er für die Tour ziemlich genau eine Stunde braucht.«

»Regelmäßig wie ein Uhrwerk ...« Morgenstern blickte die steile Forststraße hinab. »Und das hier ist wahrscheinlich auf der ganzen Strecke das einsamste Stück. Da kommt bloß alle heiligen Zeiten jemand vorbei.«

Selbst jetzt, wo der Weg mit Fahrzeugen vollgestellt war, wirkte der Wald an der Nordflanke des Anlautertals urtümlich und unzugänglich.

Morgenstern rief nach dem Waldbesitzer, der Heinrich Pietzka gefunden hatte. Der Mann hatte keine Eile. Er war deutlich über siebzig Jahre, gebeugt vom Alter und der harten lebenslangen Arbeit in der Landwirtschaft. Klein gewachsen, aber zäh. Mit einer dunkelgrünen Latzhose, die mit orangefarbenen Aufnähern zum Schutz gegen Schnittverletzungen verstärkt war, dazu dicke Stiefel. Über der Hose trug er eine dünne dunkelblaue Arbeitsjoppe, dazu eine Schildmütze aus dickem grauem Stoff.

»Sie gehen mit Ihrer Säge ganz allein in den Wald?«, fragte Hecht.

»Ist das jetzt auch schon verboten?«, fragte der Bauer zurück, schob dann aber friedlicher nach: »Meine Frau ist daheim und kocht. Ich wollte bloß schauen, was der Käfer macht. Wir haben hier droben nur ein kleines Stück Wald, und das meiste sind Buchen.«

»Und die frisst der Borkenkäfer«, stellte Morgenstern souverän fest.

»Sie haben wohl gar keine Ahnung?«, fragte der Bauer. »Der Käfer geht bloß auf die Fichten, aber von denen gibt's hier nicht viele.«

Morgenstern, als ignoranter Stadtmensch enttarnt, wurde rot. »Jetzt erklären Sie uns mal, wie Sie den Mann gefunden haben, Herr …«

»Eisenschenk. Eisenschenk, Sebastian.«

»Also, Herr Eisenschenk, wie war das?«

Der Bauer schob seine Schildmütze in den Nacken. »Als ich mit meinem Bulldog hier raufgefahren bin, ist der Mann mitten auf dem Weg gelegen. Ich bin sofort stehen geblieben und abgestiegen. Ich hab dann auch gleich sein Fahrrad gesehen, das war da drüben ein Stück den Hang hinabgerutscht.«

»Und der Mann war tot?«, fragte Hecht.

»Da gibt es gar keinen Zweifel. Ich habe nach seinem Puls gefühlt und dann nach seinem Herzen gehört. Dann habe ich sofort einen Notruf abgesetzt. Dafür habe ich ein Stück weiter den Berg hinaufgehen müssen, weil direkt bei dem Mann war kein Empfang. Und dann habe ich hier auf die Polizei gewartet.«

»Ist Ihnen irgendetwas seltsam vorgekommen?«, fragte Morgenstern.

Der Bauer schüttelte nachdenklich den Kopf und nahm dann die Mütze ab, als wäre es unangemessen, im Angesicht des Todes das Haupt bedeckt zu haben.

»Nein, das nicht. Es ist nur so unheimlich hier gewesen. Allein mit diesem armen toten Mann. Ich habe mich dann neben ihn gesetzt und …« Er schluckte schwer. »Ich habe für ihn gebetet.« Er schaute Morgenstern und Hecht bedeutungsvoll an. »Schon meine Oma hat immer gesagt: Dieser Wald ist nicht geheuer.«

Morgenstern kniff die Lippen zusammen. »Wie meinen Sie das?«

Der Bauer wies hinauf Richtung Hirnstetten. »Da oben läuft die Teufelsmauer. Und meine Großmutter wusste Dutzende von

Sagen, die sie uns Kindern im Winter erzählt hat. Von armen Seelen, die hier auf den Hohlwegen zwischen dem Tal und der Jurahöhe umherirren und einsame Wanderer erschrecken. Riesige schwarze Hunde. Und in den Raunächten im Winter, da zieht die Wilde Jagd am Limes entlang, unheimliche Reiter mit Pferden und Hunden. Wenn hier im Wald, zwischen den Felsen, der Nebel aufzieht, dann kann es einem schon anders werden bei der Waldarbeit.«

Er wandte sich an Peter Hecht. »Sie haben sich vorhin gewundert, dass ich ganz alleine in den Wald gehe. Ich tue es eigentlich nicht gerne. Und zwar nicht, weil man mit der Motorsäge einen Unfall haben kann. Davor fürchte ich mich nicht. Ich pass schon auf.«

»Warum dann?«, fragte Hecht und rückte ganz nahe an den Bauern heran. Dessen Stimme war nun nur noch ein Raunen.

»Ich habe es selbst schon erlebt: dieses Gefühl, dass da auf einmal jemand hinter dir steht und dich anschaut mit Augen wie glühende Kohlen.« Er sah Hecht ernst in die Augen, ohne nur ein einziges Mal zu blinzeln. »Wenn drunten im Tal, von den Wiesen an der Anlauter, der Nebel aufsteigt, weiß wie ein Leichentuch, dass man kaum noch die Hand vor Augen sieht. Wenn er hinaufzieht durch den Wald, dann nimm dich in Acht. Wenn du dieses Gefühl hast, dass einer hier im Wald hinter dir steht, dann arbeite einfach weiter, als ob nichts wäre. Lass dir deine Furcht nicht anmerken. Und vor allem: Dreh dich nicht um. Niemals. Das war der Rat meiner Großmutter. Und die ist fünfundneunzig Jahre alt geworden.«

»Sie können einem echt Angst machen mit Ihren Ammenmärchen«, sagte Morgenstern.

»Sie müssen mir nicht glauben«, sagte der Bauer, und seine Stimme wechselte wieder zu normaler Lautstärke. Er deutete auf die silberne Folie. »Aber dieser Mann ist tot. Und heute früh hatten wir drunten im Tal dicken Nebel, eine richtige Suppe. Oben am Berg war es klar. So ist das Wetter oft bei uns. Im Herbst dauert es manchmal bis Mittag, bis die Sonne zu uns ins Tal durchdringt. Drüben im Altmühltal ist es dasselbe. Da schaut manchmal nur noch die Willibaldsburg mit ihren Türmen aus dem nebligen Tal heraus.«

»Sie glauben also, dass Pietzka mit seinem Rad in den Nebel hineingefahren ist?«

»Genau. In eine Wand aus Nebel. Wie eine Mauer.«

»Die Teufelsmauer«, sagte Hecht.

»Jetzt langt's allmählich«, sagte Morgenstern genervt. »Wenn ich Gruselgeschichten haben will, dann schaue ich mir im Fernsehen die zehnte Wiederholung von ›The Fog: Nebel des Grauens‹ an. Da brauche ich keine Wilde Jagd und keine mysteriösen Waldwichtel. Was mich hier viel mehr interessiert, ist, an welcher Stelle der Unfall genau passiert ist. Aber es ist natürlich alles vollgeparkt, jeder stellt sein Auto grad so hin, wie es ihm passt. Wahrscheinlich steht der Krankenwagen direkt auf dem entscheidenden Blutfleck. Dabei hätten wir gar keinen Sanka gebraucht.«

Mit gesenktem Blick wie ein Spürhund ging Morgenstern den Weg ein Stück nach oben. Der Bauer folgte ihm.

»Da drüben, genau da ist das Fahrrad gelegen«, sagte er. »Dafür verbürge ich mich. War es ein Fehler, dass ich es zurück auf die Straße geholt habe?«

»Schon passiert«, sagte Morgenstern gnädig und mimte weiter den Fährtenleser. Er überlegte, wie schnell Pietzka, der jeden einzelnen Meter dieser Strecke kannte, wohl an diesem Morgen gefahren war und ob er sich vom Nebel hatte bremsen lassen. Oder ob er sich auf sein Bike und seine Ortskenntnis verlassen und keine Gefahr gespürt hatte. Falls der Nebel überhaupt so dick gewesen war, wie der Bauer behauptet hatte.

Und doch war er gestürzt, so unglücklich, dass er sich den Schädel gebrochen hatte.

»Lassen Sie uns einen Moment allein«, sagte Morgenstern zu dem Bauern. »Mein Kollege und ich müssen etwas besprechen.«

»Von mir aus«, sagte Eisenschenk und trollte sich. Als er außer Hörweite war, sagte Morgenstern: »Wir wissen, dass Pietzka sich beobachtet gefühlt hat. Wir haben das für Quatsch gehalten, aber diese Sache hier stinkt zum Himmel. Pietzka war vielleicht ein flotter Radler. Als Audi-Entwickler liegt ihm ein sportlicher Fahrstil wahrscheinlich im Blut. Aber Harakiri macht er nicht. Da hat jemand nachgeholfen.«

»Wie darf ich mir das vorstellen?«, fragte Hecht.

»Mensch, jetzt denk halt auch ein bisschen mit«, empörte sich Morgenstern.

»Jemand hat ihm hier im Wald, am steilsten Stück, aufgelauert«, tippte Hecht, »und ihn dann vom Fahrrad gestoßen.«

»Das wäre zu riskant. Ich würde mich jedenfalls keinem Mountainbiker in den Weg stellen. Ich halte beim Spazierengehen in Eichstätt immer respektvollen Abstand. Die fahren da am Altmühltal-Panoramaweg manchmal wie die Henker. Da kannst du bloß noch zur Seite springen.« Insgeheim musste Morgenstern gestehen, dass er schon mehrfach die Versuchung verspürt hatte, einen der wild gewordenen Radler im harten Verdrängungswettbewerb auf Deutschlands preisgekröntem Weitwanderweg beiläufig vom Pfad zu schubsen, nach Möglichkeit in eine besonders stachelige Schlehenhecke.

»Ein über den Weg gespannter Draht«, sagte er jetzt laut. Er hatte schon einmal von einem tödlichen Unfall gehört, der so zustande gekommen war. Damals hatte ein Schüler einen Lehrer auf diese Weise zu Fall gebracht. Der gespannte Draht war als Streich gedacht gewesen, doch die Falle hatte sich als tödlich erwiesen. »Ein dünner, aber stabiler Draht, dicht über dem Boden, wäre bei Nebel praktisch unsichtbar«, führte er seine Idee weiter aus. »Da ist ein heftiger Sturz so sicher wie das Amen in der Kirche.«

»Aber wäre so ein Sturz tödlich?«, fragte Hecht.

»Das müssen die Rechtsmediziner in München rauskriegen«, sagte Morgenstern. »Die müssen sich das ganz genau anschauen. So ein Schädel, vor allem wenn es der Sturschädel eines Rechthabers wie Heinrich Pietzka ist, hält nach meiner Erfahrung mehr aus, als man glaubt.«

Trüffelschwein Morgenstern umrundete daraufhin jeden Baum am linken Wegrand, Hecht nahm sich die Stämme auf der rechten Seite vor. Es gab allerdings nicht allzu viele Stellen, an denen zur Rechten wie zur Linken ein geeigneter Baum stand. Überraschend weit vom Fundort der Leiche entfernt stieß Hecht schließlich auf ein dünnes Ahornstämmchen, dem auf der anderen Wegseite eine ausgewachsene Buche mit glattem grauem Stamm gegenüberstand. An deren Rinde war auf den ersten Blick nichts Auffälliges zu entdecken, doch der junge Ahorn, nur etwa armdick, hatte auf der der Straße abgewandten Seite eine winzige Einkerbung, wie mit einem scharfen Messer eingeschnitten. Die dünne Wunde in der Rinde war noch ganz frisch.

»Wir brauchen dringend die Spurensicherung«, sagte Hecht, nachdem auch Morgenstern die Kerbe begutachtet hatte. »So eine fiese Falle.«

»Und wer immer sie gestellt hat – er hat hier hinter den Bäumen gelauert.« Morgenstern blickte sich um und suchte nach Versteckmöglichkeiten. Den Berg hinauf standen kräftige Buchen und einige Fichten. Ein eiliger Radfahrer, noch dazu im Nebel, hätte einen Beobachter niemals entdeckt. Und wenn sich überraschend ein Auto oder ein Traktor genähert hätte, wäre dem Unbekannten genug Zeit geblieben, um den dünnen Draht mit einem einzigen Schnitt mit der Drahtschere durchzuzwicken und den Hinterhalt so zu entschärfen.

»Der zweite Mord in einer Woche«, sagte Morgenstern leise. »Wir haben einen Serientäter.«

»Zwei Morde im Abstand von nicht einmal drei Kilometern«, präzisierte Hecht. »Jedes Mal in der Nähe des Limes.«

Morgenstern lief zum Auto mit dem Funkgerät zurück, Hecht eilte hinterher. Im Auto sagte Morgenstern mit Blick auf die Landkarte: »Wir starten einen Zeugenaufruf: Wer hat heute früh gegen sechs Uhr im näheren Umkreis jemanden gesehen, der hier nichts zu suchen hatte. Wir müssen die Leute in Hirnstetten befragen und unten im Tal die Einwohner von Schafhausen. Da drüben, ganz einsam, liegt der Furthof, den dürfen wir nicht vergessen, und vielleicht hat auch in Erlingshofen jemand etwas Auffälliges gesehen. Es hat Nebel gegeben, das lockt normalerweise auch die Schwammerlsucher in den Wald. Und nicht zu vergessen die Jäger.«

»Und die Angler an der Anlauter«, fügte Hecht hinzu.

»Die auch. Und wir müssen davon ausgehen, dass der Täter diese Stelle hier im Vorfeld ausgekundschaftet hat. Ich vermute, dass er mehrmals in aller Frühe hier war, um sicherzugehen, dass Pietzka kommt.«

»Wir kriegen ihn!«, schwor Hecht. »Und wenn wir die ganze Jurahöhe mobil machen müssen.«

»Und das Anlautertal«, fügte Morgenstern grimmig hinzu. »Wir brauchen dringend Verstärkung.«

Kriminaldirektor Adam Schneidt ließ sich nicht lange bitten, zumal die nach Hirnstetten geeilte Spurensicherung die Theorie vom dünnen Drahtseil mittlerweile bestätigt hatte. Es konnte ein Blumendraht gewesen sein, vermuteten die beiden Techniker in ihren weißen Overalls, nachdem sie den kleinen, unschuldigen Ahornstamm begutachtet und auch, mit der Lupe bewaffnet, an der gegenüberliegenden Buche winzige Abschürfungen entdeckt hatten. Vom Draht selbst jedoch keine Spur.

Erwartungsgemäß beschwerten sich die Spurensicherer bitter über den Zustand des zugeparkten Tatorts. Anschließend stromerten sie am Waldhang herum auf der mühevollen Suche nach Hinweisen, die sich für eine DNA-Analyse verwenden ließen. Eine weggeworfene Zigarettenkippe wäre ein Sechser im Lotto, Gleiches galt für einen ausgespuckten Kaugummi. Der Täter, ungeduldig hinter einem Baumstamm wartend, hatte sich bestimmt irgendwie die Zeit vertrieben, hatte rauchend, kauend versucht, seine Nerven zu beruhigen. Doch im dicken Laub war nichts dergleichen zu finden. Keine leere Zigarettenschachtel, übersät mit Fingerabdrücken, kein einsam geleertes Hundert-Milliliter-Fläschchen Jägermeister, keine verlorene Geldbörse samt Personalausweis und Führerschein. Hätte es alles schon gegeben, erklärten die Kollegen von der Spurensicherung Morgenstern. Diesmal sollte es nicht sein.

Adam Schneidt ließ anschließend Mann und Maus ausschwärmen ins Land am Limes und kümmerte sich persönlich darum, dass der Ingolstädter Regionalsender Radio IN einen Aufruf nach Hinweisen auf einen Unbekannten startete, und auch der »Donaukurier« wurde großzügig mit Informationen versorgt.

Morgenstern und Hecht fuhren als Erstes nach Hirnstetten zum Hof von Albert Breitenhiller. Breitenhiller, der Immobilienbaron und der Römerpark waren es, die von Heinrich Pietzkas Dahinscheiden unmittelbar profitierten. Wenn der größte Kritiker des Projekts für immer schwieg, wenn keine Unterschriften mehr gesammelt wurden und es keine auf freiem Feld aufgestellten Transparente mehr gab – dann würde es auch keine lästigen Verzögerungen mehr geben. Der Weg durch alle Instanzen, den Heinrich Pietzka angedroht hatte, bliebe den Verantwortlichen erspart. Es sei denn, es fände sich ein Nachfolger, der die Sache mit ähnlicher Verbissenheit – und einer ähnlich guten Rechtsschutzversicherung – angehen würde. Dafür gab es allerdings keine Anzeichen.

Hecht stellte den Wagen direkt neben dem nostalgischen Taubenhaus ab. Die Tauben, die gurrend auf dem Dach saßen, gehörten zu einer weißen Schmuckrasse – wie sie manchmal bei besonders romantischen Hollywoodhochzeiten flatternd zum Einsatz kamen, als hübsche Friedensboten –, nicht zu den üblichen Bauerntauben, deren Lebenszweck darin bestand, in zartem Alter der Höhepunkt eines Sonntagsessens zu werden, bevorzugt gebraten mit einer Semmelknödelteigfüllung und einer schweren Rotweinsoße.

Während Morgenstern sich noch das friedliche Geflügel ansah, öffnete sich die Haustür, und Katharina Breitenhiller kam heraus. Die Schwester der verstorbenen Limeskönigin hatte verweinte Augen, einige Strähnen ihrer langen blonden Haare hingen ihr wirr ins Gesicht. Sie trug einen Jogginganzug und Adiletten.

Morgensterns erste Empfindung war Mitleid. Er hatte die junge Frau am Vorabend beim Rosenkranz gesehen, wo sie sich am allgemeinen Beten kaum beteiligt hatte, weil sie ununterbrochen mit Tempotaschentüchern herumfummeln musste. Mal hatte sie sich die Augen abgewischt, dann die Nase geputzt, um danach wieder starr zum Altar zu blicken, als fände sich dort die

Antwort auf die Frage, wer ihre große Schwester für immer aus dem Leben gerissen hatte.

»Meine Eltern sind nach Eichstätt gefahren«, sagte sie mit müdem Blick. »Zum Bestattungsunternehmen. Der Onkel Hans, der Monsignore, ist auch dabei. Sie suchen einen Sarg aus ... für die Barbara. Sie wollten mich mitnehmen ... Aber ich kann nicht. Ich bin ... ich bin noch nicht so weit. Der Hausarzt hat mich krankgeschrieben.«

»Wir verstehen«, sagte Hecht einfühlsam. »Wir wollen auch gar nicht stören. Wir wollten mit Ihrem Vater sprechen.« Er schaute Morgenstern an, offenbar unschlüssig, ob er dem verstörten Mädchen die Nachricht zumuten durfte. Morgenstern nahm ihm die Entscheidung ab.

»Wir waren grade unten am Berg Richtung Schafhausen. Es hat noch einen Mord gegeben.«

Katharina hielt sich die Hand vor den Mund. »Das ist nicht Ihr Ernst.«

»Leider doch. Sie sind heute noch nicht aus dem Haus gekommen, oder?«

»Das sehen Sie doch. Wollen Sie nicht reinkommen?«

»Gerne«, sagte Morgenstern erleichtert, denn er hatte das Gefühl, als würden sie aus sämtlichen Fenstern der Nachbarschaft beobachtet.

Die Nachricht, dass es sich beim Toten um Heinrich Pietzka handelte, nahm Katharina Breitenhiller mit einer in Morgensterns Augen seltsamen Mischung aus Überraschung und Erleichterung auf.

»Ich glaube nicht, dass ihn viele Leute im Dorf gemocht haben«, sagte sie geradeheraus, während sie mit einem modischen Vollautomaten in der Küche Kaffee für die Besucher brühte. »Man hat weder ihn noch seine Frau richtig wahrgenommen – bis er sich mit meinem Vater angelegt hat. Sie wissen schon, der Römerpark.«

»Ist uns klar«, sagte Morgenstern. »Da hat er sich total verrannt. Wir kennen seine Briefe.«

»Ich auch. Mein Vater hat sich jedes Mal fürchterlich aufgeregt, wenn wieder ein Schreiben in unserem Briefkasten war. Das hört sich jetzt wahrscheinlich brutal an, aber: Ich glaube nicht, dass Papa sehr traurig sein wird, wenn er hört, dass dieser Pietzka nicht mehr lebt. Er hat ihn mehr als einmal zur Hölle gewünscht.«

»Deswegen hätten wir auch gerne mit ihm gesprochen«, sagte Morgenstern. »Aber wir brauchen Sie genauso. Wir befragen alle Anwohner, ob sie heute am frühen Morgen, so ab fünf Uhr, etwas Verdächtiges gesehen haben. Oder auch schon in den vergangenen Tagen. Die Sache war gut geplant.«

Katharina Breitenhiller musste nicht lange nachdenken. »Ich habe nichts bemerkt, da habe ich noch geschlafen. Ich schlafe in den letzten Tagen schlecht ein. Meine Mutter gibt mir Schlaftabletten, damit geht es besser. Aber ich liege nachts lange wach und denke nach. Manchmal spreche ich dann sogar mit Barbara, als würde sie an meinem Bett sitzen. Seltsam, oder?«

»Nein, das ist gar nicht seltsam. Das ist menschlich«, sagte Morgenstern. »Und worüber sprechen Sie dann?«

Katharina lächelte. »Ich versuche, sie besser kennenzulernen. Ich habe festgestellt, dass ich viel zu wenig über sie weiß. Dabei ist sie doch meine große Schwester. Schwestern wissen doch alles voneinander, normalerweise. Schwestern sind wie beste Freundinnen.«

»Und das waren Sie nicht?«, fragte Morgenstern. »Immerhin wussten Sie ihr Computerpasswort.«

»Ach, das war Zufall, da hat sie sich mal verplappert, und es war ihr auch ziemlich peinlich, glaube ich. Barbie ist sechs Jahre älter als ich. Das ist ein großer Abstand. Ich habe lange nachgedacht, und ich glaube heute, dass ich nie richtig an sie herangekommen bin. Dass sie mich nie richtig an sich herangelassen hat. Verstehen Sie? Sie hat sich nicht geöffnet, jedenfalls nicht mir. Und ich glaube, auch sonst nicht vielen Menschen.«

»Aber sie hatte doch immer einen festen Freund, wenn auch im häufigen Wechsel«, sagte Morgenstern.

»Ja, sie hat ihre Freunde ständig gewechselt. Immer wenn es mit einem zu eng wurde, hat sie ihm den Laufpass gegeben.

Es war fast, als hätte sie Angst vor festen Bindungen.« Sie sah Morgenstern an. »Also, ich stelle mir unter einer Partnerschaft etwas anderes vor. Etwas Verlässliches. Es geht doch in der Liebe um mehr als Sex.«

»Sie sind sehr unterschiedlich, obwohl Sie Schwestern sind«, sagte Morgenstern.

»Ist das nicht merkwürdig?«, fragte Katharina. »Ich habe früher immer zu ihr aufgeschaut, fand es toll, dass sie so viele Freundinnen und noch mehr Freunde hatte. Und jetzt posten diese Freunde dann so einen Scheiß wie ›Only the good die young‹ und tun so, als wäre Barbie eine verdammte tragische Heldin, wie Amy Winehouse oder Kurt Cobain oder Jim Morrison. Dabei ist von denen keiner ermordet worden.«

»Nur John Lennon«, sagte Morgenstern.

»Und Walter Sedlmayr«, fügte Hecht hinzu, womit er sich einen genervten Blick von Morgenstern einhandelte.

Katharina hörte gar nicht richtig hin. »Keiner von denen hat sie richtig gekannt. Keiner von uns hat sie richtig gekannt. Wenn es um Gefühle ging, hat sie keinen an sich herangelassen. Da hat sie sich verschlossen wie eine … wie eine Muschel. Hat die Fragen einfach weggelacht. So war sie. Immer auf eine glänzende Oberfläche aus. Aber wie es in ihrem Inneren ausgesehen hat, das weiß bis heute niemand. Das hat sie alles mit sich selbst ausgemacht.«

Morgenstern konnte sich tatsächlich schwer vorstellen, dass die Limeskönigin einem grobschlächtigen Klotz wie Werner Bauernfeind, dem König der Nutzholzverwertung, ihr Herz ausgeschüttet hätte. Was er jetzt sagen musste, fiel ihm nicht leicht.

»Bis hin zu ihren Versuchen, sich das Leben zu nehmen.«

Die Erinnerung an die Selbstmordversuche erschütterte mit einem Mal die Fassade der Selbstbeherrschung, die Katharina Breitenhiller während des Gesprächs aufrechterhalten hatte. Tränen schossen ihr in die Augen, und sie eilte aus der Küche. Morgenstern und Hecht blieben schweigend zurück und tranken betreten ihren Cappuccino.

Nach fünf Minuten kam Katharina zurück. »Entschuldigung.«

»Sie sollten in diesen schwierigen Tagen nicht alleine sein«, sagte Morgenstern.

»Ach, es geht schon. Es sind ja nur ein paar Stunden, dann sind meine Eltern wieder da. Und der Onkel Hans auch. Ich bin froh, dass er so schnell gekommen ist. Er hilft uns allen sehr. Man kann gut mit ihm reden. Er findet die richtigen Worte.«

»Wir haben gestern nach dem Rosenkranz kurz mit ihm gesprochen«, sagte Morgenstern. »Er hat hier sogar sein eigenes Zimmer im Haus.«

»Stimmt. Aber er kommt jetzt meistens nur noch einmal im Jahr, im Sommer. Dann übernimmt er die Vertretung in der Pfarrei, und unser Pfarrer kann in Urlaub fahren. Er ist sehr beliebt hier, die Leute sind stolz auf ihn. Es hat schon ein paar Busreisen aus unserer Pfarrei zu ihm nach Rom gegeben. Er heißt bei allen nur Monsignore Giovanni, und wenn man da unten mit ihm unterwegs ist, spricht er fließend Italienisch und kennt alle Leute, im Vatikan, aber auch draußen in den Restaurants. Überall heißt es: ›Ah, Monsignore Giovanni!‹ Alle glauben, dass er es im Vatikan noch weit bringt. Er selber glaubt das auch.«

»Hat er Ihnen das gesagt?«

»Wir haben früher manchmal am Mittagstisch Witze darüber gemacht, dass er eines Tages Kardinal wird, und er selber hat dabei immer am lautesten gelacht und erzählt, wie er wieder mal mit dem Chef der Glaubenskongregation zu Mittag gegessen hat. Angeblich hat er sogar dazu beigetragen, dass die selige Anna Schäffer aus Mindelstetten so schnell heiliggesprochen worden ist. Er nennt das ›im Rahmen meiner bescheidenen Möglichkeiten‹.«

»Die Anna Schäffer? Ehrlich?«, entfuhr es Peter Hecht. »Meine Mutter ist eine ganz große Verehrerin von ihr. Sie war schon ein paarmal an ihrem Grab in Mindelstetten.«

Für Morgenstern driftete das Gespräch in eine unliebsame Richtung ab. Er räusperte sich. »Jedenfalls ist es gut für die Familie, dass Ihr Onkel jetzt da ist und Beistand leisten kann. Wie lange will er denn bleiben?«

»Soweit ich weiß, bleibt er bis Anfang September. Er will auf jeden Fall selbst das Requiem halten, hat er gesagt. Und außerdem will er mit Papa noch alles Mögliche wegen des Römerparks organisieren.«

Morgenstern rührte nachdenklich in seiner Kaffeetasse. »Ihr Onkel hilft Ihrem Vater beim Augustus-Park? Wie denn?«

»So genau weiß ich das auch nicht. Ich weiß nur, dass er damals, als der Limes Weltkulturerbe geworden ist, völlig aus dem Häuschen war. Er hat immer gesagt: ›Albert, da müssen wir was draus machen. Das ist eine einmalige Chance.‹ Und er war richtig sauer, als sie drüben in der Weißenburger Gegend angefangen haben, einen Limespark zu planen.«

»Aus dem ist aber nichts geworden«, sagte Morgenstern.

»Genau. Die haben das Geld nicht zusammengebracht. Und dann hat mein Onkel gesagt: ›Jetzt sind wir dran. Wir können das besser.‹«

»Dann war der Augustus-Park also die Idee Ihres Onkels«, stellte Hecht fest.

»Ja, zum großen Teil. Mein Papa hat sich anstecken lassen. Er braucht das Geld. Aber die treibende Kraft ist mein Onkel. Der kennt sich auch viel besser aus mit dem Limes und all dem. Mit der römischen Geschichte. Er spricht sogar fließend Latein, können Sie sich das vorstellen?«

Hecht und Morgenstern konnten es nicht. Wie sollte jemand eine sogenannte tote Sprache sprechen können? Monsignore Breitenhiller war anscheinend ein Genie.

»Als er jung war, hat er in der Gegend an Ausgrabungen teilgenommen«, erzählte Katharina weiter, »und dabei eine uralte verrostete Schwertklinge gefunden. Die hat er heute noch in seinem Zimmer, er hat sie mir mal gezeigt. Und einmal hat er versucht, den Limes abzuwandern. Er ist aber nicht weit gekommen, Endstation war kurz vor Ellingen. In Fiegenstall. Da ist er nicht über einen sumpfigen Bach drübergekommen. Ich kann mich noch gut dran erinnern, weil ich schon ein paarmal in Fiegenstall war. Da ist ein Übernachtungshaus der Katholischen Landjugend.«

Morgenstern dachte an Gundekar Russer und die Legionäre.

Russer, fiel ihm dabei auf, war dem Monsignore in mancherlei Hinsicht ähnlich. Die Begeisterung für Heimatgeschichte, der Versuch, uralte Schätze zu finden, das begonnene Theologiestudium, das in Russers Fall allerdings früh abgebrochen wurde. Und jetzt hatten sich die Wege der beiden Männer am Grab von Barbara Breitenhiller gekreuzt.

Er fasste nach. »Ihr Onkel hat uns gestern etwas Wichtiges erzählt. Ihre Schwester hat ihn um Rat gebeten, weil Gundekar Russer sie bedrängt hat, nachdem sie mit ihm Schluss gemacht hatte. Haben Sie davon etwas mitbekommen?«

»Gundekar?« Katharina schüttelte den Kopf. »Sie hat ihn fallen lassen, wie sie alle ihre Männer hat fallen lassen. Lass uns Freunde bleiben blablabla.« Sie ahmte mit der rechten Hand die klappenden Mundbewegungen eines Frosches nach. »Sie hat den Typen immer das Gefühl gegeben, dass man sich jederzeit noch irgendwo treffen kann, dass sie sich im ›Dasda‹ auch gerne auf einen Wodka-Cola einladen lässt. Aber dass es jetzt eben nichts Ernstes mehr ist. Das war ihre Art, Beziehungen zu beenden. Sie hat nie jemanden ernsthaft verletzt. Und deswegen haben die Kerle das immer akzeptiert. Dieser Gundekar war vielleicht ein bisschen schwerer von Begriff. Aber ich habe nie etwas davon gehört, dass er sie drangsaliert hätte.«

»Dann hat Ihre Schwester gegenüber Ihrem Onkel wohl ein bisschen dick aufgetragen«, sagte Morgenstern zum Abschluss. Beim Hinausgehen warf er noch einen Blick auf das Foto, das die Familie am Petersplatz zeigte. Albert und Rosemarie Breitenhiller hatten den in die Kamera strahlenden Monsignore in ihre Mitte genommen, ganz rechts außen stand Barbara, den Arm zärtlich um ihre kleine Schwester gelegt.

Als Hecht und Morgenstern aus dem Haus kamen, sahen sie in den Straßen des Dorfes mehrere Polizeiautos stehen. Die Haushaltsbefragung war in vollem Gange. Es war nur eine Frage der Zeit, bis sich eine Flut von vagen Hinweisen über die Ermittler ergießen würde, die in aller Sorgfalt abgearbeitet werden musste. Hinweise auf Autos mit auswärtigen Kennzeichen, auf arglose Radfahrer und Wanderer, auf Pilzsammler und vom Weg abgekommene Jakobspilger. Auf Audi-Testfahrer, die im Morgengrauen einsame Landstraßen unsicher machten, oder auf alkoholisierte Wirtshausbesucher, die aus Gründen des Führerscheinerhalts für die Heimfahrt mit dem Auto die abgelegensten Schleichwege wählten. Und doch war diese schuhsohlenverschleißende Fleißarbeit die vielversprechendste Methode, um zum Erfolg zu kommen.

Morgenstern und Hecht wussten, dass sie es besser hatten als die uniformierten Kollegen, denn sie konnten sich die Rosinen aus dem Kuchen picken. Im konkreten Fall bedeutete das, dass sie sich heute auf Albert Breitenhiller und seine Frau konzentrieren konnten. Eins war sicher: Breitenhiller, der Milchbauer, war am frühen Morgen bereits mit Traktor und Ladewagen unterwegs gewesen, um frisches Gras für seine Kühe zu holen. Das hatte Tochter Katharina ihnen beiläufig mitgeteilt. Die entsprechende Wiese lag einige hundert Meter nordöstlich des Dorfes, direkt am Limes. Und damit nahe beim Waldweg, auf dem Breitenhillers größter Widersacher so grausam zu Tode gekommen war.

Als Morgenstern und Hecht endlich in Eichstätt beim Bestattungsinstitut ankamen, ein unscheinbarer Laden am östlichen Rand der Altstadt, gleich neben dem Friedhof, hatten sie das Breitenhiller-Trio knapp verpasst. Der Bestatter, ein hochgewachsener Mann mit tadellosem schwarzem Anzug, grauem Haar und einem schon berufsmäßig vertrauenswürdigen, doch ernsten Blick, saß an einem modernen Schreibtisch und tippte Daten in einen Laptop. Rechts von ihm war die Sargkollektion aufgereiht: fünf Modelle, vom teuren, edlen Schwarzlack bis zum schlichten, hellen Furnier. Die Angehörigen der Limeskönigin hatten sich, so viel konnte er auf Nachfrage bei aller Diskretion doch verraten, für einen Sarg aus heller Eiche entschieden. Eine gute Wahl, wie er lächelnd erklärte. Edel, aber nicht protzig. Nun seien die Eltern und Hochwürden seines Wissens auf dem Weg zum Domplatz, wo sie ihren Wagen geparkt hätten.

Die beiden Kommissare nahmen die Beine in die Hand

und eilten in Richtung Domplatz. Vorbei an der ehemaligen fürstbischöflichen Reitschule, die in eine Teilbibliothek der katholischen Universität umgebaut worden war, kamen sie auf den Leonrodplatz, den zentralen Platz vor der riesigen barocken Schutzengelkirche. Morgenstern blickte kurz zum riesigen eichenen Eingangsportal der ehemaligen Jesuitenkirche und blieb abrupt stehen.

»Spargel, wir haben sie«, sagte er.

Vor dem Portal standen tatsächlich Rosemarie und Albert Breitenhiller sowie Monsignore Dr. Johann Breitenhiller – Letzterer in schwarzer Soutane. Alle drei debattierten lebhaft mit einem weiteren Soutanenträger, der dem Gast aus Rom in Sachen konservativem Erscheinungsbild in nichts nachstand. Schwarz glänzte die lange Reihe von Knöpfen an seinem Priestergewand, auf dem Kopf trug er das Birett.

Morgenstern wusste aus früheren Ermittlungen, dass sich gleich neben der Schutzengelkirche das bischöfliche Priesterseminar befand. Im selben Gebäudekomplex war zudem eine Einrichtung zur theologischen Ausbildung von Geistlichen der Ostkirchen angeschlossen, das »Collegium Orientale«, in dem das Spektrum vom koptischen Mönch bis zum ukrainischen Theologiestudenten reichte. An exotisch-konservativ auftretenden Klerikern herrschte demnach in Eichstätt kein Mangel, und der Herr in Soutane hätte in diesem frommen Milieu gewiss kein Aufsehen erregt – wenn er nicht einen kleinen, aus Pressspanplatten gezimmerten Informationsstand von der Größe einer Wahlurne dabeigehabt hätte.

Morgenstern entzifferte ein Plakat mit der Aufschrift »Nie wieder Kirche!« und ein weiteres mit dem sorgfältig gedruckten Appell »Kirchenaustritt leicht gemacht«. Und ihm ging ein Licht auf. Der Herr in Soutane war mitnichten ein Mann des geistlichen Standes – das schwarze Gewand war nichts anderes als eine Kostümierung. Es musste sich um Gundekar Russers Vermieter handeln. Um jenen weit über die Stadt hinaus bekannten Kirchengegner, den Anna Russer, wenn es ihr denn möglich gewesen wäre, am liebsten im nächstgelegenen Taufbecken ertränkt hätte.

Hecht und er blieben zunächst auf Distanz, um die Szene in aller Ruhe verfolgen zu können. »Don Giovanni«, mittlerweile mit hochrotem Gesicht, schimpfte auf sein Gegenüber ein, wild gestikulierend. Der Kontrahent wiederum bewahrte demonstrativ kühlen Kopf und konterte die Vorwürfe mit gemäßigter Körpersprache. Den Wortfetzen, die Morgenstern aufschnappte, entnahm er, dass es vor allem um den Vorwurf ging, dass die katholische Kirche ein Schlangennest von Kinderschändern, Hexenverfolgern und Wahrheitsverdrehern sei, eine Behauptung, die der Monsignore in dieser Pauschalität nicht akzeptieren wollte.

Im Laufe der Auseinandersetzung ließ sich der Monsignore gar zu den Begriffen »Volksverhetzer« und »Schweinehund« und »in der Hölle schmoren« hinreißen, und mehr als einmal fürchtete Morgenstern, der Würdenträger aus dem Vatikan würde handgreiflich werden. In der Tat holte der Monsignore schließlich mit dem Fuß aus und versetzte dem rechteckigen Pressspanstand einen so massiven Tritt, dass er das dünne Brett durchbrach.

Mittlerweile waren etliche Passanten stehen geblieben, um die Kontroverse zu verfolgen. Morgenstern und Hecht allerdings wurden ausgerechnet jetzt ihrer freien Sicht beraubt, weil der »Schnellbus« der Linie Eichstätt–Ingolstadt des Busunternehmens Jägle turnusgemäß die Haltestelle am Leonrodplatz anfuhr. Der Fahrer, ebenfalls an dem Spektakel der Soutanenträger interessiert, machte keine Anstalten, zügig weiterzufahren.

Als der Jägle-Bus sich schließlich doch in Richtung »Schanz« bequemte, erkannten die Ermittler mit nicht geringem Bedauern, dass sie den Höhepunkt der Auseinandersetzung wohl soeben verpasst hatten. Der Kirchenkritiker lag lang gestreckt am Boden und hielt sich die linke Wange. Über ihm stand, immer noch die flache Hand ausgestreckt, Monsignore Breitenhiller, mühsam zurückgehalten von seinem Bruder Albert zur Linken und seiner Schwägerin Rosemarie zur Rechten – ein Bild von geradezu biblischer Wucht.

Der Geschlagene rappelte sich vom harten Pflaster auf wie ein zu Boden gegangener Boxer, der den Kampf noch nicht verloren geben will. Er baute sich vor dem Monsignore auf, streckte das

Kinn nach vorne und deutete auf seine rechte, bislang unbehelligte Wange.

»Das glaub ich jetzt nicht«, flüsterte Hecht.

Der Monsignore sah seinem Widersacher kurz in die Augen. Dann holte er mit der linken Hand aus und schlug mit voller Wucht zu. Die Wange färbte sich buchstäblich schlagartig dunkelrot, der Getroffene ließ sich demonstrativ zu Boden gleiten und setzte sich neben seinen zertrümmerten Stand.

Leise rezitierte Hecht das Bibelwort: »Wenn dich einer auf die linke Wange schlägt, so halte ihm auch die rechte hin. Bergpredigt.«

Morgenstern sagte: »Das wird teuer. Strafprozessordnung.«

Es stellte sich in der Tat heraus, dass eine Schlägerei unter Männern im »Crazy Horse« in Nürnberg durchaus ungeahndet bleiben konnte. Zwei Ohrfeigen auf dem Eichstätter Leonrodplatz allerdings, noch dazu vor großem Publikum, waren in jedem Fall justiziabel. In kürzester Zeit hatte das Opfer Block und Stift aus seiner Soutane gezogen, um sich die Namen von Zeugen zu notieren, ehe sich die Zuschauer in alle Himmelsrichtungen verstreuen konnten. Als Nächstes setzte er einen Notruf ab, und keine zwei Minuten später war aus der Rettungswache des Roten Kreuzes an der nur ein paar hundert Meter entfernten Grabmannstraße das Martinshorn eines Krankenwagens zu hören, der sich seinen Weg zum Unglücksort bahnte.

Die Breitenhillers blieben verdattert an Ort und Stelle stehen, Hecht und Morgenstern sahen keine Notwendigkeit, in diesem Konflikt die Staatsgewalt zu repräsentieren, und verhielten sich bis auf Weiteres ruhig. Das war insofern kein Problem, da aus der gleichen Richtung wie der Rettungswagen ein Streifenwagen der Polizeiinspektion Eichstätt heranraste, den ebenfalls der misshandelte Vertreter des grundgesetzlich garantierten Rechts auf freie Meinungsäußerung alarmiert hatte.

»Man kann sich seine Fälle nicht aussuchen«, sagte Morgenstern, als er sah, wie den Streifenbeamten Ludwig Nieberle und Fritz Sandner angesichts des allseits bekannten Anzeigeerstatters die Mundwinkel nach unten sackten. Doch professionell nahmen die Kollegen die Aussagen der Beteiligten – die sich prompt gegenseitig anzeigten – zu Protokoll. Wie sich später herausstellte, ging es im Einzelnen um die Tatbestände Körperverletzung mit Verdacht auf Auslösung von Tinnitus, Sachbeschädigung und Beleidigung sowie im Gegenzug um Beleidigung, üble Nachrede und Volksverhetzung. Anschließend fuhren die Rettungssanitäter ihren Patienten auf dessen ausdrücklichen Wunsch zur vorsorglichen Untersuchung in die Klinik am Ende der Ostenstraße. Erst jetzt gaben Hecht und Morgenstern, die immer noch auf dem Bürgersteig auf der anderen Straßenseite standen, ihren Beobachterstatus auf, um Kontakt zum Breitenhiller-Trio aufzunehmen.

Die drei hatten sich auf einen der Marmorquader gesetzt, die den Platz architektonisch gliedern sollten, und schwiegen. Anscheinend mussten sie das Vorgefallene erst einmal verdauen.

Morgenstern räusperte sich hörbar. »Stören wir?«

Albert Breitenhiller blickte überrascht auf und schüttelte den Kopf. »Wo kommen Sie denn auf einmal her?«

»Der Mann vom Bestattungsinstitut hat uns gesagt, wo Sie Ihr Auto geparkt haben. Und wie wir sehen, sind Sie auf dem Weg zum Domplatz aufgehalten worden.« Morgenstern deutete auf die Trümmer des Infowürfels.

»Der will mich fertigmachen«, sagte »Giovanni« Breitenhiller mit immer noch bebender Stimme. »Aber da legt er sich mit dem Falschen an, das garantiere ich ihm. Wenn es sein muss, fechten wir die Sache bis zur obersten Instanz durch.«

»Tun Sie das besser nicht«, sagte Morgenstern und entschloss sich, einen kühnen Bogen zu schlagen. »In Hirnstetten draußen gibt es einen Menschen, der ganz ähnlich tickt. Der wollte auch bis zur letzten Instanz gehen, allerdings in einer anderen Sache.«

»Der Heinrich Pietzka«, sagte Albert Breitenhiller. »Da haben Sie recht. Der ist vom selben Kaliber.«

»Der war vom selben Kaliber«, präzisierte Morgenstern und schaute nachdenklich zur weiß getünchten Fassade der Schutzengelkirche hinüber. »Heinrich Pietzka ist tot. Hat Ihnen das noch niemand gesagt?«

Alle drei schüttelten den Kopf.

»Ich denke, wir sollten uns unterhalten«, sagte Morgenstern. »Aber nicht hier auf der Straße.« Er sah sich um auf der Suche nach einem geeigneten Ort. Spontan fiel ihm die italienische Bar in der Luitpoldstraße ein, das »L'Incontro«. Seit zwei Jahrzehnten verbreitete dieses Café in der Stadt italienisches Lebensgefühl, tatkräftig unterstützt vom gegenüberliegenden italienischen Restaurant und der ebenfalls benachbarten italienischen Pizzabäckerei. Das alles passte wunderbar zum südländischen Ambiente Eichstätts, schließlich war die Stadt nach einem verheerenden Brandinferno im Dreißigjährigen Krieg von italienischsprachigen Baumeistern wie Gabriel de Gabrieli und Mauritio Pedetti wieder aufgebaut worden. Kein Wunder, dass sich viele Touristen beim Eichstätt-Besuch in die Toskana versetzt fühlten, wenn sie auf gelb gebänderte Häuser mit markanten Erkern blickten, die ihre Vorbilder in italienischen Stadtpalästen hatten. Und ebenfalls kein Wunder, dass italienische Gastronomen sich hier zu Hause fühlten, vom Eisdielenbetreiber aus den Dolomiten bis zum Pizzabäcker aus Sardinien.

Morgenstern und Hecht gingen mit den Breitenhillers die kurze Strecke zur Luitpoldstraße hinauf, vorbei an prächtigen Höfen der einstigen adeligen Domherren, die heute fast allesamt nach aufwendigen Sanierungen von der Diözesanverwaltung oder der katholischen Universität genutzt wurden. Das »L'Incontro« war ein Café mit großen Glasscheiben, dessen Wirt Wert darauf legte, dass sein Lokal so authentisch wie möglich wirkte – vom über Kabel empfangenen italienischen Radiosender bis zur Tatsache, dass jeden Mittag exakt ein warmes Nudelgericht im Angebot war.

Die Kommissare und das Trio aus Hirnstetten nahmen an einem quadratischen Tisch Platz und bestellten Cappuccino, wobei sich der Monsignore bemüßigt fühlte, den perfekt deutsch respektive oberbayerisch sprechenden Wirt in formvollendetem Italienisch zu begrüßen und sich quasi als Dolmetscher anzubieten, als befände man sich gerade auf der Piazza Navona in Rom. Der Wirt ließ sich nicht zweimal bitten und umschmeichelte den Herrn in der

Soutane mit einem italienischen Wortschwall, in dem er in klassisch südländischer Höflichkeit mindestens fünfmal die Anrede »Dottore« fallen ließ. Der Monsignore lehnte sich zufrieden zurück und gab sich für einen Augenblick der sündigen Eitelkeit hin.

»Der Pietzka ist tatsächlich tot?«, fragte Albert Breitenhiller nach einer Weile. »Was ist denn mit ihm passiert?«

Morgenstern nickte. »Er hatte heute früh am Berg runter nach Schafhausen einen schweren Fahrradunfall. Den hat er nicht überlebt.«

»Und jetzt erwarten Sie von mir, dass er mir leidtut?«, fragte Breitenhiller. »Aber damit kann ich nicht dienen.« Er schaute finster drein und verschränkte die Arme vor der Brust.

»Nein. Ich erwarte von Ihnen gar nichts. Wir wissen alle, dass Sie im Streit gelegen sind. Wir wissen auch, dass der Römerpark seinen größten Gegner verloren hat.«

»Cui bono?«, sagte Peter Hecht, und der Monsignore als überzeugter Lateiner fühlte sich zur Übersetzung aufgerufen: »Alter juristischer Grundsatz: Wem ist es von Nutzen?«

»Mir«, antwortete Breitenhiller. »Aber es war doch ein Unfall? Oder?«

Morgenstern ließ sich Zeit, während ihn die Breitenhillers gebannt anblickten. Leise sagte er schließlich: »Es sollte aussehen wie ein Unfall. Aber unsere Spurensicherung hat nachgewiesen, dass zwischen zwei Bäumen ein Draht gespannt war.«

Hecht hatte mittlerweile seinen kleinen Block und den Füllfederhalter aus der Tasche gezogen. »Wundern Sie sich jetzt noch, dass wir nach Ihnen gesucht haben? Wo waren Sie heute früh?«

Die Frage richtete sich primär an Albert Breitenhiller, aber der Monsignore war von seiner Wichtigkeit dermaßen überzeugt, dass er sich zuerst äußerte: Er habe die letzte Nacht außer Haus verbracht und am Abend noch ein wichtiges Gespräch über vatikanische Gegebenheiten in München führen dürfen. »Mit dem Kardinal«, erklärte er mit gesenkter Stimme. »Ich habe danach wegen der späten Stunde in der Landeshauptstadt übernachtet, in einem der Gästezimmer der Erzdiözese München und Freising. Im Palais Holnstein.«

»Und dann?«, fragte Morgenstern.

»Um sechs Uhr morgens hatte ich die Ehre, in der Privatkapelle des Kardinals mit ebendiesem die heilige Messe zu feiern. Danach habe ich noch ein schlichtes Frühstück eingenommen, und gegen halb neun bin ich dann nach Hirnstetten heimgekehrt.«

Die Bäuerin berichtete, sie habe ab fünf Uhr dreißig unablässig die Kühe gemolken, das dulde keinen Aufschub. Und Albert Breitenhiller? Er war, wie er zögernd einräumte, beim Futterholen gleich nach dem Aufstehen mit seinem Traktor unerfreulich nahe an den Ort des Geschehens gekommen.

»Da ist eine unserer Wiesen, an der Teufelsmauer«, sagte er langsam.

»Wer hat Sie gesehen?«, fragte Morgenstern.

»Was weiß ich? Ich bin jedenfalls praktisch nicht vom Bulldog abgestiegen.«

»Wussten Sie, dass Herr Pietzka regelmäßig mit seinem Mountainbike da vorbeikam?«

Breitenhiller wog seine Worte sorgfältig ab, knetete die massigen, an schwere Arbeit gewohnten Hände. »Ich habe ihn ab und zu gesehen. Der fährt anscheinend immer dieselbe Strecke.«

Der Monsignore mischte sich ein. »Wollen Sie damit andeuten, dass mein Bruder mit dieser unglückseligen Sache zu tun hat? Das ist doch lächerlich. Jeder weiß, dass dieser Herr Pietzka sein Intimfeind ist. Das wäre geradezu hirnrissig, wenn Albert versucht hätte, ihn auf … eine so schreckliche Weise loszuwerden.«

»Was hirnrissig ist und was nicht, überlassen Sie bitte den Fachleuten«, erwiderte Morgenstern.

Der Wirt kam mit einem Tablett. »Cinque Capucce, per favore«, sagte er lächelnd und verteilte die Tassen. »E un aqua per il Dottore.«

Johann Breitenhiller hatte sich ganz professionell eine kleine Flasche San Pellegrino zu seinem Cappuccino bestellt, ein weiteres Indiz für seine Weltläufigkeit.

»Was wird jetzt aus Ihrem Römerpark?«, fragte Morgenstern.

Albert Breitenhiller atmete erleichtert auf. »Der wird gebaut, so schnell es geht. Wir haben politischen Rückhalt, der Landrat hat mir versprochen, dass das Projekt im beschleunigten Verfahren geprüft wird. Für den Landrat ist das Wirtschaftsförderung vom Feinsten. Neue Arbeitsplätze, ein neuer Tourismusmagnet, der Landkreis steigert seinen Freizeitwert – wer soll jetzt noch dagegen sein?« Er zwickte seine Frau in die Schulter. »Und du musst nie mehr Kühe melken.«

Rosemarie Breitenhiller begann unvermittelt zu weinen.

Wenigstens einer hier, der wie ein fühlendes menschliches Wesen reagiert, dachte Morgenstern. Höchste Zeit, sich näher mit ihr zu befassen.

»Was haben Sie, Frau Breitenhiller, eigentlich vom Exfreund Ihrer Tochter gehalten?«

»Vom Gundekar?«

»Genau, diesem Legionär.«

Die Bäuerin wischte sich die Tränen aus den Augen. Sie schien sich dafür zu schämen. »Ich hab ihn nett gefunden, den Gundekar. Er war ein paarmal bei uns. Ich habe gehofft, dass es dieses Mal etwas Ernstes werden könnte, etwas von Dauer. Er hat sich wirklich sehr um unsere Barbara bemüht. Er war auch deutlich älter als sie und so vernünftig und so vielseitig interessiert. Was der mir alles über die Römer erzählt hat … und über den Limes. Wir hier sagen ja immer noch Teufelsmauer dazu.« Sie versuchte vergeblich zu lächeln. »Als ob er nichts Wichtigeres zu tun hätte, der Teufel, als eine Mauer zu bauen.«

Morgenstern imitierte die schnarrende Stimme von Walter Ulbricht mit dem Satz, der Eingang in die deutschen Geschichtsbücher gefunden hatte als größte Lüge aller Zeiten: »Niemand hat die Absicht, eine Mauer zu bauen.«

Rosemarie Breitenhiller erzählte unbeirrt weiter: »Den Gundekar hätte ich gerne als Schwiegersohn gesehen. Aber dann kam es, wie es immer gekommen ist: Die Barbara hat ihm den Laufpass gegeben.«

»Das haben wir gehört, ja.« Morgenstern nippte an seinem Kaffee. »Mit festen Bindungen hat sie Probleme gehabt.«

»Man kann in die Frauen nicht hineinsehen«, fügte Hecht hinzu, und Morgenstern kannte ihn gut genug, um zu wissen, dass er an seine eigene Exfrau dachte, die sich von einem Tag auf den anderen von ihm getrennt hatte. Sie habe es mit diesem Langweiler einfach keinen Tag länger aushalten können, hatte sie später dem Scheidungsrichter erklärt.

»Rosemarie, wir haben das doch schon alles besprochen«, mischte sich der Monsignore ein. »Gundekar hat ihr später noch nachgestellt, das hat mir Barbara selbst erzählt. Wie kannst du da so gut über ihn reden? Wir wissen fast gar nichts über ihn. Auch in Männer kann man nicht hineinsehen.«

Rosemarie Breitenhiller seufzte. Leise sagte sie: »Ich halte das nicht mehr aus. Ich kann doch nicht jeden um mich rum, jeden, den ich auf der Straße treffe, als Barbaras möglichen Mörder ansehen. Das macht mich kaputt.«

»Nehmen Sie sich endlich diesen Gundekar vor«, beharrte der Monsignore mit Blick auf Hecht und Morgenstern. »Ich habe den Eindruck, dass Sie die Leute hier alle mit Samthandschuhen anfassen. Da muss man sich nicht wundern, wenn es keine Ergebnisse gibt.«

Morgensterns Mund wurde schmal, seine Augen ebenso. »Wie wir hier ermitteln, das lassen Sie bitte schön unsere Sache sein.« Und dann entfuhr ihm die Retourkutsche. »Bei Ihnen im Vatikan haben Ermittler früher ja andere Möglichkeiten gehabt als wir heute. Aber das waren Zeiten, die sich niemand zurückwünscht. Die Inquisition ist abgeschafft, Gott sei Dank.«

Der Monsignore kniff ebenfalls die Augen zusammen. »Und seitdem darf jeder dahergelaufene Atheist die heilige Mutter Kirche in den Dreck ziehen und mit Kot bewerfen«, legte er nach. »Wenn sich aber einer wie ich solche Machenschaften nicht gefallen lässt und sich wehrt, dann ist auf einmal – ganz, ganz schnell – die Polizei da.«

»Das eine hat doch mit dem anderen überhaupt nichts zu tun«, versuchte Hecht die Wogen zu glätten. »Und vor allem hilft es uns nicht weiter. Selbstverständlich gehen wir allen Spuren sorgfältig nach. Aber wir tun das ausschließlich mit den Mitteln, die uns der Rechtsstaat zur Verfügung stellt. Etwas anderes werden Sie von uns nicht erleben.«

Albert Breitenhiller schüttelte den Kopf. »Da habe ich aber auch schon andere Sachen gehört. Setzen Sie dem Burschen die Pistole auf die Brust.« Er machte eine kleine Pause, damit der folgende Satz seine Wirkung richtig entfalten konnte: »Hier geht es um Mord. Da dürfen Sie alles.«

Morgensterns Gesicht lief rot an. Er wusste genau, worauf der Bauer anspielte: auf eine verkorkste Ermittlung in einem früheren Mordfall. Damals hatten Kollegen der Ingolstädter Kripo einen Verdächtigen angeblich mit genau diesen Worten in die Mangel genommen – und sich dafür später vor Gericht eine gepfefferte und leider äußerst öffentlichkeitswirksame Watschen eingefangen. Seitdem geisterte das böse Wort vom »Ingolstädter Landrecht« durch die Region.

Der Bauer hatte einen schmerzhaften Treffer gelandet. Hecht und Morgenstern sahen sich kurz an, dann sagte Morgenstern: »Wir können auch anders, Herr Breitenhiller, und ich meine Herrn Albert Breitenhiller. Wir würden uns gerne noch ausführlicher mit Ihnen unterhalten. Allerdings nicht hier. Wir fahren zur Polizeiinspektion Eichstätt und werden dort über den heutigen Morgen sprechen und ihn so detailliert rekonstruieren, wie das nur möglich ist. Und Sie, Frau Breitenhiller, kommen mit. Herr Johannes Breitenhiller, Sie dürfen nach Hause, nach Hirnstetten fahren. Sie werden es uns aber hoffentlich nicht krummnehmen, wenn wir uns in München nach Ihrem heutigen Frühstück erkundigen.«

Der Monsignore blickte Morgenstern freundlich an. »Ganz und gar nicht. Das gehört zu Ihren Aufgaben. Genau so stelle ich mir das vor.« Dann wandte er sich formvollendet an den Wirt. »Il conto, per favore.«

Die Ortsverlagerung war von Hecht und Morgenstern im Wesentlichen als erzieherische Maßnahme gedacht. Und tatsächlich zeigte sich das Ehepaar Breitenhiller beeindruckt von der unbekannten Situation im Vernehmungszimmer der Polizeiinspektion an der Kipfenberger Straße, das Inspektionsleiter Manfred Huber sofort zur Verfügung gestellt hatte. Huber war heilfroh, dass beide

Mordfälle ganz knapp außerhalb seines Zuständigkeitsbereichs lagen und somit, jenseits aller Tragik, den Kollegen von der Beilngrieser Inspektion die penibel geführte Kriminalstatistik verhagelten. Das Einzige, was Huber etwas beunruhigte, war der Einbruch im Pfünzer Römerkastell, das eindeutig auf dem Territorium der Eichstätter Ordnungshüter lag. Es sah ganz so aus, als ob sich der Täter nicht um die verwaltungstechnischen Grenzen der lokalen Polizeiinspektionen scherte.

Albert Breitenhiller saß in der Klemme. Verzweifelt zermarterte er sich das Hirn nach den abwegigsten Details dieses Morgens. Wie er Hecht und Morgenstern schilderte, war er ziemlich genau fünfunddreißig Minuten außerhalb seines Hofes gewesen, um frisches Gras zu holen. Das ging mit moderner Technik alles sehr schnell. Vorne am Traktor war jetzt in den Sommermonaten ständig ein Kreiselmähwerk montiert, womit das Gras in einem Arbeitsgang gemäht und auf den Ladewagen befördert wurde. Der Bauer musste in der Regel nicht einmal von seinem Fahrzeug absteigen. Albert Breitenhiller war allerdings gemäß seiner Schilderung doch vom Traktor heruntergeklettert, wie er mit einem gequälten, um Verzeihung bittenden Lächeln erläuterte, um einem dringenden Bedürfnis nachzukommen. Er habe sich schon in seiner Kindheit angewöhnt, bei sich bietender Gelegenheit auf den Limes zu pinkeln. »Die Macht der Gewohnheit.«

»Das interessiert doch die Herren Kommissare nicht«, zischte peinlich berührt Rosemarie Breitenhiller.

»Wenn's aber wahr ist«, sagte ihr Mann.

»Ein bisschen mehr Respekt vor einem Weltkulturerbe hätte ich schon erwartet«, meinte Morgenstern.

»Weltkulturerbe«, wiederholte Breitenhiller, und es klang erstaunlich abschätzig für einen Mann, der beschlossen hatte, aus dem Limes so viel Kapital wie nur möglich zu schlagen. »Wir leben hier immer schon am Limes. Und ich habe immer schon auf die Teufelsmauer gepieselt. Das ist meine Art, mich über den Teufel lustig zu machen. Das hat mein Vater auch schon so gehalten. Und wahrscheinlich alle unsere Vorfahren, wenn sie an dieser Wiese Heu gemacht haben.«

»Geisteraustreibung mit Urin. Das habe ich auch noch nie gehört«, sagte Morgenstern. »So etwas kann nur Männern einfallen.« Er dachte kurz an Fiona, die es gar nicht leiden konnte, wenn Männer an jeder sich bietenden Stelle unbekümmert ihr Geschäft verrichteten. »Und als sie fertig waren mit dem Pinkeln?«, fragte er dann.

»Da bin ich wieder auf den Bulldog gekraxelt und heimgefahren.«

»Und Sie sind nicht zufällig noch die Forststraße runtergelaufen Richtung Schafhausen?«

»Wenn ich's Ihnen doch sage! Nein.«

»Und Sie haben Heinrich Pietzka heute früh nicht gesehen?«

»Nein. Aber ich habe auch nicht nach ihm geschaut. Vielleicht ist er an meiner Wiese vorbeigeradelt, als ich gerade gemäht habe.«

Morgensterns Handy dudelte eine blecherne Version von Wagners »Walkürenritt« durchs Vernehmungszimmer. Mühsam fummelte er das Gerät aus der Jackentasche. Das Display zeigte eine unbekannte Handynummer. Wer auch immer es war, er platzte mitten in eine Vernehmung. Sei's drum.

»Ja bitte?«

»Hier ist Russer, Gundekar Russer, der Legionär, Sie wissen schon.«

»Das ist ja eine Überraschung, eben erst haben wir von Ihnen gesprochen, Herr Russer. Wo stecken Sie denn?« Morgenstern warf Hecht einen Blick zu und ging aus dem Vernehmungsraum auf den Gang.

»Ich bin in Weißenburg, in der Altstadt beim Römermuseum. Wir machen da mit dem Museum zusammen eine kleine Werbeaktion, und das Bayerische Fernsehen ist auch gekommen. Studio Franken aus Nürnberg.«

»Na also«, sagte Morgenstern. »Dann wird es doch noch was mit der Berühmtheit. Und was verschafft jetzt mir die Ehre?«

»Wir haben gerade vorhin erfahren, dass es am Limes noch einen Todesfall gegeben hat. Von den Fernsehleuten. Deswegen rufe ich an.«

»Ja, das ist korrekt. Und was haben Sie auf dem Herzen?« Auf der anderen Seite hörte Morgenstern ein deutliches Schlucken, als müsste Gundekar Russer, der furchtlose Legionär, seine ganze Entschlusskraft aufwenden.

»Ich muss mit Ihnen sprechen. Mit Ihnen und Ihrem Kollegen. Es gibt da eine Sache, über die ich seit unserem letzten Treffen nachgedacht habe.«

Ein Geständnis, triumphierte Morgenstern innerlich. Die »Sache«, die Russer auf der Seele brannte, war eine Mordsache, das fühlte er ganz deutlich. »Was für eine Sache«?«, fragte er.

»Das kann ich Ihnen am Telefon nicht sagen.«

»Dann kommen wir zu Ihnen rüber nach Weißenburg. In dreißig Minuten sind wir da. Und marschieren Sie uns bitte nicht wieder davon.«

»Keine Sorge. Ich denke, der Marsch ist für mich zu Ende. Höchste Zeit, stehen zu bleiben.«

»Das finden wir auch«, sagte Morgenstern.

Die Breitenhillers wussten nicht, wie ihnen geschah, als Morgenstern und Hecht sie aus dem Vernehmungszimmer komplimentierten. Inspektionsleiter Huber ließ die beiden kulant in einem seiner Streifenwagen nach Hause fahren, auch wenn das im Dorf sicher für gewaltiges Aufsehen sorgen würde. Dann preschten die beiden Kommissare los. Auf der Bundesstraße 13 war Weißenburg gerade mal fünfundzwanzig Kilometer entfernt.

Die ehemalige freie Reichsstadt war zu Römerzeiten Standort eines Kastells gewesen und sonnte sich heute mehr als jede andere bayerische Stadt in ihrer römischen Vergangenheit. Ein gewaltiges Tor des Kastells jenseits der Altstadt war rekonstruiert worden. Gleich daneben war eine riesige römische Bade- und Sportanlage ausgegraben worden. Diese Thermen bewiesen, wie fortschrittlich die Römer einst in Sachen Hygiene und Freizeit gewesen waren. Höhepunkt der Weißenburger Römerpracht war aber ein Museum mitten in der Altstadt, das einen unsagbar wertvollen Schatz zur Schau stellte: mehrere Dutzend römische Götterfiguren aus Bronze, die ein Privatmann in den siebziger

Jahren in einem Spargelbeet ausgegraben hatte. Und vor ebendiesem Museum lagerten derzeit Karl-Heinz Rehlings Legionäre.

Mit durchgedrücktem Bleifuß jagte Morgenstern über Serpentinen aus dem Altmühltal hinauf auf die Hochfläche, hinein in die riesigen Wälder, die schon seit ewigen Zeiten das bayerische Herzland gegen Franken abschirmten. Schwer zu sagen, wer sich da einst vor wem schützen wollte. Zu Römerzeiten allerdings war hier alles noch Bauernland gewesen. Im Boden steckten die Grundmauern Hunderter römischer Höfe, »Villa Rustica« genannt, deren Aufgabe es gewesen war, die Legionen am Limes mit Lebensmitteln zu versorgen oder Pferde für die Reitertruppen zu züchten.

»Eine Sache, über die ich lange nachgedacht habe«, wiederholte Morgenstern Russers Worte. »Der Monsignore hat recht behalten. Dieser Russer ist ein Stalker, dem die Sache aus dem Ruder gelaufen ist. Kaum zu glauben, was mit Männern passiert, wenn sie unglücklich verliebt sind.«

Hecht warf Morgenstern einen vieldeutigen Blick zu. »Wirklich kaum zu glauben. Da kann einer von Glück reden, wenn er mit einem blauen Auge davonkommt.«

Kurz vor Weißenburg führte die Bundesstraße von der waldigen Jurahöhe in eine sanft gewellte Ebene hinab, in der die Stoppelfelder abgeernteter Getreideäcker golden glänzten.

Mit überhöhtem Tempo fuhr Morgenstern in die Stadt ein, das Museum war als touristisches Highlight vom Ortsschild aus angeschrieben. Es lag direkt neben der Stadtkirche, einem hellbraunen Sandsteinbau; eine Buchhandlung mit integriertem Museumscafé befand sich unmittelbar gegenüber. Als Hecht und Morgenstern ihren Wagen abgestellt hatten und sich zu Fuß näherten, sahen sie Russer schon, der sich in voller Rüstung im Schatten der Kirche auf den Boden gesetzt hatte, den schweren Helm mit dem Wolfsfell neben sich.

Sie setzten sich, ohne lange zu überlegen, rechts und links von ihm aufs Pflaster.

»Da wären wir«, sagte Morgenstern und schaute auf die Uhr. »Wie versprochen, fünfundzwanzig Minuten.«

»Schneller als mit Kettenhemd und Esel«, erwiderte Russer. »Gut, dass Sie da sind.«

»Dann legen Sie mal los.« Morgenstern sah ihn auffordernd an. »Was haben Sie uns bisher noch nicht gesagt?«

Russer nahm seinen Helm in beide Hände, als wollte er sich daran festhalten. »Ich glaube, ich habe einen Fehler gemacht. Die Sache ist ein bisschen kompliziert.«

»Das haben wir uns schon gedacht«, sagte Morgenstern, während Hecht nach Block und Stift kramte und dabei missvergnügt feststellte, dass er sich auf dem Weißenburger Pflaster bereits seine gute braune Cordhose eingestaubt hatte.

»Wie ich Ihnen schon erzählt habe, war ich bis zum Frühjahr mit Barbara zusammen. Ich war unheimlich stolz auf sie. Sie ist … sie war eine attraktive Frau.«

»Sonst wäre sie auch kaum Limeskönigin geworden«, meinte Morgenstern.

Russer ging nicht auf die Bemerkung ein. »Barbara hat oft bei mir übernachtet, vor allem an den Wochenenden. Wir gingen zusammen aus, oft ins ›Dasda‹, und danach ist sie bei mir geblieben.« Er blickte ins Leere. »Ganz dicht hat sie bei mir geschlafen. Ins Nest gekauert wie ein kleiner, verletzlicher Vogel. Ich glaube, sie hat bei Männern immer einen Beschützerinstinkt ausgelöst. Aber ich bin mir sicher, dass es bei mir etwas Besonderes war.«

»Aber dann hat sie Sie verlassen, und das haben Sie ihr übelgenommen«, resümierte Morgenstern.

»Eben nicht!«, sagte Russer heftig. »Lassen Sie mich einfach mal erzählen.«

»Schon gut.«

»Also. Barbie hat oft bei mir übernachtet. Ich habe einen tiefen Schlaf, wie ein Bär. Das einzige Problem bei mir ist, dass ich schnarche. Ziemlich laut sogar.«

»Und das hat Frau Breitenhiller gestört?«, fragte Morgenstern.

»Nein. Oder doch. Aber darum geht es gar nicht. Ich will Ihnen nur sagen, dass ich einen ruhigen Schlaf habe, wenn man so will, einen gesegneten Schlaf. Das hat nicht jeder.«

Morgenstern nickte und dachte daran, wie er selbst mit zunehmenden Jahren immer häufiger zu nachtschlafender Stunde durch die Wohnung taperte, auf dem Weg zur Toilette oder in die Küche für einen Schluck kalter Milch aus dem Kühlschrank. Und dann hatte er immer wieder, viel zu oft, Träume, die ihn unschön aus dem Schlummer rissen – wie neulich die grässliche Vision vom Sturmangriff auf den Limesturm. Fionas indianischer »Traumfänger« hatte wieder mal versagt.

Und mit einem Mal fiel Morgenstern ein, dass nicht nur er, der Skeptiker, einen geflochtenen Weidenring über seinem Bett baumeln hatte. Auch Barbara Breitenhiller, die Limeskönigin, hatte einen. Mit einem Netz aus dünnen, roten Schnüren und einigen besonders hübschen Federn. Jetzt erinnerte er sich genau. Schwarze Federn von Dohlen oder Krähen und kleine, weiße Daunen von Gänsen oder Enten.

»Hatte Frau Breitenhiller einen schlechten Schlaf, Herr Russer?«

»Sie machen sich keine Vorstellung. Ich weiß nicht, wie oft ich aufgewacht bin, weil sie auf einmal gewimmert hat. Manchmal hat sie auch richtig aufgeschrien. Mitten in der Nacht. Mit geschlossenen Augen, im Schlaf.«

»Ein Stamperl Schnaps wirkt manchmal Wunder«, sagte Morgenstern in die aufkeimende Stille hinein. »Und in manchen Fällen ein indianischer Traumfänger.«

Gundekar Russer sah Morgenstern überrascht an. »Der Traumfänger? Mit den Dohlenfedern? Er ist Ihnen aufgefallen?«

»Natürlich«, sagte Morgenstern mit einer Spur von Ermittlereitelkeit in der Stimme. »Wir achten auf alle Details.« Hecht sah ihn überrascht an.

Russer nickte. »Ich habe ihn gemacht und ihn ihr zum Geburtstag geschenkt. Ich habe mich mit diesen Dingen beschäftigt, bin viel in der freien Natur. Die Dohlenfedern habe ich vom Fuß der Willibaldsburg. In der Burgmauer nistet eine ganze Dohlenkolonie.«

»Frau Breitenhiller hatte aber weiterhin Alpträume«, fasste Morgenstern zusammen.

»Ja, Barbie hatte furchtbare Alpträume. Ich habe sie dann jedes Mal an den Schultern gepackt und geschüttelt, damit sie wach wird, und dann habe ich versucht, sie zu beruhigen. Ich habe sie ganz fest an mich gedrückt, bis sie wieder eingeschlafen ist. Am Morgen hat sie sich dann an nichts mehr erinnert. Weder an den bösen Traum noch daran, dass ich sie geweckt habe.«

»Sie hat sich nie daran erinnert, was sie geträumt hat?«, fragte Morgenstern ungläubig. »Ich weiß meine Träume am Morgen fast immer. Ich glaube, ich wäre ein perfekter Kandidat für Siegmund Freud gewesen.«

»Wussten Sie, dass die alten Völker Meister waren in der Kunst der Traumdeutung?«, fragte Russer. »Das Alte Testament zum Beispiel ist voll von Geschichten, in denen Träume gedeutet werden. Denken Sie nur an den Pharao von Ägypten, dem Joseph den Traum mit den sieben fetten und den sieben mageren Kühen erklärt. Und die Römer glaubten auch an die Macht der Träume. Julius Cäsar hat in der Nacht vor den Iden des März seinen Tod geträumt.«

»Aha«, sagte Morgenstern. »Und was hatte es mit Frau Breitenhillers Träumen auf sich?«

Russer zupfte am Wolfsfell. »Ich habe Ihnen ja gesagt, dass sie in der Nacht manchmal geschrien hat oder gesprochen. Sätze aus dem Zusammenhang gerissen. Satzfetzen.« Er sprach nun ganz leise, so leise, dass die beiden Kommissare noch näher an ihn heranrückten, um ihn verstehen zu können.

»Was hat sie gesagt?«, fragte Morgenstern, nun ebenfalls mit gesenkter Stimme.

»Es ist mehrmals passiert, drum kann ich mich so gut daran erinnern. An jedes Wort. Sie sagte: ›Nein, das darfst du nicht. Onkel, lass mich!‹«

Mit einem Mal war es so still, dass das Kritzeln von Hechts Füllfederhalter auf dem Papier zu hören war.

Russer lehnte sich zurück an die warme Mauer der Stadtkirche. Er drehte den Kopf in die Sonne, bis ihm die Augen feucht wurden und er blinzeln musste.

»Ich habe eine Weile gebraucht, bis ich kapiert habe, was mit ihr ist. Was Barbies Problem ist. Bei Ihnen hat es jetzt wahrscheinlich schneller gefunkt.«

»Ich denke schon«, sagte Morgenstern. »Sie glauben, dass Barbara Breitenhiller als Kind von ihrem Onkel misshandelt worden ist.«

»Misshandelt? Missbraucht!«, sagte Russer. »Und zwar nicht von irgendeinem Onkel, sondern von ihrem Patenonkel, der in seinem Urlaub im selben Haus wohnte. Von Monsignore Dr. Johannes Breitenhiller.«

»Und Ihre einzigen Indizien sind diese Träume, an die sich Frau Breitenhiller selbst morgens nicht mehr erinnern konnte oder wollte?«, sagte Hecht.

»Ich bin noch nicht fertig. Ich habe Barbie eines Tages mit dieser Sache konfrontiert. Ich habe sie geradeheraus gefragt, was da war zwischen ihr und ihrem Onkel.«

»Und?«, fragte Morgenstern ungeduldig.

»Sie hat mir keine Antwort gegeben, zumindest keine vernünftige. Das Einzige, was sie mir erzählt hat, war, dass sie als kleines Mädchen mit ihrem Onkel immer am Limes spazieren gegangen ist, an einer Wiese mit Apfelbäumen. Nur sie beide.«

»Wie alt war sie damals? Hat sie Ihnen das gesagt?«

»Ungefähr acht.«

Morgenstern überkam trotz der Sonne und der wärmenden, schützenden Sandsteinmauer ein Frösteln. Er dachte an seinen Sohn Marius, der mit dem jüngeren Bruder Bastian gerade im Zeltlager war. In guten Händen, wie er inbrünstig hoffte. So alt wie Bastian war die kleine Barbara gewesen, als sie mit ihrem Onkel, dem untadeligen Stolz der Familie Breitenhiller, zu einsamen Spaziergängen aufbrach, Hand in Händchen. An einer Hecke entlang, die neugierige Blicke abschirmte. An einer Hecke, die behaftet war mit der Aura des Mysteriösen, Geheimnisvollen und an der man, wenn man es sich nur lange genug einbildete, das Klirren der Waffen hören konnte, das Schnauben der Rösser und das Bellen der Hunde. Gott schütze meine Kinder, dachte Morgenstern. Und hatte im selben Moment Zweifel, ob der Gott, an den der Monsignore glaubte, der richtige Ansprechpartner für diese Bitte war.

»War das alles?«, fragte Hecht.

»Nein. Ich habe Ihnen am Telefon gesagt, dass ich möglicherweise einen Fehler gemacht habe, eine Dummheit, wenn Sie so wollen.«

»Was für eine Dummheit?«

»Kurz nachdem ich Barbie nach ihren Alpträumen gefragt hatte, hat sie mit mir Schluss gemacht. Von einem Tag auf den anderen. Ich wusste, dass sie bei Männern sprunghaft ist. Aber in diesem Fall, da bin ich mir sicher, war es etwas anderes. Sie hat es nicht ertragen, dass ich sie mit dieser Sache konfrontiert habe. Was immer ihr angetan worden ist, sie hat es tief in ihrem Inneren verkapselt, vergraben. Und dann komme ich.« Russer lächelte. »Ich, der Sondengänger. Wissen Sie, wie mein Spitzname im Internet heißt? Schattengräber.«

»Der Schattengräber«, wiederholte Morgenstern.

»Der Schattengräber. Genau. Und ich grabe das aus, was seit Jahren im Boden gelegen hat. Vielleicht habe ich es auch gar nicht ausgegraben, sondern nur ein bisschen an der Oberfläche gekratzt. Wie jemand, der mit dem Spaten an den Deckel einer eisernen Truhe stößt.«

Morgenstern setzte den Gedanken fort. »Und bevor Sie die Truhe heben konnten, sind Sie vom Grundstück gejagt worden.«

»Genau so war es. Wir haben nie wieder über diese Sache gesprochen. Nie wieder. Und ich weiß bis heute nicht, ob sie selbst sich darüber klar wurde, was damals, als sie ein Kind war, mit ihr geschehen ist.«

Am Eingang des Museums wurde es laut. Das Fernsehteam kam heraus, begleitet von drei Legionären in schimmernder Rüstung, vorneweg Zenturio Karl-Heinz Rehling.

»Gundekar, wir brauchen dich für ein kurzes Statement«, rief er, sichtlich irritiert über das auf dem Boden sitzende Trio.

Mühsam rappelte sich Russer auf. »Worum soll es denn gehen?«

»Um das Weltkulturerbe. Sag ein paar schöne Sätze über den Limes.«

Russer nickte Hecht und Morgenstern zu, dann setzte er sich

diszipliniert, als ginge es in den Kampf, seinen Helm auf, zupfte das Kettenhemd zurecht und postierte sich auf Wunsch des Regisseurs neben dem Zenturio vor dem Eingang.

»Kamera läuft«, sagte der Regisseur. »Herr Russer, erklären Sie uns kurz den Grund für Ihre Begeisterung für den Limes und die römische Vergangenheit.«

Russer blickte ernst in die Kamera, dann erklärte er selbstsicher, ohne ein einziges Mal ins Stocken zu geraten oder sich zu verhaspeln: »Ich war schon als Kind ein Römerfan, und heute bin ich es mehr denn je. Ich finde es phantastisch, dass genau hier bei uns die Grenze des Römischen Reiches verlaufen ist. Ich möchte den Menschen vermitteln, welche große Vergangenheit sich unter unseren Füßen befindet, dass wir unsere Gegenwart nicht erklären können, wenn wir nicht wissen, woher wir kommen. Wer keine Vergangenheit hat, der hat auch keine Zukunft.«

»Danke schön. Das war's auch schon.« Der Regisseur war zufrieden, und Russer nahm seinen Helm ab, klemmte ihn sich unter den Arm und stellte sich zu Hecht und Morgenstern, die sich direkt hinter dem Kameramann postiert hatten.

»Das haben Sie schön gesagt, das mit der Gegenwart, die sich nur durch die Vergangenheit erklären lässt«, sagte Morgenstern. »Das führt uns direkt wieder zur Limeskönigin zurück. Was haben Sie nach der Trennung von Frau Breitenhiller gemacht? Haben Sie ihr nachgestellt?«

Russer dachte eine Weile nach. »Ich war erst wie vor den Kopf geschlagen, aber dann hat mich irgendwie der Teufel geritten«, sagte er schließlich.

»Wie dürfen wir uns diesen Teufel vorstellen?«, fragte Hecht.

»Ich habe mir im Internet alle Informationen über Monsignore Breitenhiller zusammengesucht. Da war natürlich nichts Verfängliches. Das hatte ich auch nicht erwartet. Eine makellose Kirchenkarriere, ohne Lücken. Priesterseminar, kurz Kaplan irgendwo in der Oberpfalz, dann zum weiterführenden Studium nach Rom, Kirchenrecht und Wirtschaft, von dort immer weiter die Leiter hoch im vatikanischen Dienst. Und daneben immer wieder die Besuche in der alten Heimat. Silbernes Priesterjubiläum und solche Dinge. Ich habe sogar ein altes Bild im Internet gefunden von der silbernen Primiz in Hirnstetten. Da hatten sie an der Hofeinfahrt vom Moierhof ein hölzernes Tor gebaut, mit Buchszweigen und einem großen Schild mit Bibelzitat.«

»Und dann?«, fragte Morgenstern. »Was haben Sie dann angestellt?«

Russer schaute ihn ernst an. »Ich habe ihm einen Brief geschrieben. Nach Rom. Anonym.«

»Nicht sehr fein.«

»Was hätte ich denn Ihrer Ansicht nach tun sollen? Mit vollem Namen unterschreiben, damit ich ein paar Tage später mit Verleumdungsklagen überhäuft werde? Nein. Ich kann ja nichts beweisen. Es gibt wahrscheinlich keine Zeugen, und Barbie wollte oder konnte sich nicht erinnern. Das war wie ein weißer Fleck in ihrem Gedächtnis, stelle ich mir vor. Einfach ausgelöscht.«

»Ich bin kein Psychologe. Ist das überhaupt möglich, so eine Löschung?«, fragte Morgenstern. »Das menschliche Gehirn ist doch kein Computer mit Löschtaste.«

»Ich habe mich ein bisschen damit befasst. Das gibt es immer wieder, dass Menschen schlimme Erinnerungen einfach ausblenden.«

Morgenstern zupfte sich nachdenklich am Ohr. »Was haben Sie in diesem Brief geschrieben, Herr Russer?«

»Ich habe den Monsignore damit konfrontiert, was er seiner Nichte, seinem Patenkind angetan hat, und habe ihn gefragt, wie er das mit seinem Gewissen und mit Gott vereinbaren kann. Ich habe ihn aufgefordert, sich an Barbara zu wenden und zu versuchen, die Sache irgendwie ins Reine zu bringen. Damit sie ihr Leben leben kann. Damit ihr Leben gelingt.«

Morgenstern hörte aus den letzten Worten das abgebrochene Theologiestudium heraus, den verhinderten Prediger, den Religionspädagogen. Und nicht zuletzt: den hoffnungslosen Naivling. Damit ihr Leben gelingt. Hatte Gundekar Russer tatsächlich erwartet, Johann Breitenhiller würde sich seiner Vergangenheit stellen?

»Saublöd war das«, kommentierte Morgenstern unbarmherzig.

»Warum?«

»Wenn an dieser Sache wirklich etwas dran war – was hätte der Monsignore denn Ihrer Ansicht nach tun sollen? Sich in ein einsames Kloster zurückziehen? Ein öffentliches Schuldbekenntnis abgeben? Sich ins Schwert stürzen?«

»Sich bei Barbara entschuldigen«, beharrte Russer. »Reue zeigen.«

»Oh mei«, sagte Hecht und blickte dabei von seinem Block auf.

Morgenstern sah dem Legionär eindringlich in die Augen. »Ein Appell ans Gewissen ist eine Sache. Aber was haben Sie Herrn Breitenhiller angekündigt für den Fall, dass er nichts unternimmt, dass er die Sache einfach aussitzt? Womit haben Sie ihm gedroht?«

»Gedroht? Das klingt mir zu sehr nach Erpressung.«

»Was es ja auch ist«, sagte Morgenstern.

»Ich habe ihm angekündigt, dass ich die Sache an zwei Instanzen weiterleiten würde, natürlich anonym.«

»Lassen Sie mich raten«, sagte Morgenstern. »Nummer eins ist der Eichstätter Bischof und Nummer zwei ist die Staatsanwaltschaft.«

»Beinahe«, sagte Russer. »Nummer eins stimmt. Die Diözese Eichstätt hätte ich auf jeden Fall informiert. Aber den Staatsanwalt? Ich weiß nicht recht. Was hätte die Polizei da groß unternehmen können? Der Monsignore hätte alles abstreiten können, Barbie hätte nicht ausgesagt, und schon wäre die Sache im Sande verlaufen.«

Morgenstern musste sich eingestehen, dass Gundekar Russer recht hatte. Ein Ermittlungsverfahren wäre unter diesen Umständen von Anfang an zum Scheitern verurteilt gewesen.

»Wen hätten Sie als Zweiten informiert, wenn nicht die Polizei? Die Eltern?«

»Nein. Auf die Eltern hätte ich keinen Pfifferling gesetzt. Die hätten in der Vergangenheit alle Möglichkeiten gehabt, eins und eins zusammenzuzählen. Der gute Onkel, der mit dem Mädchen alleine in den Wald geht … Da hätten die Alarmglocken schrillen müssen. Wer Ohren hat zu hören, der höre. Ich sage Ihnen, wer die Nummer zwei gewesen wäre. Eine bestimmt äußerst interessierte Instanz, wenn auch keine amtliche.«

Morgenstern ging ein Licht auf. »Ihr Vermieter! Natürlich. Der Schrecken aller Kleriker. Der einsame Kämpfer für den Kirchenaustritt.«

»Sie haben's erraten, Herr Morgenstern. An den hatte ich gedacht. Der hätte mit meinen Informationen mit Sicherheit ein richtiges Feuerwerk abgebrannt.«

»Aber es ist nichts passiert, nachdem Sie Ihre Post in den Vatikan geschickt haben, stimmt's? Sie haben jedenfalls keine Reaktion erkennen können. Kein Rücktritt von irgendwelchen kirchlichen Würden, von dem man in der Zeitung hätte lesen können. Keine diskrete Versetzung aus gesundheitlichen Gründen in den einstweiligen Ruhestand. Keine Abberufung auf eine abgelegene Missionsstation am Ende der Welt.«

Russer nickte. »Burundi wäre denkbar gewesen. In Zentralafrika. Da hat das Bistum Eichstätt eine Partnerdiözese. In Pune in Indien auch.«

»Von Barbara Breitenhiller haben Sie anscheinend auch nichts gehört.«

»Stimmt. Ich habe mich mehrmals bei ihr erkundigt, ob sich ihr Onkel bei ihr gemeldet hätte für ein privates Gespräch. Da war nichts. Nullkommanichts. Funkstille.«

»Und jetzt ist Barbara Breitenhiller tot«, sagte Hecht. »Und Ihnen dämmert mit einem Mal, dass Sie selbst vielleicht diese Katastrophe ausgelöst haben könnten. Sie befürchten, dass der Monsignore seine Konsequenzen ganz anders gezogen hat, als Sie das erwartet haben.«

Gundekar Russer, der trotz der Hitze bleich geworden war, nickte. »Deswegen habe ich Sie angerufen. Ja.«

»Wir müssen das alles überprüfen«, sagte Morgenstern. Er wurde den Verdacht nicht los, dass Russer mit seiner sonderbaren Geschichte nur versuchte, den eigenen Kopf aus der Schlinge zu ziehen. »Als Erstes will ich diesen Brief sehen. Sie werden ja wohl eine Kopie davon haben?«

»Ist bei mir zu Hause im Computer.«

»Dann kommen Sie jetzt mit uns mit, wir werden uns das sofort ansehen. Sagen Sie Ihrer Kohorte auf Wiedersehen, wir brauchen Sie in nächster Zeit in unserer Nähe.«

Zu dritt fuhren sie nach Eichstätt, wobei sich im Wagen zunehmend ein scharfer Geruch breitmachte. Gundekar Russer hatte seit Tagen nicht mehr geduscht und stank erbärmlich. Die hochgepriesene Badekultur des Römischen Reiches war ihm während des Marsches vorenthalten worden. All die Thermen und Kalt-, Warm-, Heiß- und Schwitzbäder, mit denen vor zweitausend Jahren die Legionäre in Friedenszeiten auch noch im abgelegensten Kastell ihre Körper verwöhnen konnten, hatte er nicht betreten.

»Wenn Sie zu Hause sind, brauchen Sie als Erstes eine Dusche«, ordnete Morgenstern an, nachdem auch das Öffnen sämtlicher Wagenfenster keine nachhaltige Besserung gebracht hatte. »Im Kriegsfall wären die Germanen wahrscheinlich allein schon wegen des Gestanks geflüchtet.«

»Möglich. Die Germanen waren in Sachen Körperpflege gar nicht so schlecht, die haben sogar die Seife erfunden«, sagte Russer. »Aber wenn ich zu Hause bin, suche ich Ihnen als Allererstes diesen verdammten Brief raus.«

Schweigend fuhren sie die Bundesstraße entlang, überquerten kurz vor dem Lohrmannshof die Bezirksgrenze zwischen Mittelfranken und Oberbayern. Und Morgenstern wunderte sich wieder einmal, wie markant sich diese Grenze auch im 21. Jahrhundert noch darstellte. Der auf fränkischer Seite holprige, vielfach geflickte Straßenbelag der B 13 wechselte exakt beim Straßenschild, das das Erreichen Oberbayerns samt zugehörigem Wappen kundtat, in ein wohl gepflegtes Asphaltband. Die Straßenmeistereien hüben wie drüben hatten entweder einen höchst unterschiedlichen Etat zur Verfügung – oder auf fränkischer Seite kämpfte man mit schlauen infrastrukturellen Tricks gegen ein Auspendeln der Bevölkerung ins wirtschaftsstarke Altbayern.

In Eichstätt angekommen, musste Russer erst die beleidigt maunzende Katze füttern und streicheln, und dann dauerte es eine ziemliche Weile, bis er seinen Computer hochgefahren – das Foto auf dem Desktop zeigte passenderweise die Kohorte in voller Ausrüstung –, den Brief herausgesucht und schließlich ausgedruckt hatte. Er reichte ihn Morgenstern, dann ging er, immer noch in voller Legionärsuniform, mit misstrauischem Blick durch die ganze Wohnung. Er öffnete Schubladen, strich über Zeitschriften im Regal, musterte den Schreibtisch, an dem er eben noch gesessen war. Selbst im Schlafzimmer öffnete er die Schranktüren, um dann kopfschüttelnd wieder zurückzukehren.

»Was haben Sie denn?«, fragte Morgenstern. »Suchen Sie was?«

»Nein, nein«, murmelte Russer, nur um dann diverse Leitz-Ordner näher zu überprüfen.

»Seltsam«, sagte er schließlich.

»Was ist seltsam?«, fragte Hecht.

»Ich habe das Gefühl, dass meine Wohnung durchsucht worden ist.«

»Wie kommen Sie darauf?«

»Manche Sachen liegen ein bisschen anders da, als ich sie zurückgelassen habe«, meinte Russer. »Ich bin da pingelig.«

»Das wird Ihre Mutter gewesen sein, vielleicht hat sie Staub gewischt«, vermutete Morgenstern.

»Aber die Ordner sind auch vertauscht«, beharrte Russer. »Ich habe da eine ganz klare Reihenfolge.«

»Was sind das denn für Ordner?«, fragte Morgenstern und ging ans Regal. »Persönliche Dokumente«, las er und war beeindruckt von der Akribie, mit der Gundekar Russer seine Unterlagen sortiert und abgeheftet hatte, ein Ordner für jedes Jahr. Er zog den aktuellsten heraus und blätterte kurz hinein. Steuerkram, Quittungen in Klarsichthüllen. Und, säuberlich gelocht und archiviert, die Adresse von Monsignore Dr. Johann Breitenhiller in Rom.

»Fehlt etwas in Ihrer Sammlung?«, fragte Morgenstern.

»Ich glaube nicht«, sagte Russer und fügte dann, als wollte er sich selbst beruhigen, hinzu: »Bestimmt war's meine Mutter.

Dabei weiß sie genau, dass sie die Finger von meinen Sachen lassen soll.«

Dann verschwand er unter der Brause, und die Kommissare hatten ausgiebig Zeit, das Schreiben zu studieren und sich gemeinsam gründlich in der Wohnung umzusehen. Morgenstern kannte sich wegen seines ersten Besuchs ein wenig aus, aber Hecht war ehrlich beeindruckt vom museumsartigen Charakter des Wohnzimmers mit seinen Vitrinen voller antiker Fundstücke, von den gerahmten Ausstellungsplakaten, den Repliken römischer Ausrüstungen und den Regalen voller Fachliteratur. Er spähte kurz in Russers Schlafzimmer. Auch hier hing über dem Bett ein indianischer Traumfänger. Die blauen Federn stammten von Eichelhähern.

Morgenstern las den Brief zum zweiten Mal durch.

»Ich weiß, was du letzten Sommer getan hast …«, murmelte er.

»Wie bitte?«, fragte Hecht, der neugierig Russers Handbibliothek durchstöberte und gerade in einem Buch mit dem Titel »Die Legionen des Augustus« blätterte. »Was soll ich letzten Sommer getan haben?«

»Doch nicht du. Der Brief erinnert mich nur an einen Film, diesen Thriller aus Hollywood. Da hat einer ein Geheimnis, und dann wird ihm Angst eingejagt.«

»Ach so. Habe ich nicht gesehen.«

»Ich auch nicht. Das war was für Teenager. Aus dem Alter sind wir raus.«

Hecht sah seinen Kollegen von oben bis unten an. »Bei dir bin ich mir da manchmal nicht ganz sicher.«

Der Brief, darüber waren sich die beiden schnell einig, hatte für Monsignore Breitenhiller erhebliches Bedrohungspotenzial – vorausgesetzt, er hatte sich tatsächlich vor Jahren an seiner Nichte vergangen. Eine schützende Hand über einen Täter zu halten war in der katholischen Kirche angesichts der schrecklichen Enthüllungen in der jüngsten Vergangenheit eine unwahrscheinliche Option, er mochte in der Hierarchie so hoch stehen, wie er wollte: Ein Monsignore aus dem Vatikan, der inzestuös Hand an sein eigenes Patenkind legte, hätte einen Aufschrei ausgelöst. Es hätte Schlagzeilen in der »Bild« gegeben, vielleicht eine neue Welle von Kirchenaustritten. Zornige Laien, wütende, rechtschaffene Mitbrüder.

Doch jetzt, mit Barbara Breitenhillers Tod, war das alles Makulatur. Niemand würde je erfahren, was wirklich geschehen war damals, vor dreizehn oder vierzehn Jahren an der Teufelsmauer.

»Wir müssen uns sofort den Monsignore vornehmen«, entschied Morgenstern. »Wo war er letzten Sonntagabend? War er tatsächlich in Rom und ist erst nach Bayern gekommen, als er von Barbaras Tod erfahren hat? Wir brauchen seine Fingerabdrücke, die DNA. Und ich will sehen, wie er reagiert, wenn er erfährt, dass wir diesen Brief haben.«

»Hältst du das für eine gute Idee?«, fragte Hecht. »Wie soll er schon reagieren? Er wird das alles als Unfug abtun, als falsche Beschuldigung, und wird uns mit den besten Anwälten dieser Welt drohen, falls wir den Brief in irgendeiner Form öffentlich machen.«

»Wenn wir herausfinden, dass er am Sonntag schon in Kipfenberg war, dann haben wir ihn so oder so am Haken«, sagte Morgenstern.

»Und was ist mit Heinrich Pietzka?«, beharrte Hecht. »Das gehört doch zusammen. Für Pietzka hat er ein wasserdichtes Alibi. Da war er in München, beim Kardinal höchstpersönlich. Als bayerischer Geistlicher kannst du gar keinen besseren Gewährsmann haben als den Erzbischof von München und Freising.«

»Wasserdicht?«, sagte Morgenstern. »Das werden wir gleich haben.«

Ohne lange zu überlegen, ging er an Russers nach wie vor laufenden Computer, suchte im Internet die Nummern des Ordinariats in München heraus und hatte wenig später den persönlichen Sekretär des Erzbischofs von München und Freising am Apparat. Der bestätigte, ohne auch nur einen Moment nachdenken zu müssen, dass Dr. Johann Breitenhiller am Vorabend den Kardinal besucht habe. Und anschließend habe er in einem der Gästezimmer übernachtet.

Morgenstern, jetzt ganz Terrier, ließ sich die Nummer des Bischofspalais geben, rief den Hausmeister an, der wiederum eine gewisse Veronika Hammerl herbeizitierte. Ebendiese Frau Hammerl konnte dem Herrn Oberkommissar ohne jeden Zweifel – und auf Wunsch auch jederzeit per eidesstattlicher Erklärung – versichern, dass der Monsignore am frühen Morgen das von ihr persönlich zubereitete Frühstück verzehrt habe. »Vor meinen Augen. Drei Tassen Kaffee. Dazu Rühreí mit Schinken und eine Sternsemmel.«

»Ist dir das jetzt wasserdicht genug?«, fragte Hecht.

»Das beste Alibi, das mir seit längerer Zeit untergekommen ist«, musste Morgenstern eingestehen. »Da kann man nur staunen«, sagte er dann mit einem seltsamen Unterton. »Da sitzt der Mann in Hirnstetten, und unmittelbar bevor da draußen ein Mord passiert, fährt er hundert Kilometer weit weg und übernachtet dort ohne Not.«

»Was meinst du mit ›ohne Not‹?«, fragte Hecht.

»Das liegt doch auf der Hand. Er hätte abends ohne Weiteres wieder nach Hause fahren können. In der Nacht ist das auf der A 9 doch ein Katzensprung. Da gibt es keinen Stau, fast keine Laster. In einer Stunde wäre er daheim gewesen. Stattdessen hat er sich in diesem Gästezimmer einquartiert«, führte Morgenstern den Gedanken fort.

»Wahrscheinlich ist das eine große Ehre, wenn man eine Einladung vom Kardinal zum Übernachten bekommt«, gab Hecht zu bedenken. »Also ich fände das toll.«

Morgenstern versuchte hingegen, sich ein solches Zimmer vorzustellen. Bescheiden, sauber. Die Bibel auf dem Nachttisch. Keine Minibar, höchstens auf dem Tisch eine Flasche Mineralwasser und ein Apfel. Weiße, frisch gestärkte Leinenbettwäsche. Solche Räume, wenn auch ohne Bibel, kannte er von den Fortbildungsveranstaltungen der Polizei. Da blieb keiner freiwillig über Nacht, wenn er die Möglichkeit hatte, daheim in seinem eigenen Bett zu schlafen. Warum sollte das bei Priestern anders sein?

»Mir kommt das fast so vor, als ob unser Monsignore sich absichtlich abgesetzt hat. Weit weg von Mord und Totschlag – ganz weit weg von Heinrich Pietzka«, sagte er schließlich argwöhnisch.

Aus dem Badezimmer, aus dem eine Weile das Rauschen von Wasser zu hören gewesen war, tönte jetzt das Summen eines elektrischen Rasierapparats. Signifer Russer, der römische Soldat, verwandelte sich wieder in einen gepflegten Eichstätter Finanzbeamten. Kurz darauf kam er, mit nassen Haaren, in Jeans und T-Shirt, barfuß durch die Tür.

»Das blühende Leben«, sagte Morgenstern.

»Zurück im 21. Jahrhundert.«

Morgensterns Handy klingelte. Ein Blick zeigte ihm, dass es das Präsidium war – genauer gesagt Polizeidirektor Adam Schneidt.

»Morgenstern, ich habe interessante Nachrichten für Sie«, sagte Schneidt ohne Begrüßung.

Morgenstern sah den barfüßigen Gundekar Russer an und scheuchte ihn mit einer wedelnden Handbewegung in Richtung Schlafzimmer. Russer verstand den Wink, trollte sich und zog die Tür hinter sich zu. Erst jetzt fiel Morgenstern ein orangefarbenes Poster auf, das an die Schlafzimmertür geklebt war: eine Karikatur der berühmten »Römischen Wölfin«, die gerade selbstlos die beiden Knaben Romulus und Remus säugte. Der Gründungsmythos des Römischen Reiches. In der Karikatur freilich spuckten die beiden Kleinkinder die Wolfsmilch voll Ekel in hohem Bogen aus. Das, so dachte Morgenstern, war wahrscheinlich der richtige Weg, mit historischem Pathos umzugehen. Und er fragte sich mit einem Mal, ob sich Gundekar Russer bei aller historischer Präzision nicht doch auch einen Sinn für Ironie bewahrt hatte. Ein feines Augenzwinkern, das er sich zum Beispiel beim humorfreien Zenturio nicht vorstellen konnte.

»Was sind das für Neuigkeiten, Herr Schneidt?«, fragte er.

Schneidt ließ sich absichtlich ein wenig Zeit, was Morgenstern die Gelegenheit verschaffte, das Handy auf laut zu stellen, damit Hecht mithören konnte.

»Nun. Ich habe meine guten Kontakte spielen lassen«, sagte Schneidt selbstgefällig, »und mit Baron von der Tann gesprochen. Wir haben uns zum Mittagessen getroffen. Im Café Moritz.«

»War's schön?«, fragte Morgenstern höflich.

»Ganz köstlich. Wir hatten beide Fettuccine mit Lachs, dazu ein Glas Pinot Grigio. Wunderbar.«

Morgenstern konnte sich gut vorstellen, wie die Herren in bester Lage am Ingolstädter Rathausplatz zusammengesessen und sich gegenseitig der Zugehörigkeit zum städtischen Establishment versichert hatten, beide mit dem kleinen Abzeichen des Rotary Clubs am Sakkoaufschlag.

Ingolstadt mit seinen gut hundertfünfundzwanzigtausend Einwohnern hatte eine überschaubare Society-Elite, in der jeder jeden kannte. Gut zu beobachten war das in den örtlichen Hochglanzmagazinen, die alle paar Monate kostenlos erschienen und im Stil der »Bunte« dem ach so glamourösen Leben der lokalen Zelebritäten huldigten. Der Baron legte gewiss Wert darauf, in keiner einzigen Ausgabe zu fehlen, fotografiert mit strahlendem Lächeln bei den verschiedensten gesellschaftlichen »Verpflichtungen«, und Polizeidirektor Schneidt als original Ingolstädter kam nicht umhin, ebenfalls von Zeit zu Zeit in diesen Postillen aufzutauchen.

»Ich habe mich sehr angeregt mit dem Baron unterhalten, und er hat mir schließlich eröffnet, wer in diesen Römerpark in Hirnstetten investiert.«

»Er hat es Ihnen tatsächlich erzählt?«, entfuhr es Hecht. »Warum hat er es dann uns nicht gesagt?«

Schneidt schien das Gespräch zu genießen. »Nun, der Baron spricht in so einem Fall, ich zitiere, eben ›nicht mit dem Schmiedl, sondern mit dem Schmied‹.«

»Das ist ja wohl die Höhe«, rief Morgenstern. »Was bildet sich der Typ eigentlich ein?«

»Beruhigen Sie sich, Morgenstern. Freuen Sie sich lieber, dass ich für Sie wichtige Informationen recherchiert habe.«

»Schmiedl …«, murrte Morgenstern nachtragend.

Schneidt ignorierte ihn und fuhr fort. »Bei unserem Essen hat mir der Baron bestätigt, dass sich ein geschlossener Immobilienfonds in den Römerpark eingekauft hat. Das war allerdings erst beim Dessert, einem ganz wunderbaren Tiramisu.«

Morgenstern spürte, wie sein Magen rumorte. Er hatte seit Stunden nichts gegessen; Hecht erging es vermutlich nicht anders.

»Ein Immobilienfonds aus ... Italien«, sagte Schneidt mit Triumph in der Stimme.

»Investoren aus Italien!« Morgenstern sah Hecht vielsagend an.

»Genau. Es ist ein Fonds, der über die Vatikanbank läuft.«

Es herrschte eine Weile Stille auf beiden Seiten der Leitung. Die Kommissare mussten die Information erst einmal setzen lassen.

»Na, meine Herren, hat es Ihnen die Sprache verschlagen?« Adam Schneidt freute sich offenbar über seinen Coup. Morgenstern dagegen ärgerte sich, dass er und Hecht den Baron ihrem eitlen Chef überlassen hatten

»Die Vatikanbank«, wiederholte Schneidt. »Wer hätte das gedacht?«

»Ich hab's gedacht, und ich hab's Ihnen sogar gesagt«, schnappte Morgenstern beleidigt. »Sie haben mich abblitzen lassen.«

»Papperlapapp«, wimmelte Schneidt ihn ab. »Das war bei Ihnen nur so eine alberne Intuition. Aber jetzt wissen wir es konkret, sozusagen schwarz auf weiß.«

»Herzlichen Dank für Ihre Bemühungen, Herr Schneidt«, sagte Hecht höflich, wenn nicht gar – in Morgensterns Augen – eine Spur zu untertänig.

»Gern geschehen, Herr Hecht«, kam es zurück. »Es war mir geradezu ein Vergnügen, in meiner Position noch einmal direkt in Ermittlungen eingreifen zu können. Man kommt ja kaum noch weg von seinem Schreibtisch bei all der Bürokratie und den repräsentativen Verpflichtungen, da ist es doch schön, wenn man mal wieder an die Front darf.«

An die Front, dachte Morgenstern kopfschüttelnd. Der Mann hatte vielleicht Nerven. Süffelte Weißwein im Sonnenschein, während er und Hecht sich die Hacken ablatschten. Sei's drum. Jetzt waren sie wieder am Zug.

»Sie können wieder rauskommen«, rief Morgenstern zu Gundekar Russer in Richtung Schlafzimmer. Russer hörte ihn nicht.

Als Morgenstern die Tür öffnete, sah er ihn auf dem Bett liegen, mit geschlossenen Augen, Kopfhörer über die Ohren gestülpt. Morgensterns Blick fiel auf die CD-Hülle auf dem Nachttisch. Russer hörte zur Entspannung gregorianische Choräle, eingesungen von der Männerschola des Eichstätter Domchors.

Die Kommissare fuhren zurück nach Ingolstadt ins Präsidium.

»Schwarz auf weiß«, moserte Morgenstern und imitierte dabei Adam Schneidts Stimme. »Alberne Intuition! Ich fasse es nicht. Aber meine alberne Intuition sagte auch: Hinter der Finanzierung steckt der Monsignore mit seinen guten Kontakten im Vatikan. Und damit alles schön seine Ordnung hat, ist der Baron dazwischengeschaltet. Deswegen sind die beiden nach dem Trauerrosenkranz in Hirnstetten so vertraut miteinander umgegangen.

»Ich rufe ihn an, diesen Monsignore, und frage ihn nach seinem Alibi«, sagte Hecht entschlossen. »Soll er sich doch denken, was er will. Von mir aus kann er vor Wut durch die Decke gehen.«

Doch Hecht hatte sich unnötige Sorgen gemacht, wenn er glaubte, der Monsignore fühlte sich auf den Schlips getreten. Er erwischte ihn in Hirnstetten am Telefon, der Geistliche war in aufgeräumter Stimmung. Was der Herr Oberkommissar Hecht denn wissen wolle? Wo er den Sonntagabend verbracht habe?

Morgenstern und Hecht hörten Breitenhiller leise in einem Notizbuch oder Taschenkalender blättern, dabei irgendetwas murmelnd. »Ach, da haben wir es ja«, sagte er. »Sonntagabend war ich mit Bekannten beim Essen, in einem Fischrestaurant in der Nähe des Vatikans. Sehr empfehlenswert, wenn Sie mal nach Rom kommen sollten.«

»Vielen Dank«, sagte Hecht. »Haben Sie zufällig die Adresse für uns?«

»Moment.« Wieder hörten sie es rascheln und blättern. Dann folgte ein kleines Ächzen. »Da ist es ja, mein Portemonnaie. Wie heißt es immer: Das Haus verliert nichts. Ich hatte doch tatsächlich noch die Quittung einstecken. Das ist typisch italienisch. Wussten Sie, dass man in Rom die Kassenbelege aufbewahren muss für den Fall, dass die Finanzpolizei Kunden überprüfen will?

In italienischen Lokalen hapert es manchmal leider ein wenig an der Steuertreue. Aber was erzähle ich Ihnen das eigentlich alles? Hier habe ich jedenfalls die Quittung. Ich kann Sie Ihnen zufaxen, wenn Sie wollen. Der Padrone, Signore Leonardi, wird Ihnen gewiss jederzeit bestätigen, dass ich da war. Die Telefonnummer steht mit drauf.«

Wenig später spuckte das ratternde Faxgerät eine Kopie des römischen Restaurant-Kassenzettels aus. Das Lokal trug den stolzen Namen »Ristorante La Vittoria« und lag in der Via delle Fornaci. Morgenstern startete eine Internetsuchanfrage und fand im Nu die Homepage eines gepflegten, aber nicht protzigen Lokals mit Tonnengewölbe, dessen ganzer Stolz die Kühltheken mit frischem Fisch zu sein schienen. Außerdem stieß er auf den Restauranttipp einer deutschen Tageszeitung, der als Stammgäste »jede Menge Geistlichkeit bis hinauf zum Kardinal« erwähnte. Das Lokal lag nur einen Steinwurf vom Petersplatz entfernt.

»Die Quittung kann der Monsignore von jedem haben«, sagte Morgenstern. »Wir rufen da an.«

»Wir lassen anrufen«, korrigierte ihn Hecht. »Oder sprichst du etwa plötzlich Italienisch?«

»Kein Wort. Nur Fiona macht seit ein paar Monaten einen Sprachkurs bei der Eichstätter Volkshochschule.«

»Das hilft uns jetzt grade leider gar nichts.«

Eine kleine Umfrage unter den Kollegen im Polizeipräsidium ergab, dass zwar ein beträchtlicher Teil regelmäßig in Italien Urlaub machte, dass sich aber niemand ausreichende Sprachkenntnisse für eine solche Nachfrage zutraute. »Das muss schließlich Hand und Fuß haben«, war die gängige Antwort, die die beiden Kommissare erhielten. Und Morgenstern fragte sich wieder einmal, wie weit der Weg zu einer echten europäischen Einigung noch sein mochte, wenn selbst die eifrigen Deutschen als Zweitsprache bestenfalls ein holpriges Englisch zusammenstopseln konnten.

Am Ende rief Hecht kurz entschlossen in München beim Landeskriminalamt an. Da gab es nun ganz gewiss Dolmetscher und Sprachkundige jeden Kalibers, die den Kollegen aus Ingolstadt bei ihrem winzigen Problem sicherlich helfen konnten.

Konnten sie auch: Zufälligerweise, so stellte sich heraus, war eine sprachkundige LKA-Kollegin gerade in Ingolstadt als Beobachterin in einem Prozess gegen italienische Drogenkuriere, die an der Autobahnraststätte Köschinger Forst festgenommen worden waren. Das Ingolstädter Landgericht lag in unmittelbarer Nachbarschaft zum Polizeipräsidium, im Norden der Altstadt, und so dauerte es kaum zehn Minuten, bis die Kriminalbeamtin mit dem Know-how über internationale Drogenkriminalität an Morgensterns Bürotür klopfte.

»Das nenne ich mal prompte Amtshilfe«, freute er sich, als die Kollegin hereinkam, eine Frau Mitte fünfzig mit praktischem Kurzhaarschnitt.

Er erklärte ihr – wie schon zuvor Hecht am Telefon –, worum es ging.

»Ristorante La Vittoria am Vatikan«, wiederholte sie und sah sich die Fotos des Lokals im Internet an. »Na, dann wollen wir mal.« Sie tippte die Telefonnummer ein, und nach einigem Tuten meldete sich eine italienische Stimme. Morgenstern verstand nur Bahnhof, als die Kollegin vom LKA einen schier endlosen Redeschwall über den Brenner schickte.

Das Gegenüber war offenbar der Padrone selbst, denn in nicht minder weitschweifigen Wortgirlanden kam die Antwort zurück, von der die danebenstehenden Ingolstädter Kommissare ebenso wenig verstanden wie zuvor von der Frage. Die Kollegin reagierte mit einem wohlkalkulierten Lachen und einem weiteren fröhlichen Geplauder.

»Wir können bloß abwarten«, flüsterte Morgenstern, während die Kollegin nun unverkennbar mit dem Padrone schäkerte. Die beiden funkten auf einer Wellenlinie, die etwas mit südlichem Lebensgefühl zu tun haben musste. Es war für Morgenstern jedenfalls kaum vorstellbar, dass derselbe Anruf bei einem bayerischen Wirt in ein ähnlich ungezwungenes Schwätzchen münden könnte. Irgendwann legte die Kollegin unter vielfachem »Mille Grazie« schließlich auf.

»Und? Was sagt der Wirt?«, drängte Hecht. »War der Monsignore persönlich da?«

»Und ob er da war! Der Padrone konnte sich zum einen an ihn erinnern und war zum anderen so lieb, für mich sogar in seinem Reservierungsbuch nachzuschlagen. Der Monsignore hatte einen Tisch für vier Personen bestellt.«

»Das steht ja auch auf der Rechnung.« Morgenstern deutete auf den Beleg. »Viermal Coperto – das weiß sogar ich. Vier Gedecke. Kostet ja immer alles extra in Italien, bloß damit man Besteck und ein bisschen Weißbrot kriegt. Ich war da mal am Lago Maggiore …«

»Bitte, Herr Morgenstern! Jetzt wollen wir mal nicht kleinlich werden.«

»Ich meine ja bloß.«

»Der Monsignore war jedenfalls da, mit drei Gästen. Den ganzen Abend. Man hat sich angeregt unterhalten.«

»Tja, das war's dann wohl«, sagte Morgenstern.

Die LKA-Beamtin lächelte. »Nein, das war's noch nicht ganz. Wollen Sie nicht wissen, mit wem Ihr Monsignore gespeist hat?«

»Nur wenn der Papst dabei war«, sagte Morgenstern. »Ansonsten kennen wir da unten nämlich niemanden.«

»Nein. Der Papst war's nicht. Der ist momentan wie alle anderen Römer in den Ferragosto-Ferien.«

»Auf Castel Gandolfo«, warf Hecht ein.

»Ganz genau. Mit dem Heiligen Vater kann ich also nicht dienen. Dafür ist dem Padrone ein Name rausgerutscht, der in Fachkreisen einen Klang hat.« Sie sah Morgenstern und Hecht an. »Das hat mich ehrlich gesagt ziemlich überrascht. Ihr Dr. Breitenhiller war mit Luigi Saltone zu Tisch.«

»Saltone? Muss man den kennen?«

»Sie nicht. Wir schon. Luigi Saltone … Don Luigi Saltone. Ein Pate.«

Morgenstern speiste sein rudimentäres Wissen über die italienische Mafia wie die meisten Menschen aus exakt drei Quellen: »Der Pate I«, »Der Pate II« und »Der Pate III«. Ansonsten wusste er mehr vom Hörensagen von Schutzgelderpressung in Großstädten, was auch bei der Kripo in Nürnberg gelegentlich Thema gewesen war.

»Don Luigi Saltone …« Er ließ sich den fast lyrisch klingenden Namen auf der Zunge zergehen. »Und was macht dieser Pate genau?«

»Er selbst macht natürlich gar nichts, jedenfalls nichts, wofür man ihn belangen könnte. Aber seine Familie ist im Drogengeschäft, im Rotlichtmilieu, das Übliche. Schutzgeld, Erpressung. Dubiose Bauprojekte. Das ganze Sortiment.«

»Und mit so einem Typen pflegt unser Monsignore aus dem Vatikan freundschaftliche Beziehungen.« Morgenstern schüttelte den Kopf.

»Ist nicht schon Jesus mit den Zöllnern und Sündern zu Tisch gesessen?«, fragte die Beamtin zurück.

Hecht grinste. »Der gute Hirte sorgt sich um alle Schafe. Auch um die schwarzen.«

Morgenstern hatte noch eine letzte Frage. Er kramte nach dem anonymen Brief, den Gundekar Russer dem Monsignore nach Rom geschickt hatte, und gab ihn der Kollegin zu lesen. »Was sagen Sie dazu?«

»Wo haben Sie das her?«

»Vom Autor selbst. Wir haben es eben erst bekommen. Er hat den Brief im Mai nach Rom geschickt.«

»Und die Frau, von der die Rede ist, diese Barbara Breitenhiller, ist ermordet worden?«

»Sonntagnacht. Und inzwischen haben wir noch einen weiteren Mord. Mit einem Draht über einen Waldweg.«

Die Beamtin ließ sich die beiden Fälle ausführlich beschreiben, und noch während Morgenstern und Hecht die Zusammenhänge schilderten, die Bedrohung, die der Römerpark-Gegner Pietzka gespürt hatte, fiel es Morgenstern wie Schuppen von den Augen. Er schlug sich mit der rechten Faust in die flache linke Hand, dass es nur so patschte.

»Dieser Don Luigi hat sein schmutziges Geld in den Römerpark gesteckt. Der nutzt das Projekt als Geldwaschanlage!«, rief er.

»Und er räumt alles beiseite, was sich ihm in den Weg stellt. Damit hat Heinrich Pietzka mit seiner harmlosen Bürgerinitiative nicht rechnen können. Wutbürger gegen Mafioso – da gibt es nur einen Sieger.«

Die Kollegin aus München nickte wissend. »Ein übermächtiger Feind. Und vergessen Sie nicht: Bayern liegt für italienische Geschäftsleute praktisch vor der Haustür, ganz egal, um welche Geschäfte es sich handelt.«

»Saltone hat sich mit dem Monsignore abgestimmt und einen seiner Leute ins Altmühltal geschickt, der sämtliche Probleme aus der Welt räumen soll«, führte Morgenstern den Gedanken weiter. »Problem Nummer eins betrifft nur den Monsignore: Barbara Breitenhiller. Problem Nummer zwei betrifft beide: der unerwartet lästige Heinrich Pietzka. Und um beide Fälle kümmert sich ein Mitarbeiter aus Italien, der die Drecksarbeit erledigen muss.«

»Ein Killer?«, fragte Hecht ungläubig.

»Vielleicht nicht unbedingt gleich ein professioneller Killer. Aber jemand, der vor einem Mord nicht zurückschreckt.«

»Glauben Sie mir: Den finden Sie nie«, sagte die LKA-Beamtin. »Und wenn Sie ihn finden, sagt er Ihnen nichts. Sie kennen doch das Gesetz der Omertà. Die Mauer des Schweigens.«

»Aber gilt das auch für die Teufelsmauer?«, sagte Morgenstern in bedeutungsschwerem Ton.

Während sie noch überlegten, wie sie nun vorgehen sollten, kam Alina Baumüller zur Tür herein, ihr Notebook auf dem Arm wie ein Wickelbaby.

»Ich habe gerade im Facebook-Chat einen interessanten Hinweis bekommen. Von einer jungen Frau, die in einem Seniorenheim in Kipfenberg arbeitet.«

»Das Seniorenheim, das gleich neben dem Festplatz liegt?«

»Genau das. Sie kümmert sich da auch um einen alten Mann, der angeblich Sonntagnacht von seinem Fenster aus irgendetwas gesehen hat. Aber bisher hat ihm keiner richtig zugehört. Der plappert den ganzen Tag wirres Zeug.«

»Ein Zeuge!«, triumphierte Morgenstern.

»Ein anscheinend total verkalkter Zeuge«, bremste ihn Hecht.

»Der alte König in seinem Exil. Ein verwirrter Tattergreis mit Hosenträgern.«

»Was will der Alte gesehen haben?«, beharrte Morgenstern.

»Partisanen. Er behauptet, dass Partisanen die Limeskönigin mitgenommen haben«, antwortete Baumüller.

»Ach Gott«, stöhnte Hecht. »Auch das noch. Die Weltkriegsnummer. Das ist doch unfassbar, dass alte Leute, wenn sie dement werden, sich glasklar an die uralten Geschichten erinnern, aber mit dem Hier und Jetzt nichts mehr anfangen können. Die wissen manchmal nicht mal mehr, wie sie heißen, können dir aber den ›Erlkönig‹ von der ersten bis zur letzten Zeile fehlerfrei vortragen. ›Wer reitet so spät durch Nacht und Wind …‹«

»Das wüsste ich auch gerne, wer da so spät noch unterwegs ist«, sagte Morgenstern. »Auf jeden Fall nicht der Vater mit seinem Kind.«

»Sondern das Kind allein«, sagte Hecht. »Und dann kommt der Erlkönig.«

»Oder der Partisan«, grübelte Morgenstern. »Frau Baumüller, fragen Sie doch mal bei dieser Altenpflegerin nach, was sie über diesen alten Herrn und über seine Kriegserlebnisse weiß.« Er zögerte kurz, weil er sich daran erinnerte, wie sein Großvater einst kein Ende gefunden hatte, wenn ein Angehöriger bei einem Familientreffen die Rede arglos auf »die Russen« gebracht hatte. Beim momentanen Personalschlüssel in bayerischen Pflegeheimen blieb den Betreuerinnen bestimmt keine Zeit, solch epischen Schilderungen zu lauschen.

Morgenstern beschloss, dass sie den alten Mann selbst fragen mussten, wenn sie den Schleier lüften wollten. Kurz darauf hatte er Josef Menninger, einen Herrn weit in den Neunzigern, persönlich am Telefon, sorgsam von seiner Altenpflegerin auf das Gespräch vorbereitet.

»Wer ist da?«, rief er in das Handy der Pflegerin.

»Morgenstern, von der Kriminalpolizei.«

»Ah, die Polizei«, sagte Menninger. »Sie fragen wegen der Partisanen. Tedeschi bum bum.« Er lachte heiser, als hätte er einen besonders guten Witz gemacht.

»Sie haben also gesehen, dass die Limeskönigin von Partisanen gefangen genommen worden ist?«, fragte Morgenstern.

»Hä?«, machte Menninger, den anscheinend altersentsprechend nicht nur sein Gedächtnis, sondern auch sein Gehör im Stich ließ.

»Die Limeskönigin! Tedeschi bum bum, verstehen Sie?«, rief Morgenstern und kam sich dabei unglaublich trottelig vor. Blieb nur zu hoffen, dass sich draußen auf dem Flur des Präsidiums nicht schon eine Schar von feixenden Kollegen versammelt hatte.

»Die Limeskönigin«, wiederholte Menninger. »Das sage ich doch. Die Partisanen haben sie geholt.«

»Welche Partisanen, Herr Menninger?«

»Ja, die Itaker halt. Welche denn sonst?«

»Die Itaker …«

»Genau. Aber das hab ich schon im Kaukasus gewusst, dass das mit denen einmal böse endet. Damals waren sie ja noch unsere Verbündeten, wegen dem Mussolini, dem Duce. Wir waren ja die Achsenmächte. Und damals hatten wir schon einen Witz unter uns Landsern.«

»Ersparen Sie mir den bitte«, sagte Morgenstern. Natürlich vergeblich.

»Was wäre der schönste Krieg? Hä?«, fragte der alte Herr auch schon.

»Gar keiner«, sagte Morgenstern unfroh.

»Die Verpflegung von den Amerikanern, die Ausrüstung von den Russen und als Feinde die Italiener. Hahaha. So haben wir damals immer gesagt. Die sind davongelaufen wie die Hasen, im Kaukasus. Aber ganz am Ende haben sie dann die Seiten gewechselt. Da waren sie dann Partisanen.«

Morgenstern glaubte, das halb hingehustete Rattergeräusch eines Maschinengewehrs zu hören, und mochte sich lieber nicht vorstellen, was Josef Menninger da irgendwo in Norditalien erlebt und möglicherweise auch getan hatte und nun aus den Tiefen seiner Erinnerung heraufbeschwor.

»Woran haben Sie denn erkannt, dass es …«, ihm grauste es vor dem Wort, »… dass es ›Itaker‹ waren, die die Limeskönigin geholt haben?«

Menninger hustete wieder, den folgenden Geräuschen nach würgte er irgendetwas tief aus der Lunge, um es dann in ein Taschentuch zu spucken. »An ihrer Fahne halt. An ihrer Fahne habe ich sie erkannt.«

»Ihre Fahne?«, fragte Morgenstern. »Die hatten eine Fahne dabei?«

»Rot und grün und weiß war sie«, präzisierte Menninger. »Oder war sie grün und weiß und rot? Auf jeden Fall kenne ich doch die Fahne von den Itakern.«

»Und die haben Sie gesehen?«

»So ist es, junger Mann. Die Fahne. Die war auf ihrem Wagen drauf.«

»Welcher Wagen, Herr Menninger?«

»Der Lastwagen, mit dem sie mich weggefahren haben, die Partisanen. Weggefahren und dann zu den Amerikanern gebracht. Tedeschi bum bum. Eine ganze Gruppe war das, und sie haben mich geschlagen, und ich habe gedacht, die bringen mich um, aber dann haben sie mich weggeschafft wie ein Stück Vieh. Und sie haben Rotwein getrunken.«

»Was war mit der Limeskönigin?«, fragte Morgenstern noch einmal, um Menninger aus der Vergangenheit in die Gegenwart zurückzuholen.

»Die Limeskönigin? Ich weiß nicht mehr …«, stammelte der alte Mann. »Aber im Kaukasus drunten …«

Morgenstern spürte, dass aus dem angeblichen Augenzeugen Josef Menninger zumindest bei dieser gerontopsychiatrischen Sitzung nicht mehr herauszuholen war. Er beendete das Gespräch freundlich, aber bestimmt, zur grenzenlosen Enttäuschung des Greises, der ebenso bestimmt unbedingt noch einen Stukaangriff auf eine Stellung der Roten Armee schildern wollte. Mochte sich die Altenpflegerin in der nächsten Stunde mit Josef Menninger auseinandersetzen.

Hecht und Morgenstern waren noch nicht einmal dazu gekommen, die sonderbare »Zeugenaussage« Revue passieren zu lassen, da erklang schon wieder der »Walkürenritt«.

»Du hast den blödesten Klingelton der Welt«, beschwerte sich

Hecht. Morgenstern ging ran. Es war Gundekar Russer, in heller Aufregung.

»Ich war vorhin bei meiner Mutter und habe sie gefragt, ob sie in meiner Wohnung rumgeschnüffelt hat.« Er machte eine Pause.

»Und? Was hat sie gesagt?«, fragte Morgenstern ungeduldig.

»Sie hat zuerst rumgedruckst, dass sie nur geputzt hätte und dass das dringend mal wieder nötig gewesen sei. Aber als ich nicht locker gelassen habe, hat sie es zugegeben.«

»Was hat sie zugegeben?«

»Der Monsignore hat gestern Abend, nach dem Rosenkranz in Hirnstetten, bei ihr daheim angerufen. Sie war ganz angetan davon, dass so ein hoher Herr sich mit ihr unterhalten will, mit einer einfachen Eichstätter Hausfrau.«

»Ja, so viel Aufmerksamkeit sind Frauen in der katholischen Kirche nicht gewohnt«, hämte Morgenstern.

»Jedenfalls hat er sie nach Strich und Faden eingeseift. Dass sie eine so fromme Frau sei. Und dass er von mir ja auch schon allerhand gehört habe, zum Beispiel dass ich mit seiner Nichte zusammen gewesen wäre und auch eine Weile Theologie studiert hätte. Weiß der Geier, woher er das wusste. Und dann, aus heiterem Himmel, hat er sie um einen Gefallen gebeten.«

»Und der wäre gewesen?«, fragte Morgenstern sorgenvoll.

»Er würde gerne wissen, ob in meiner Wohnung noch irgendetwas von der Barbie sei, vielleicht irgendwelche Fotos oder Briefe, die er gern ihrer Familie geben würde zum Angedenken.«

Morgenstern stöhnte auf. »Was hat Ihre Mutter gesagt?«

»Auf sein Drängen hin hat sie dann keine Stunde später meine Wohnung unter die Lupe genommen. Sie konnte dem Monsignore diesen Wunsch einfach nicht abschlagen, hat sie gesagt. In meinem aktuellen Ablageordner hat sie dann die Vatikan-Adresse gefunden.«

»Und sie hat das brühwarm dem Monsignore berichtet?«

»Genau. Damit kann sich Breitenhiller zusammenreimen, dass ich ihm den anonymen Brief geschrieben habe. Den Verdacht hatte er ja anscheinend sowieso schon. Was soll ich denn jetzt machen?«, fragte Russer mit Ratlosigkeit und Angst in der Stimme.

»Wir müssen uns was einfallen lassen«, sagte Morgenstern.

»Ich befürchte, dass Sie in Gefahr sind. In unmittelbarer Gefahr.« Morgenstern blickte auf die Uhr. »Packen Sie ein paar Sachen zusammen. Sie wohnen die nächsten Tage bei mir. In meiner Wohnung in Eichstätt.«

»Bei Ihnen, Herr Morgenstern? Stehe ich denn unter Polizeischutz?« Russer wirkte völlig überrascht.

»Polizeischutz wäre zu viel gesagt«, antwortete Morgenstern und wusste selbst nicht, ob sich das für Russer nun beruhigend oder beunruhigend anhörte. »Sagen wir mal so: Wir gründen für ein paar Tage in Eichstätt eine Wohngemeinschaft. Sie, ich und Herr Hecht. So lange, bis die Situation ein bisschen übersichtlicher geworden ist. Also packen Sie das Nötigste zusammen. Wir holen Sie in einer Stunde ab.«

Gundekar Russer hatte sich mit einer Reisetasche und einem schweren olivgrünen Seesack neben dem Eichstätter Rathaus postiert, wo ihn die beiden Kommissare auflasen.

»Was haben Sie denn da drin?«, fragte Morgenstern überrascht, als er den Seesack ins Auto wuchtete.

»Meine Legionärsausrüstung. Ich habe vorhin noch mit unserem Zenturio telefoniert. Sie haben den Marsch abgebrochen«, erklärte Russer. »Es ist einfach zu heiß, und ein paar haben Blasen an den Füßen. Deswegen haben sie entschieden, dass sie aufhören und stattdessen nach Möckenlohe aufs Römerfest an der Villa Rustica kommen. Das ist an diesem Samstag und Sonntag.«

»Und da wollen Sie jetzt auch hin?«, fragte Morgenstern und klopfte auf den prallen Seesack.

»Da spricht doch wohl nichts dagegen«, meinte Russer.

»Eigentlich nicht«, sagte Morgenstern nach kurzem Nachdenken. »Auch wenn ich Sie grundsätzlich ganz gerne in meiner Nähe wüsste.«

Morgenstern hatte erwartet, daheim auf eine einsame Wohnung zu stoßen, in der er sich mit Gundekar Russer breitmachen konnte. Von Fiona hatte er nichts gehört, ebenso wenig von seinen Söhnen, die noch bis Sonntag im Zeltlager bleiben sollten.

Der rote Landrover vor dem Haus belehrte ihn eines Besseren: Fiona war heimgekehrt. Einfach so. Und es kam noch besser: Aus den offenen Fenstern der Wohnung hörte er die Stimmen seiner Kinder.

»Volles Haus«, kommentierte Hecht, und seine Stimme klang ein wenig neidisch.

»Sieht so aus«, sagte Morgenstern mit einer Mischung aus Erleichterung und Verwunderung.

»Ich hoffe, ich störe nicht«, warf Russer angesichts der neuen Sachlage zaghaft ein. »Ich könnte mich auch woanders einquartieren.«

»Nein, Sie bleiben bei uns. Da haben wir alles am besten im Griff.«

»Unter Kontrolle, meinen Sie.«

»Auch das.«

In der Wohnung wurden die drei – auch Hecht war mitgekommen – freudig empfangen.

Die Kinder fielen Morgenstern mit überraschender Inbrunst um den Hals. »Ihr erdrückt mich ja«, stellte er gerührt fest. »Aber solltet ihr nicht eigentlich noch bis Sonntag im Zeltlager sein?«

Die beiden plapperten gleichzeitig los, unterbrachen sich ständig, sodass es eine Weile dauerte, bis der Sachverhalt klar war. Die beiden Buben hatten das Zeltlager nicht verkraftet: Einer der Betreuer hatte sich nämlich am Donnerstagabend einen Spaß daraus gemacht, am Lagerfeuer unablässig schaurige Gruselgeschichten zu erzählen.

»Und dann gab es eine Nachtwanderung durch den Wald«, jammerte Bastian.

»Und auf einmal war da ein Gespenst im Unterholz und hat Buhu gemacht!«, schilderte Marius. Kurzum: Die Morgenstern-Söhne waren bei dieser Spaßvogel-Aktion in Panik geraten und hatten noch in derselben Nacht beschlossen, sich von Fiona aus dem Zeltlager evakuieren zu lassen.

»Und ich war sowieso gerade mit der Aufräumaktion fertig«, erklärte Fiona und gab Morgenstern einen kurzen Kuss. »Die Wohnung ist jetzt besenrein.« Sie wirkte zufrieden.

»Die Jungs hatten Glück, dass sie dich erwischt haben. Im Gegensatz zu mir. Du bist nicht ans Handy gegangen«, sagte Morgenstern so beiläufig, wie ihm das im Beisein von Russer und Hecht möglich war.

»Ach. Das ist ganz blöd gelaufen. Ich hab das Ladekabel daheim vergessen. Und dann hat es ein bisschen gedauert, bis ich mir ein neues gekauft habe. Für unser uraltes Handy kriegt man das gar nicht so einfach. Aber du willst ja kein neues.«

Morgenstern entglitten die Gesichtszüge. Er schaute sich im Flur um. Tatsächlich, da lag das Ladekabel.

»Jetzt guck nicht so belämmert«, sagte Fiona leichthin. »Hast du mich etwa vermisst?«

»Ach nö«, nuschelte Morgenstern und fing sich dafür von Hecht einen vielsagenden Blick ein.

»Und dieser Charly?« Morgenstern konnte nicht länger warten. »Der hat dir fleißig geholfen?«

Fiona nickte. »Zuerst schon. Aber heute früh war er richtig blöd. Er ist nur schnell vorbeigekommen, um sein Werkzeug abzuholen, einen Akkuschrauber. Vielleicht war er sauer, weil ich gestern Abend ohne ihn allein zum Pizzaessen gegangen bin. Er hat bloß gesagt, dass er keine Lust mehr hat. Punkt, aus. Ich frage mich echt, was in den auf einmal gefahren ist.« Noch einmal drückte sie sich eng an Morgenstern.

Hecht grinste in sich hinein, und Morgenstern atmete tief durch.

Die Morgenstern-Kinder waren vom ersten Moment an fasziniert vom Überraschungsgast Gundekar Russer, dessen Seesack voll mit Römer-Ausrüstung für sie einer Wundertüte gleichkam. Im Nu saßen die drei auf dem Sofa und fachsimpelten über das Leben der Legionäre.

»Wenn ich groß bin, werde ich auch mal Legionär«, sagte Bastian begeistert.

»Ich auch«, schloss sich Marius an, den schweren glänzenden Helm auf dem Kopf.

»Ihr könnt ja erst mal ausprobieren, ob euch das auch richtig Spaß macht«, sagte Russer. »Ihr könnt Römer auf Probe sein.«

»Echt?«, fragte Marius.

»Aber sicher. In Kipfenberg im Römermuseum gibt es einen Ausrüstungsverleih. Da können sich ganze Gruppen als Römer ausrüsten, man kann alles mieten, von der Tunika bis zum Zelt.«

»Das machen wir mal, Papa«, rief Bastian.

»Fürchtest du dich denn nicht vor Gespenstern?«, fragte Morgenstern.

»Nicht, wenn du dabei bist.«

Morgenstern spürte, wie ihn eine Woge von Glück durchflutete. Und in diesem Moment hatte er eine Idee.

»Herr Russer, hätten Sie was dagegen, wenn wir alle gemeinsam an diesem Wochenende zum Römerfest nach Möckenlohe gehen? Als Gruppe? Wir als Familie Morgenstern und natürlich auch der Kollege Hecht. Wäre das nicht was?«

Die beiden Morgenstern-Kinder brachen in triumphierendes Kriegsgeheul aus. Und Fiona hatte zumindest keine Einwände.

»Was ziehen die Frauen da an?«, fragte sie nur.

»Eine Tunika und einen Wollmantel«, erklärte Russer. »Und eine Glasperlenkette.«

»Ich bin dabei«, sagte Fiona. »Das wird ein Spaß.«

»Und wir haben Russer immer schön im Auge«, flüsterte Morgenstern Hecht zu.

SAMSTAG

Gundekar Russer hatte die Nacht auf der Couch im Wohnzimmer der Familie Morgenstern verbracht, obwohl er am späteren Abend durchaus Zweifel angemeldet hatte, ob das wirklich nötig sei. Fiona war nur in Auszügen in den Fall eingeweiht worden und hatte beschlossen, nicht weiter nachzubohren, zumal ihr Russer auf den ersten Blick sympathisch gewesen war. Am nächsten Morgen gingen Morgenstern und Russer pro forma zum Bäcker, um Semmeln zu kaufen, in erster Linie wollten sie allerdings kurz in Russers Wohnung nach dem Rechten sehen.

Schon als Russer lange mit seinem Schlüssel am Schloss der Wohnungstür herumfummeln musste, schöpften sie Verdacht. Nachdem sie die Wohnung betreten hatten, wurde er zur Gewissheit.

Der ungebetene Besucher hatte bei der Untersuchung der Wohnung sehr viel weniger Umsicht walten lassen als Anna Russer. Bücher waren aus den Regalen gerissen worden, die Schubladen sämtlicher Schränke standen weit offen. Im Schlafzimmer lag die Wäsche auf dem Boden verstreut. Russer stöhnte auf, als er sah, dass der Einbrecher sogar die Matratze aufgeschlitzt hatte.

»Da kann doch nur der Monsignore dahinterstecken«, sagte Morgenstern grimmig, zückte sein Handy und rief in Hirnstetten an. Johann Breitenhiller war zu Hause.

»Sie schon wieder«, sagte er überrascht. »Haben Sie etwas herausgefunden?«

»Die Fragen stelle ich. Und ich würde gerne wissen, wo Sie heute Nacht waren«, knurrte Morgenstern.

Der Monsignore reagierte ungehalten: »Muss ich in Zukunft Protokoll über jede Stunde führen? Was soll das bitte schön werden?«

»Wo waren Sie heute Nacht?«, wiederholte Morgenstern grimmig.

»Nun gut. Ich war bei einem befreundeten Prälaten in Bamberg, ein alter Studienkollege von mir. Prälat Franz Gögelein. Ich besuche ihn fast jedes Mal, wenn ich in Bayern bin. Ich habe bei ihm übernachtet. In seinem Pfarrhaus. Ich bin eben erst zurückgekommen.«

»Gögelein«, sagte Morgenstern. »Haben Sie seine Telefonnummer?«

»Selbstverständlich.«

Hecht wählte, noch während Breitenhiller die Zahlen durchgab, schon die Nummer in Bamberg. Franz Gögelein ging an den Apparat und servierte ein weihwasserdichtes Alibi.

»Schon wieder eine Nacht außer Haus«, sagte Hecht düster.

Bevor die beiden Ermittler über das weitere Vorgehen nachdenken konnten, kam Russer ins Wohnzimmer. Er war kreidebleich.

»Mimi!« Der Legionär sah Hecht und Morgenstern entsetzt an. »Mimilein!«

Das Tier war verschwunden.

»Fassen Sie nichts an«, schärfte Morgenstern Russer ein, als der sich nach ein paar Büchern bückte. »Wir müssen Spuren sichern. Gut, dass Sie heute Nacht nicht hier waren. Das hätte übel enden können.«

Er zog ein Taschentuch heraus, wickelte es sich um die rechte Hand und öffnete die Tür des kleinen Badezimmers. Auch hier war der Boden übersät mit Russers Habseligkeiten. Morgenstern zog vorsichtig den Duschvorhang auf.

»Bleiben Sie zurück«, befahl er Gundekar Russer, der hinter ihm in das enge Badezimmer drängte. »Bleiben Sie zurück und ersparen Sie sich das. Bitte!«

»Was ist denn?«, fragte Russer besorgt und schob Morgenstern zur Seite.

»Oh mein Gott!«, rief er, und seine Stimme klang in dem kleinen, weiß gefliesten Raum so schrill, dass sie Morgenstern durch Mark und Bein ging. »Mimi! Was haben sie mit dir gemacht!?«

In der Duschkabine war der Brauseschlauch abgenommen worden und lag achtlos in der Wanne. Der Haken für den Duschkopf war so weit wie möglich nach oben geschoben worden, damit die grausige Inszenierung ihre Wirkung auf den Betrachter nicht verfehlte. Direkt auf Augenhöhe hing an diesem Haken die braune Katze. Erdrosselt mit einem dünnen Draht, der als Schlinge um ihren Hals gelegt worden war.

Schluchzend nahm Gundekar Russer das tote Tier von dem Haken ab und löste die Schlinge. Morgenstern versuchte diesmal erst gar nicht, ihn im Sinne der Spurensicherung davon abzuhalten.

»Das wird er mir büßen«, zischte Russer.

Morgenstern holte sein Handy heraus, um die Spurensicherung zu alarmieren. Er war sich zwar ziemlich sicher, dass sie hier keine Fingerabdrücke finden würden. Darauf hatte bereits die Professionalität beim Öffnen des Türschlosses hingedeutet. Das einzig wirklich Verwertbare schien ihm der Draht, der die arme Mimi erwürgt hatte. War es derselbe Draht, der Heinrich Pietzka auf dem steilen Waldweg bei Hirnstetten zum Verhängnis geworden war?

Die Stimmung beim Frühstück im Hause Morgenstern war infolge der dramatischen Entwicklung getrübt. Die Brutalität des Einbrechers machte alle fassungslos, auch Morgenstern selbst, dem das grausame Bild aus der Dusche nicht mehr aus dem Kopf ging.

War das nicht sonderbar für einen Profi wie ihn, der als Mordermittler schon viel zu viele tote Menschen gesehen und es meistens irgendwie geschafft hatte, diese Eindrücke zu verdrängen? Es musste an der Überraschung liegen, an der Wucht des völlig unerwarteten ersten Eindrucks, als er den Duschvorhang zur Seite gezogen hatte. Und es musste damit zusammenhängen, dass das Tier eine Botschaft übermitteln sollte. Die eindeutige Nachricht an den Legionär Gundekar Russer, dass er zu weit gegangen war. Dass er eine Grenze überschritten hatte, die man nicht überquerte, ohne Schaden zu nehmen.

Russer saß stumm am Frühstückstisch, und Morgenstern hatte das ungute Gefühl, dass er finstere Gedanken hegte. Nach einer Weile stand er auf.

»Ich muss meiner Mutter Bescheid sagen, wo sie mich findet«, sagte er zur Erklärung.

»Das können Sie doch auch telefonisch machen.« Morgenstern sah ihn erstaunt an.

»Nein, ich will persönlich nach ihr sehen«, beharrte Russer, dankte fürs Frühstück und ging.

Trotz des Einbruchs blieb der Plan fürs Wochenende unverändert, und als Russer wie angekündigt nach einer Stunde zurückgekehrt war, fuhr Morgenstern mit ihm, begleitet von den Kindern und Fiona, nach Kipfenberg, um die Römerausrüstung zu mieten.

Das Römer- und Bajuwaren-Museum befand sich in der mittelalterlichen Burganlage hoch über dem Ort, allerdings nicht in der Burg selbst, sondern in einem danebenliegenden, sorgfältig restaurierten und für das Museum umgebauten mehrstöckigen Fachwerkgebäude. Wie bei solchen Generalsanierungen Mode, war alte Bausubstanz mit neuen Bauteilen kombiniert worden: hier rustikale Balken, da der unverputzte graue Sichtbeton.

Die Museumsbetreuerin war hocherfreut, dass die Legionärsausstattung wieder einmal auf Interesse stieß. Der Naturpark Altmühltal habe das Equipment schon vor Jahren für rund siebzehntausend Euro angeschafft.

»Aber es dürften sich ruhig mehr Leute dafür begeistern«, sagte sie, als sie die Ausstattung für die Morgenstern'sche Privatkohorte zusammensuchte. Sorgfältig ging sie die Liste durch: »Untertunika aus Leinen, Hose aus Wolle, Wadenwickel, Übertunika aus leichtem Leinenstoff, Schuhe, Typ 3. Jahrhundert, genagelt, Halstuch, Kettenhemd genietet, Polsterkappe für Helm, Schwert ›Spatha‹, 3. bis 4. Jahrhundert, mit Gurt, Dolch ›Pugio‹ mit Aufhängung, Mantel ›Sagum‹, Soldatenfibel, Helm, Lanze entschärft, Schild ›Scutum‹ mit Gurt und Ledertasche.« Bei jedem Stück, das sie Morgenstern übergab, machte sie auf ihrer Liste sorgsam einen Haken.

Für die Jungs gab es unter anderem Holzschwerter und eine Amulettkette, Fiona durfte sich über einen »brettchengewebten Gürtel« und ein Fibelpaar für ihren römischen Wollmantel freuen.

Dazu kamen noch zwei Soldatenzelte, ein römischer Topf, eine Handmühle aus Stein, rätische Becher, römische Holzlöffel …

»Um Himmels willen«, entfuhr es Morgenstern, als er sah, welcher Berg von Ausrüstung sich am Ende aufgetürmt hatte.

»Jetzt sind Sie perfekt ausgestattet«, sagte die Römerexpertin strahlend. »Und hier haben Sie noch einen Feuerlöscher.«

»Einen Feuerlöscher? Wofür denn das?«

»Der ist Pflicht.«

»Der zerstört aber die ganze Römeroptik«, maulte Morgenstern.

»Nun haben Sie sich nicht so, Herr Morgenstern. Ich mache sowieso schon eine Ausnahme für Sie. Normalerweise kriegen Sie die Sachen nur, wenn Sie einen von unseren Führern buchen. Aber Sie haben ja mit Herrn Russer einen Fachmann dabei. Und ich verlasse mich darauf, dass Sie sorgfältig mit der Ausrüstung umgehen.«

»Ehrensache«, versprach Morgenstern. »Am Montag haben Sie den ganzen Kram wieder. Wohlbehalten.«

»Und machen Sie keinen Unfug mit den Waffen, wenn ich bitten darf. Damit ist nicht zu spaßen, auch wenn sie stumpf sind.«

»Keine Sorge. Was ist schon eine stumpfe Lanze gegen eine scharfe Dienstpistole?«

»Sie sollen die Waffen überhaupt nicht verwenden. Bei uns herrscht die Pax Romana.«

»Wer herrscht?«, fragte Morgenstern.

»Der römische Friede.« Die Museumsbetreuerin lächelte. »Es kommt natürlich immer darauf an, auf welches Jahr Sie sich berufen wollen. 233 nach Christus würde ich Ihnen nicht gerade empfehlen.«

»Was war da? Muss ich das wissen?«

Die Museumsbetreuerin sah ihn enttäuscht an. »Da war der Fall des Limes hier bei uns. Die Alemannen … kommen Sie, ich mache mit Ihnen eine kurze Sonderführung durchs Museum.«

Morgenstern hatte es plötzlich schrecklich eilig. »Nein, heute geht's ganz schlecht bei uns. Vielleicht ein andermal, wenn wir die Sachen zurückbringen.« So schnell er konnte, unterschrieb er die lange Entleihliste mit dem festen Vorsatz, die Rückgabe dem Kollegen Spargel zu überlassen. Der war für solch exklusiven Wissenstransfer gewiss weitaus empfänglicher als er.

Zurück in Eichstätt half Gundekar Russer allen beim korrekten Einkleiden, und Morgenstern war von der schrecklich kratzigen leinenen Untertunika über die Wadenwickel und die genagelten Sandalen bis hin zur Übertunika aus Wolle ein authentischer Auxiliarsoldat.

»Kein richtiger Legionär?«, fragte er Russer überrascht, als ihn dieser per Handschlag in die Dienste des Römischen Reiches aufnahm.

»Nein, am rätischen Limes sind ganz überwiegend Hilfstruppen zum Einsatz gekommen. Keine römischen Bürger.«

»Dann sind wir also bloß so eine Art Hilfssheriffs«, stellte Morgenstern enttäuscht fest.

Die Römervilla von Möckenlohe lag an einem Sträßchen, einige hundert Meter vom Dorf abgesetzt, direkt neben einem großen Aussiedlerhof. Es herrschte bereits reger Betrieb, als die Morgenstern-Kohorte am Samstagnachmittag an dem umzäunten Gelände vorfuhr und die Autos auf einem abgeernteten Getreidefeld abstellte. Morgenstern machte sich erst einmal an einer Informationstafel schlau. Ihr war zu entnehmen, dass der Eigentümer des Hofs vor Jahrzehnten über Luftbilder darauf aufmerksam gemacht worden war, dass sich direkt neben seinem Anwesen die Grundmauern eines römischen Bauernhofs im Getreide abzeichneten. Diese Höfe gab es im Hinterland des Limes massenhaft, sie waren vor knapp zweitausend Jahren angelegt worden und zumeist an altgediente Veteranen vergeben worden. Sie belieferten die umliegenden Truppen mit Lebensmitteln aller Art, bis sie eines Tages zusammen mit dem Limes und den Kastellen den ständigen Germanenangriffen weichen mussten.

Der Römerhof von Möckenlohe allerdings war in den achtziger Jahren wiederauferstanden wie Phönix aus der Asche. Neu aufgemauert mit steinernen Säulen am Eingang, einem großen Hofgeviert, einem Keller, Atrium und Nebenräumen, alles originalgetreu mit roten italienischen Ziegeln eingedeckt. Sogar die dazugehörigen Haustiere waren angeschafft worden, und zwar möglichst nach historischem Vorbild: ungarische Steppenrinder, ein Damhirsch, Ziegen und Wollschweine. Gleich daneben waren die modernen landwirtschaftlichen Gebäude: Ställe, Scheune, ein Hochsilo, ein modernes Wohnhaus.

»Verrückt, was sich die Leute alles antun«, sagte Morgenstern, »Der Bauer hier hätte doch einfach die Ruinen im Boden lassen können. Ein paar alte Steine, was soll's. Stattdessen sorgt er dafür, dass die ganze Villa wieder aufgebaut wird. Und was hat er nun davon außer einem Haufen Arbeit?«

»Ruhm und Ehre?«, mutmaßte Hecht.

»Träum weiter, Kollege.«

Die beiden Zelte bauten sie direkt neben der Außenmauer des römischen Gutshofs auf, wo sich schon mehrere andere Antike-Fans niedergelassen hatten. Römer und Barbaren lagerten einträchtig nebeneinander. Mehrere Lagerfeuer waren entzündet, in Kesseln darüber brodelte Eintopf. Fiona, bekleidet mit einer knöchellangen hellbraunen Tunika, hatte über Mittag noch allerhand Lebensmittel eingekauft und in ihrem großen Topf über dem Feuer zusammengerührt. Nebenan brachte ein Alemanne den Kindern das Bogenschießen auf eine Scheibe bei. Hecht, Morgenstern und Russer saßen etwas abseits an die unverputzte Steinmauer der Villa gelehnt.

Keine Stunde später marschierte Zenturio Karl-Heinz Rehling mit seiner Truppe auf das Villen-Gelände. Marschieren war allerdings nicht ganz der richtige Begriff, humpeln traf es besser. Nicht einmal der immer korrekte Rehling trug jetzt noch seine Legionärssandalen, sondern hatte auf bequeme Birkenstock-Latschen umgesattelt.

»In Weiß, ›Modell Schwarzwaldklinik‹«, amüsierte sich Morgenstern.

Und Hecht pflichtete bei: »So weit ist es also schon gekommen mit der legendären Disziplin der römischen Armee. Da muss man sich nicht wundern, dass das Römische Reich unterging.«

Dazu passte, dass zwei der Legionäre mit großem Hallo mehrere Kisten Bier aus den Autos herbeischafften.

Rehlings Truppe baute ihre Zelte direkt neben den Morgensterns auf, und zur Freude von Gundekar Russer hatten seine Kameraden sogar das Scorpio-Geschütz mitgebracht.

»Wo habt ihr denn die Getreidemühle?«, fragte Russer, als das Nachbarlager endgültig eingerichtet war und alle fröhlich mit »Cervisia« auf das Wiedersehen anstießen.

»Die haben wir bei mir daheim gelassen. Zusammen mit dem Esel. Schau mal, wie wir das diesmal machen!«

Rehling klappte den Deckel einer großen hölzernen Truhe auf und präsentierte mit derselben Miene, mit der ein Zauberer das Kaninchen an den Ohren aus dem Zylinder zieht, mehrere große Packen Toastbrot der Marke »American Sandwich«.

»Das Weizenmahlen heben wir uns künftig für echte Notzeiten auf. Wenn mal eine Schulklasse zu Besuch kommt oder so.«

»Dekadenz, wohin das Auge reicht«, flüsterte Hecht Morgenstern zu.

»Das ist Roms Ende«, flüsterte Morgenstern zurück.

Rehling griff noch einmal in seine Zaubertruhe. »Der Mensch lebt nicht vom Brot allein«, sagte er und holte ein großes braunes Glas mit weißem Plastikschraubdeckel heraus. »Wir haben sogar Nutella!«

Unter diesen Vorzeichen gestaltete sich der Rest des Tages ausgesprochen fröhlich, zumal sich am Abend der große Innenhof der Villa Rustica in einen original bayerischen Biergarten verwandelte: vollgestellt mit Biertischgarnituren, einem großen Grill und musikalisch beschallt von einer – Morgenstern mochte seinen Ohren nicht trauen – Countryband. Irgendwann spielte die Band den alten Herzensbrecher-Song »Stand by your Man«, und er und Fiona schwoften dazu so eng, dass sich ihre Kinder peinlich berührt abwandten. Der getreue Spargel dagegen, der zusammen mit den anderen an einem Biertisch saß und die traute Zweisamkeit beobachtete, tupfte sich mehrmals mit seinem grobleinenen Legionärshalstuch die Augen.

SONNTAG

Im Laufe des Sonntagvormittags trafen noch etliche weitere historische Gruppen ein, dazu jede Menge Zuschauer, die sich auf den Umzug am frühen Nachmittag und die verschiedenen Erntevorführungen freuten. Der Geruch von Bratwürsten, Steaks und Spareribs lag in der Luft: Die hatte sich Morgenstern am vergangenen Abend schon schmecken lassen, ganz frisch von einem großen Grill, der im Hof der Villa aufgestellt worden war. Am Morgen war auch noch ein Bäcker hinzugekommen, mit einem holzbefeuerten fahrbaren Backofen in Rustikal-Optik, mit kleinem Schindeldach und weiß gekalktem Mauerwerk. Rahmfleck – also Hefeteigfladen mit Rahm, Schinkenwürfeln und viel Schnittlauch – waren hier im Angebot, und Morgenstern hatte vollstes Verständnis, wenn da kein Legionär mehr mühselig sein eigenes Getreide schroten wollte.

Wie Morgenstern erfahren hatte, war inzwischen auch die einschlägige Politprominenz erschienen: der Landrat, der örtliche Landtagsabgeordnete und eine leibhaftige bayerische Ministerin. Es hatte sich wohl herumgesprochen, dass sich das Römerfest in Möckenlohe für symbolträchtige Fotos eignete: Eine Ministerin als Römerin, umgeben von Legionären, dieses Archivbild ließ sich immer wieder mal in der Presse verwenden.

Kurz vor zwei Uhr wimmelte es von einheimischen Familien und Touristen, die das Römerfest für einen Ausflug nutzten und unablässig Fotos von den Laiendarstellern machten. Auch die Kommissare und Gundekar Russer wurden immer wieder aufgefordert, für ein Bild strammzustehen. Hecht und Morgenstern hatten sich inzwischen die Helme mit dem breit heruntergeklappten Wangenschutz aufgesetzt, Russer hatte seinen fellgeschmückten Signifer-Helm auf und trug die Standarte seiner Kohorte. Alle hatten sich eine Ledertasche umgehängt; die Kommissare hatten darin mangels anderer Möglichkeiten ihre ganz und gar unrömischen Dienstpistolen untergebracht.

Aus einem Lautsprecher meldete sich knarzend eine Stimme: »Ich bitte die Teilnehmer unseres Festzuges ganz herzlich, sich auf der Straße vor der Villa Rustica aufzustellen.«

Gehorsam setzten sich sämtliche Legionäre, Germanen, römische Landfrauen, Bogenschützen und Töpferscheibendreher in Bewegung. An der Spitze des Zuges postierte sich der Vorsitzende des Museumshofs-Vereins: auf einer Quadriga, einem rot lackierten römischen Streitwagen, vor den nebeneinander vier blonde Pferde gespannt waren. Morgenstern hatte schon Fotos von diesem Gefährt gesehen, aber nun, als die vier Rösser ungeduldig schnaubten, die Köpfe nach oben warfen und nervös tänzelten, nun, da ihre schiere Kraft und ihre Vorfreude auf den Auftritt zu spüren war, überkam ihn eine fast feierliche Stimmung.

Der Wagenlenker war ein älterer Herr mit Tunika, Kettenhemd und Legionärshelm. Der Mann hielt im Stehen die langen ledernen Zügel fest in der Hand, neben ihm hatte sich die Ministerin postiert.

»Brrrrrr«, machte der Fahrer immer wieder, um seine Tiere zu beruhigen. Hinter ihm hatten sich weitere Fahrzeuge aufgereiht: eine große Holzkiste auf vier Rädern, die als römischer Reisewagen präsentiert und von einem Pferd gezogen wurde, ein Paar Ochsen, die vor einen Karren gespannt waren, ein Muli, das eine sonderbare hölzerne Kistenkonstruktion auf zwei Rädern vor sich herschob, offenbar eine altertümliche Maschine für die Getreideernte.

Der Umzug schien eine Art Prozession zu werden, sogar ein römischer Priester in langer weißer Toga, die auch seinen Kopf fast ganz verhüllte, hatte sich eingefunden. Er sollte, wie Morgenstern dem Programm entnommen hatte, später unter freiem Himmel eine Opferzeremonie zu Ehren der Erntegöttin Ceres abhalten.

Morgenstern und Hecht wollten sich gerade in den Zug einreihen – Fiona und die Kinder hatten sich dem Zug ebenso angeschlossen wie Russers Kohorte –, als sie bemerkten, dass Gundekar Russer fehlte.

»Wo steckt er bloß?«, fragte Hecht und hielt vergeblich nach dem auffälligen Signifer-Helm Ausschau.

»Der hat sich abgesetzt«, stellte Morgenstern fest, nachdem er sich noch einmal vergewissert hatte, dass Russer tatsächlich nicht in der Prozession mitmarschierte. »Spargel, der Kerl führt irgendwas im Schilde. Deswegen war er gestern auch die Stunde weg. Der ist nicht zu seiner Mutter gegangen.«

So unauffällig wie möglich zogen sich auch die beiden Kommissare zurück.

»Wo wollt ihr denn hin?«, fragte Fiona noch, aber Morgenstern schüttelte nur den Kopf.

»Wir schauen hier ein bisschen nach dem Rechten. Und ihr bleibt bitte im Zug.«

Langsam setzte sich die Kolonne rund um das historische Gelände in Marsch. Das Programm sollte auf der Nordseite der Gebäude über die Bühne gehen. Wenig später war auf der Vorderseite des Gutshofs Ruhe eingekehrt. Mit einem Mal war es so still, dass man sogar das Brummen der Hummeln und das Summen der Bienen hören konnte.

»Irgendwo muss er doch sein«, sagte Morgenstern ratlos. »Was hat der bloß vor?«

»Vielleicht ist er nur auf der Toilette?«, mutmaßte Hecht.

In diesem Moment hörten sie das Quietschen einer schweren hölzernen Tür. Eilig bogen sie um die Ecke des Steingebäudes und sahen, wie Russer in voller Legionärsausrüstung durch den Eingang in den Hauptraum verschwinden wollte.

»Bleiben Sie stehen, Russer!«, rief Morgenstern.

Und tatsächlich zögerte Russer. Mit einem genervten Blick fragte er: »Was wollen Sie beiden denn jetzt hier? Ich brauche doch keinen Babysitter.«

»Vielleicht ja doch«, sagte Morgenstern. »Ich werde das Gefühl nicht los, dass Sie gerade dabei sind, eine Dummheit zu machen. Sie waren gestern nicht bei Ihrer Mutter, stimmt's?«

Russer presste die Lippen zusammen und schwieg.

Morgenstern atmete tief durch und deutete auf die Villa. »Was wollen Sie da drin? Rücken Sie damit raus. Wer oder was wartet da drin auf Sie?«

»Der Monsignore. Wer denn sonst? Ich habe ihm gestern eine

Nachricht zukommen lassen, dass ich mit ihm sprechen will. Und ihm ein Angebot gemacht, das er nicht ablehnen kann.« Russer klopfte dabei verschwörerisch auf seine lederne Tasche.

»Was haben Sie gemacht?« Morgenstern war laut geworden. »Sie haben wohl nicht mehr alle Tassen im Schrank, Russer! Wie kommen Sie dazu, sich in unsere Ermittlungen einzumischen? Wissen Sie überhaupt, wie gefährlich das sein kann?«

Auch Hecht schüttelte den Kopf. »Wie kann man nur so blöd sein!«

Russer ließ sich nicht beirren. »Ich gehe jetzt da rein, rede von Mann zu Mann mit dem Monsignore, und hinterher«, er klopfte erneut auf seine Tasche, »hinterher habe ich das ganze Gespräch mit meinem Smartphone aufgenommen. Dann ist er fällig.«

Morgenstern zog Russer am Ärmel von der Tür weg. »Was haben Sie außer Ihrem Handy noch in der Tasche? Womit können Sie den Monsignore jetzt mit einem Mal so unter Druck setzen, dass er hierher nach Möckenlohe kommt?«

Russer zeigte ein boshaftes Lächeln. »Es ist ein Bluff. Ein simpler Bluff. Aber er wird funktionieren. Ich habe dem Monsignore gestern eine Nachricht in seinen Briefkasten geworfen, in der steht, dass ich einen Beweis dafür habe, was er mit Barbie vor vielen Jahren angestellt hat.«

»Einen Beweis?«, fragten Morgenstern und Hecht wie aus einem Mund.

»Ja. Angeblich habe ich ein altes Tagebuch von Barbie, so eine Art Poesiealbum, gefunden, in dem sie alles genau schildert.« Wieder zeigte er das boshafte Lächeln. »Wenn ich ihn damit konfrontiere, redet er sich um Kopf und Kragen. Und Sie kriegen hinterher die Aufnahme von mir.«

»Aber in Wirklichkeit haben Sie nichts in der Hand«, bilanzierte Morgenstern fassungslos. »Meine Güte, sind Sie blöd.«

»Und naiv«, pflichtete Hecht bei. »Haben Sie denn den Monsignore schon kommen sehen? Ist er überhaupt auf dem Gelände aufgetaucht?«

»Nein«, musste Russer zugeben. »Aber ich bin felsenfest davon überzeugt, dass er anbeißt.«

Morgenstern dachte an die wasserdichten Alibis für die beiden Morde und aktuell für Russers verwüstete Wohnung. »Er wird nicht selbst kommen«, sagte er dann. »Das ist nicht sein Stil.«

»Wer kommt dann?«, fragte Russer überrascht.

Morgenstern zuckte mit den Schultern. »Ich denke, wir sollten einfach mal nachsehen.«

»Wir drei?«

Morgenstern überlegte kurz. »Nein«, sagte er dann. »Jetzt schalten Sie mal Ihr neumodisches Aufnahmegerät ein, dann geben Sie mir Ihre Tasche, und Ihren Helm mit dem Wolfsfell möchte ich auch haben. Sie kriegen dafür meinen Helm und meine Tasche.«

»Was soll das werden?«, fragte Hecht besorgt. »Du wirst doch nicht allen Ernstes diesen lächerlichen Bluff von Russer übernehmen? Du bringst dich in Teufels Küche!«

Morgenstern stülpte sich Russers schweren Helm über den Kopf. »Ich hab ja dich, Spargel«, sagte er. »Wenn ich dich brauche, rufe ich einfach. Halte immer schön das Ohr an die Tür.« Zu Russer gewandt fragte er: »Haben Sie denn dieses angebliche Poesiealbum in der Tasche? Irgendetwas, das man bei Bedarf vorzeigen könnte?«

»Ja, ein DIN-A4-Schulheft mit rotem Einband.«

»Ziemlich mickrig«, sagte Morgenstern grimmig. »Aufnahme läuft?«

»Aufnahme läuft.«

Und ohne noch weiter nachzudenken, ging Morgenstern, getarnt als Signifer der Neunten Vindelikischen Kohorte zur Eingangstür der rekonstruierten Villa Rustica.

Morgenstern betrat einen weitgehend leeren Raum, der auf ihn wie eine Kapelle wirkte. Das lag wohl an der Apsis, einem halbrunden Bau, der die Stirnwand des Wohnzimmers dekorativ abschloss. Ein hölzerner Stuhl war, neben ein paar Vitrinen mit Ausstellungsstücken sowie einem Modell der Villa, das einzige Mobiliar. Und auf diesem Stuhl saß ein römischer Legionär.

Morgenstern brauchte einen Moment, bis er ihn erkannte: Es

war der Rahmfleck-Bäcker, der sich den ganzen Mittag über an seinem mobilen Holzofen so eifrig um die Verköstigung der Gäste bemüht hatte. Ein junger, schmaler Mann mit fast schwarzem Haar, dunklen, tief liegenden Augen und markanter schmaler Nase. Er trug immer noch seine rostrote Tunika, doch darüber hatte er nun zusätzlich ein schmal geschnittenes Kettenhemd gestreift, als hätte er sich dem Anlass angemessen kleiden wollen.

Er musterte Morgenstern mit mehr als einem prüfenden Blick. »Haben Sie Buch?«

Morgenstern nickte und klopfte auf seine Ledertasche.

Er deutete auf den Boden. »Legen Sie hin.«

»Ich will erst mit Ihnen reden«, sagte Morgenstern.

»Kein Reden. Ich will Buch.«

Morgenstern nestelte an dem kleinen Riemen, der die Legionärstasche verschloss. Dabei behielt er den Mann vor sich permanent im Auge.

In diesem Moment erkannte er, dass er den jungen Mann schon ein Mal gesehen hatte. Beim Limesfest in Kipfenberg, auf dem Festplatz. Er war der Angestellte am Pizzastand gewesen, die Aushilfskraft im Hintergrund.

»Sie arbeiten in Kipfenberg in der neuen Pizzeria am Marktplatz«, sagte er. Eine Feststellung, keine Frage.

Der junge Mann nickte. »Pizzeria Roma. Ganz neu. Osteria mit Pizza-Express.«

»Und Sie fahren Pizza aus?«, fragte Morgenstern.

»Si. Mit der Vespa.«

»Wie weit?«

»Maximal zehn Kilometer. Gib mir Buch.« Der junge Mann saß immer noch lässig auf dem antiken Schemel, der an eine Art historischen Klappstuhl erinnerte. Er schien sich absolut sicher zu fühlen.

Morgenstern wurde es trotz seiner schweren Ausrüstung kühl. Wenn ihre Theorie stimmte, saß ihm gegenüber ein Doppelmörder, ein kaltblütiger Killer. Ein Mann, dem die bayerische Kriminalpolizei üblicherweise mit einem vielköpfigen Sondereinsatzkommando zu Leibe rückte. Sein Trumpf war allerdings, dass der Italiener nicht wusste, wer ihm da gegenüberstand. Der Monsignore hatte ihm vermutlich erklärt, mit wem er es in der Villa zu tun bekommen würde: mit einem Finanzbeamten, der verschrobene Hobbys pflegte. Ein harmloser Spinner. Kein ernst zu nehmender Gegner.

Morgenstern fragte unverdrossen weiter. »Sie haben am letzten Sonntag beim Limesfest in Kipfenberg gearbeitet. Am Stand.«

»Si, Dottore.« Der junge Italiener schien sich allmählich einen Spaß aus seinem Besucher zu machen.

»Sie waren auch in der Nacht noch an Ihrem Stand.«

»Si.«

Morgenstern kombinierte. »Sie hatten ein Auto der Pizzeria. Von Ihrem Chef. Ein Auto, auf das die italienische Flagge lackiert ist.« Er dachte an den Weltkriegsveteranen im Kipfenberger Altenheim, in dessen verwirrtem Hirn die Erinnerung an die Partisanen aufgeblitzt war, als er diesen Wagen gesehen hatte.

»Waren Sie alleine?«

»Si.«

»Sie haben den Autoreifen der Limeskönigin zerstochen?«

»Si.«

»Dann haben Sie auf die Frau gewartet, haben Ihre Hilfe angeboten und sie mit Ihrem Wagen mitgenommen.«

»Si.«

Morgenstern spürte förmlich, wie sich eines zum anderen fügte.

Er deutete auf das Kettenhemd des Schwarzhaarigen. »Darf ich raten, woher Sie Ihre Ausrüstung haben?«

Der Mann schien nicht jedes Wort perfekt zu verstehen, aber die Zusammenhänge waren ihm erkennbar klar. Er lächelte, ein hochmütiges Lächeln, als wunderte er sich, wie sich sein Gegenüber mit immer weiteren Fragen immer gefährlicheren Antworten näherte.

»Sie haben sie aus Pfünz, aus dem Kastell.«

»Si, Dottore.«

Jetzt kam die entscheidende Frage. Morgenstern stellte sie laut und deutlich: »Haben Sie die Frau getötet?«

»Si.« Die Antwort kam schnell und kalt. Morgenstern schauderte. Dann fragte er weiter.

»Haben Sie Heinrich Pietzka heimlich beobachtet? Vom Waldrand aus.«

»Si«, sagte der Pizzafahrer.

»Sie haben im Wald den Draht über den Weg gespannt.«

»Si.«

»Und die Katze? Haben Sie die auch getötet?«

»Si.«

»Eine letzte Frage habe ich noch«, sagte Morgenstern bedächtig. »Ihre Aufträge bekommen Sie von Monsignore Dottore Giovanni Breitenhiller? Ist das so?«

Der junge Mann setzte sein breitestes Lächeln auf, zögerte kurz mit seiner Antwort. Dann entschied er sich zum entscheidenden Satz: »Monsignore Breitenhiller. Si.«

Morgenstern hatte bisher einen Abstand von etwa vier Metern von dem jungen Mann auf dem Stuhl gehalten. Den wollte er weiter wahren. Er bückte sich, legte das Schulheft mit dem roten Plastikeinband auf den mit Terrakottaziegeln belegten Boden und schob es mit einem Fußtritt zum Aushilfsbäcker.

Der schenkte Morgenstern noch einmal ein zynisches Lächeln, dann beugte er sich und hob das Heft auf.

»Grazie«, sagte er, nahm das Heft in die Linke, während er mit einer fließenden Bewegung unter seine Tunika griff.

»Lassen Sie die Waffe stecken«, befahl Morgenstern mit in langen Dienstjahren erprobter Polizeistimme und griff seinerseits mit der Rechten in die kleine Ledertasche, in der seine Pistole sein musste …

In der seine Pistole gewesen wäre – wenn er, Mike Morgenstern, nicht vor fünf Minuten mit dem Legionär Gundekar Russer Helm und Tasche getauscht hätte. Mike Morgenstern, der leichtfertigste Kriminalbeamte des Polizeipräsidiums Oberbayern-Nord, hielt statt einer Pistole ein Smartphone in der Hand.

Der junge Mann, der eben noch mit der Hochmütigkeit eines Pontius Pilatus auf seinem Stuhl gesessen war, erkannte Morgensterns Verblüffung augenblicklich. Mit einer fast katzenartigen Eleganz sprang er auf, stürmte auf Morgenstern zu, und noch ehe der reagieren konnte, stieß er ihm den angewinkelten Ellbogen voll ins Gesicht. Zielsicher hatte er damit die einzige empfindliche Körperpartie getroffen, die auch bei den meisten römischen Legionären ungeschützt war.

Morgenstern hörte ein hässliches Knacken, dann erst spürte er den Schmerz und ging zu Boden. Er wollte um Hilfe rufen, Hecht stand doch vor der Tür, aber bevor er einen Laut herausbringen konnte, hatte der Killer mit dem Katzeninstinkt ihm die Kehle zugedrückt und begann, das leinene Halstuch um Morgensterns Hals eng und enger zu ziehen. Einen Moment lang musste Morgenstern bei seiner verzweifelten Gegenwehr an Russers arme Katze Mimi denken. Wie sie in der Dusche an der Schlinge ihre sämtlichen sieben Leben ausgehaucht hatte. Sollte es ihm nun genauso gehen?

In höchster Not tastete er mit der rechten Hand zu seinem Gürtel, an dem der Dolch befestigt war, der laut Ausleihliste aus dem dritten Jahrhundert stammte und ihm bei einer Mietgebühr von fünf Euro jetzt vielleicht das Leben retten konnte, mochte er aus Sicherheitsgründen auch stumpf sein.

Mit letzter Kraft ergriff Morgenstern die Waffe, schaffte es irgendwie, sie aus der Scheide zu ziehen, und hieb sie mit aller Macht gegen den Oberschenkel des halb auf ihm liegenden Angreifers. Der junge Mann jaulte laut auf und drehte sich zur Seite weg. Das Messer, das nach römischer Art eher das Kaliber eines Kinderschwerts hatte, steckte tief in seinem Bein.

Die Tür flog auf, und Hecht stürzte – schon zum zweiten Mal in dieser Woche – mit gezogener Pistole in den Raum, hinter ihm Gundekar Russer.

»Hände hoch!«, brüllte Hecht, während Morgenstern sich schwankend aufrichtete, das enge Halstuch zu lösen versuchte und seinen Hals betastete.

»Hände hoch!«, wiederholte er, doch der junge Mann musste irgendwann in seinem Leben sein Angst-Gen verloren haben. Wie ein Berserker riss er sich das Messer aus dem Bein und stürzte damit auf Hecht zu.

Hecht zögerte keinen Moment: Ein Messerangriff, das lernte jeder bayerische Polizist schon im ersten Ausbildungsjahr bei der Bereitschaftspolizei, war so ziemlich die gefährlichste Situation, mit der sich ein Beamter konfrontiert sehen konnte.

»Scheiße!«, schrie er noch, dann drückte er ab – und er zielte weder auf Bein noch auf Arm, sondern in blanker Notwehr, zum Äußersten bereit, auf den Oberkörper. Auf einen Oberkörper, der allerdings mit einem erstklassigen römischen »Lorica Hamata« gepanzert war, einem Kettenhemd, das bis vor Kurzem noch eine Wachsoldaten-Puppe im Pfünzer Römerkastell bekleidet hatte.

Hechts Schuss prallte seitlich ab, der Angreifer taumelte für einen Moment zurück, stürzte dann an dem völlig konsternierten Spargel und dem nicht minder verdatterten Gundekar Russer vorbei und verschwand durch die Tür. Humpelnd, zu allem entschlossen – und immer noch hatte er das angebliche Mädchenalbum dabei. Er hatte es sich, sobald er es in die Hände bekommen hatte, unters Kettenhemd geschoben.

Morgenstern war inzwischen wieder zu Atem gekommen.

Zusammen mit Hecht rannte er nun ebenfalls aus der Villa, durch die überdachte Säulenhalle, hinaus zum Zeltlager von Römern, Hermunduren und Bajuwaren, von Legionären und Auxiliar-Soldaten, von denen aber keiner da war, weil alle die landwirtschaftlichen Vorführungen auf dem Acker hinter der Villa verfolgten.

Der hofeigene Streitwagen, vor dem immer noch die vier blonden Fjordpferde nebeneinander angeschirrt waren, war inzwischen vom Festzug zurückgekehrt und etwas abseits an der Straße abgestellt worden, ausgerichtet auf den in der Ferne liegenden Fichtenwald, bereitgestellt für spätere kurze Ausflugsrunden mit Besucherkindern.

Kaum jemand sah, wie der verletzte Pizzabäcker hektisch auf den Besucherparkplatz zustrebte, auf einen Fiat-Kastenwagen mit der Aufschrift »Osteria Roma Kipfenberg« und der für solche Fahrzeuge anscheinend unvermeidlichen grün-weiß-roten Flagge, die beiden Kommissare und Gundekar Russer im Nacken.

Der Mann war noch ein großes Stück vom Auto entfernt, als

ein schwarzes Oldtimermotorrad mit zwei voneinander getrennten Sitzen herangeknattert kam. Eine echte Rarität, wahrscheinlich direkt aus dem Museum Mobile in Ingolstadt entliehen.

Der Italiener hinkte auf den überraschten Fahrer zu, und als der anhielt, warf er ihn mit einem gewaltigen Rempler von der Maschine, riss das Motorrad an sich und schwang sich selbst in den Sattel.

»Stehen bleiben!«, brüllte Hecht. »Oder ich schieße!« Er gab zur Bekräftigung einen Warnschuss ab. Doch der Italiener blieb unbeeindruckt.

In schlingernden Bewegungen brachte er die Maschine auf der schmalen Betonstraße auf Touren und knatterte mit qualmendem Auspuff in Richtung Osten davon.

Hecht und Morgenstern sahen sich einen Moment an, dann rannte Hecht zu der wartenden Quadriga, sprang auf den einachsigen Streitwagen, ergriff die Zügel und schrie lauthals: »Hühott!« Morgenstern bezweifelte, dass das der korrekte Startbefehl war, den gelangweilten Pferden aber kam die Abwechslung offenbar gerade recht, und sie setzten sich gehorsam in Trab. Morgenstern schaffte es gerade noch, ebenfalls aufzuspringen.

Das Oldtimermotorrad war möglicherweise als Fluchtfahrzeug nicht ganz optimal gewählt. Der stotternde Motor wollte nicht richtig auf Touren kommen, und als der Italiener erkannte, dass ihn die Quadriga eingeholt haben würde, noch ehe er den Wald erreichte, fuhr er rumpelnd von der Straße ab und kurvte mit der halbwegs geländegängigen Maschine in zahlreichen Schlingen über ein Stoppelfeld, wobei er sich langsam wieder dem römischen Gutshof näherte.

Morgenstern hielt sich krampfhaft an der Vorderfront des ratternden Streitwagens fest. Die vier Pferde waren längst vom lässigen Trab in einen furiosen Galopp übergewechselt, und offenbar war auch den Tieren klar, dass sie dem Motorrad zu folgen hatten – anders, so mutmaßte Morgenstern, hätte Hecht niemals den Kurs halten können. Völlig unklar war freilich, wo und wie diese verrückte halsbrecherische Fahrt enden sollte. Morgenstern dachte an das legendäre Wagenrennen im Kinoklassiker »Ben Hur«. Würde er den Kontrahenten mit der Peitsche vom Motorrad schlagen müssen? Doch mit welcher Peitsche? Das Einzige, was sie dabeihatten, waren drei dekorativ am Wagen aufgepflanzte Lanzen. Sollte er es wirklich riskieren, den Italiener mit einer Lanze vom Bike zu befördern? Und wie sollte er das schaffen, wo er doch beide Hände brauchte, um sich am Wagen festzuklammern?

Zitternd zerrte er eine der Lanzen aus ihrer Befestigung, während Hecht mit dem dicken Zügelbündel auf die vier Pferderücken einschlug und »Hü! Hü!« rief, als müsste er Kaiser Nero höchstpersönlich im Zirkus Maximus begeistern. Das Motorrad war nun allenfalls noch fünfzehn Meter von ihnen entfernt.

»Wir gehen auf gleiche Höhe«, rief Morgenstern, bei dem die Verkrampfung plötzlich dem blanken Jagdfieber gewichen war. »Und dann stoße ich den Speer in die Speichen vom Hinterreifen. Dann ist finito!«

Hecht nickte grimmig, das Gesicht bereits schwarz gesprenkelt von den Dreckklumpen, die sechzehn Pferdhufe vor ihm aufwirbelten.

Eben noch hatte der Motorradfahrer mit seiner Maschine erneut einen kühnen Haken geschlagen, dem nun eine längere Gerade folgen sollte, ganz nahe an der Villa Rustica und dem Lager der Legionäre vorbei. Da bäumte sich der junge Mann mit einem Mal im Motorradsitz auf, warf beide Arme in die Höhe, sank unmittelbar danach in sich zusammen und stürzte von der Maschine. Das Motorrad rollte noch einige Meter führerlos weiter, bis es ebenfalls zur Seite sank und mit brummendem Motor liegen blieb.

Es dauerte eine ganze Weile, bis Hecht das Gespann zum Stehen gebracht hatte. Trotz vielfachem »Brrrr, brrr« und heftigem Ziehen an den Zügeln ließen sich die Pferde erst nach zweihundert Metern beruhigen. Die beiden Ermittler sprangen vom Streitwagen, Morgenstern immer noch mit dem Speer in der Hand, und rannten auf den Italiener zu.

»Bleiben Sie liegen! Keine Bewegung!«, schrie Hecht, der schon wieder die Pistole bereithielt.

Doch als sie nahe genug heran waren, sahen sie, dass dieser Mann nie mehr aufstehen würde.

»Ich glaube es einfach nicht«, stammelte Morgenstern und starrte fröstelnd auf den Italiener, dessen Gesichtszüge im Todesschmerz verkrampft waren. Tief im Oberkörper des Mannes steckte ein gewaltiger hölzerner, gefiederter Pfeil, der mit so großer Wucht abgeschossen worden war, dass seine eiserne Spitze ein kleines Stück auf der Rückseite herausragte – der Panzerung des Kettenhemdes zum Hohn.

Ganz langsam blickte Morgenstern zur Villa Rustica, von der sie am Ende ihrer wilden Jagd nur fünfundzwanzig Meter trennten. Peter Hecht folgte seinem Blick.

Neben ihrem gemieteten Legionärszelt stand Gundekar Russer. Und vor ihm war der Scorpio aufgebaut. Das Präzisionsferngeschütz der römischen Legionen.

Zwanzig Minuten später wimmelte es rund um die Villa von Einsatzfahrzeugen. Gundekar Russer ließ sich widerstandslos festnehmen.

»War das wirklich nötig?«, fragte Morgenstern, als er den Legionär auf den Rücksitz eines Streifenwagens schob.

»Absolut«, sagte Russer. »Die Legion macht keine Gefangenen.«

Neben dem rustikalen Bäckerofen, in dem immer noch die Glut brannte, fanden Hecht und Morgenstern in einer Stofftasche das Handy und den Geldbeutel des Pizzabäckers. Morgenstern überprüfte das Portemonnaie, während Hecht das eingeschaltete Handy unter die Lupe nahm.

»Gaetano Formazzi aus Reggio Calabria«, sagte Morgenstern und wedelte mit einem italienischen Führerschein.

Hecht drückte sich derweil durch Formazzis Handy. »Breitenhiller«, murmelte er nach einer Weile. »Da haben wir ihn ja. Handynummer und Festnetz, Kipfenberger Vorwahl, alles da.«

Morgenstern nahm kurz entschlossen das Handy, wählte Breitenhillers Mobilnummer und stellte auf laut.

Es läutete nur dreimal, dann nahm der Monsignore ab.

»Hast du das Buch, Gaetano? Ist die Sache erledigt?«, fragte er ohne Begrüßung.

Morgenstern wartete noch einen Moment, dann meldete er sich mit einem Räuspern. »Falsch, Herr Breitenhiller. Hier sind Morgenstern und Hecht von der Kripo Ingolstadt.«

Auf der anderen Seite der Leitung herrschte ungläubige Stille. Dann erst folgte ein Stammeln: »Aber … aber … das ist ja eine Überraschung. Da habe ich wohl was verwechselt.«

»Sie meinen, die Handynummer? Nein, wir haben hier das Telefonino eines gewissen Gaetano Formazzi. Sie kennen ihn anscheinend gut.«

»Nun ja, äh, nein«, druckste der Monsignore herum.

»So gut, dass Sie ihn mit schwierigsten Aufträgen betrauen, Herr Breitenhiller. Zum Beispiel, ein gewisses Buch zu besorgen, ein Buch, in dem Dinge stehen, die für Sie sehr gefährlich werden könnten.«

»Ich denke, das sollten wir nicht am Telefon besprechen«, sagte der Monsignore nach kurzem Zögern. »Wie kommen Sie eigentlich an das Handy dieses Herrn … Formazzi?«

»Wir haben es ihm abgenommen. Er ist tot«, sagte Morgenstern trocken. »Und jetzt halten Sie sich bitte für uns bereit. Wir kommen nach Hirnstetten.« Er konnte es sich nicht verkneifen: »Und fahren Sie bitte nicht gleich wieder zu irgendeinem Amtskollegen, ob in Bamberg oder München.«

Der nächste Anruf galt der Beilngrieser Polizeiinspektion, die die kürzere Strecke nach Hirnstetten hatte. Morgenstern beorderte einen Streifenwagen zum Monsignore. Die Kollegen versprachen, sich umgehend auf den Weg zu machen. Hecht und Morgenstern fuhren im Landrover von Möckenlohe nach Hirnstetten.

In zügigem Tempo ging es über Adelschlag nach Pietenfeld, von dort über ein schmales, für den Durchgangsverkehr gesperrtes Sträßchen nach Pfünz. Friedlich standen die rekonstruierten Mauern des Römerkastells mit ihren Zinnen im milden Licht der Nachmittagssonne. Doch die Kommissare hatten kein Auge dafür, obwohl die Straße direkt daran vorbeiführte, ehe sie steil ins Altmühltal abfiel. Ein paar Touristen, die gerade ihre Fahrräder den Kastellberg hinaufschoben, schauten dem röhrenden, deutlich zu schnellen Geländewagen empört nach.

Gut zehn Minuten später war Hirnstetten erreicht. Als sie am Breitenhiller-Hof vorfuhren, standen dort bereits zwei Streifenwagen. Die Bäuerin sprach mit den vier Beamten aus Beilngries.

»Wo ist Ihr Schwager?«, war Morgensterns erste Frage, als er aus dem Landrover gesprungen war.

»Das habe ich Ihren Kollegen gerade schon erklärt. Er ist vor einer Viertelstunde weggegangen«, sagte Rosemarie Breitenhiller. »Er hat mir gesagt, er geht spazieren.«

»Wohin ist er denn gegangen?«

»Bestimmt rüber zum Limes. Zu den alten Apfelbäumen. Das ist sein Lieblingsplatz.«

»Steigen Sie bitte ein, Frau Breitenhiller. Lotsen Sie uns da hin.«

Rosemarie Breitenhiller kehrte kurz ins Haus zurück, um sich eine Strickweste und ihre Handtasche zu holen. Gehorsam stieg sie in den Landrover, Hecht quetschte sich auf die Rückbank, und dann dirigierte sie Morgenstern und die beiden nachfolgenden Streifenwagen zu einer Streuobstwiese nördlich des Dorfes.

»Wir kommen zu spät«, stöhnte Morgenstern und deutete auf einen knorrigen alten, vom stetigen rauen Jurawind nach Osten gedrückten Apfelbaum, der der alten Römergrenze am nächsten stand. An einem seiner Äste hing, den Kopf in der Schlinge eines Kälberstricks, Monsignore Dr. Johann Breitenhiller.

Hecht sprang aus dem Wagen, stürmte auf den baumelnden Körper zu und hob ihn nach oben. Wenige Sekunden später schnitt Morgenstern mit seinem Legionärsdolch den fransigen Strick durch. Gemeinsam betteten sie den Monsignore auf die Wiese. Hecht tastete nach dem Puls, legte den Kopf auf Breitenhillers Brust. Kopfschüttelnd erhob er sich. Die Bäuerin stellte sich neben ihn, den Blick starr ins Nirgendwo gerichtet, die Handtasche mit beiden Händen umklammert.

»Was wollten Sie denn von ihm?«, fragte sie mit einem Mal, ohne einen der Beamten anzusehen.

Morgenstern schwieg lange. »Wir wollten ihm ein paar Fragen stellen. Im Zusammenhang mit einem jungen Mann aus Italien, der Menschen für Geld tötet«, sagte er schließlich.

Rosemarie Breitenhiller nickte. Nach einer Weile öffnete sie den Verschluss ihrer Handtasche und holte ein einfaches weißes Kuvert hervor. »Wenn Sie Fragen haben: Vielleicht finden sich hier Antworten.«

»Was ist das?«, fragte Morgenstern. »Wo haben Sie das her?«

»Es ist auf unserem Wohnzimmertisch gelegen. Ich habe es gerade eben erst entdeckt.«

Morgenstern nahm den verschlossenen Umschlag mit spitzen Fingern und las murmelnd vor: »Für Albert und Rosemarie. Nicht öffnen vor Sonntagabend! Hans«

Rosemarie Breitenhiller blickte wieder in die Ferne. »Ich kann mir denken, was drinsteht«, sagte sie leise. Dann ging sie langsam zum Dorf zurück, ohne sich ein einziges Mal umzudrehen.

EPILOG

Eine Woche später war Mike Morgenstern mit seiner gesamten Familie an einem Urlaubsort, der ihm selbst nie in den Sinn gekommen wäre: in Rom. Morgenstern hegte eine tiefe Abneigung gegenüber Städtereisen, Kulturtourismus war ihm ein Gräuel. Aber wie so oft hatte sich Fiona mit ihrem Vorschlag durchgesetzt, was ihr vor allem deswegen leichtgefallen war, da ihrem Gatten nur ein paar Tage Camping am nahen Brombachsee als Alternative eingefallen waren.

»Du brauchst ein bisschen mehr Abstand von deiner Arbeit«, hatte Fiona erklärt. Und ehe sich Morgenstern versah, hatte sie eine kleine Ferienwohnung mitten in Rom gebucht, in der Via del Tritone, ganz nahe beim Trevi-Brunnen und der Spanischen Treppe.

Zur Anreise hatte Familie Morgenstern den Nachtzug München–Rom gewählt. Der Familienvorstand hatte während der Fahrt im Liegewagen kaum ein Auge zugetan: Das lag vor allem an seiner notorischen Furcht vor Taschendieben, vor denen es dem Hörensagen nach in diesen Zügen wimmelte, weswegen Morgenstern seine unersetzbare antike Jeansjacke als Kopfkissen benutzte und ansonsten versuchte, den – selbstverständlich von innen verriegelten – Eingang des Abteils im Auge zu behalten.

Die Ferienwohnung, in der er am Vormittag völlig übermüdet ankam, lag direkt gegenüber dem Verlagshaus der Tageszeitung »Il Messaggero«, wie Morgenstern mit einigem Desinteresse feststellte. Vom Fenster aus konnte er den Redakteuren auf die Schreibtische schauen, unten auf der Straße war die aktuelle Ausgabe in Schaukästen ausgehängt.

»Als Erstes fahren wir zum Kolosseum«, entschied Fiona, die resolut das Kommando übernommen hatte. »Morgen gehen wir dann in den Petersdom, und übermorgen will ich zum Forum Romanum.«

»Ja, ja«, seufzte Morgenstern »Dabei wollte ich eigentlich nur ein bisschen ausspannen. Mit Lagerfeuer und Nackensteak vom Grill.«

»Und der Bildzeitung«, legte Fiona nach. »Sei bloß froh, dass du mich hast. Wenn wir jetzt noch in Eichstätt wären, müsstest du bestimmt auf diese Beerdigung in Kipfenberg.«

Morgenstern nickte. »Da muss jetzt der Spargel hin, wenn sie diesen Gaetano Formazzi unter die Erde bringen. Dabei heißt er gar nicht so.«

»Nein?«, fragte Fiona. »Wie dann?«

»Das weiß keiner. Wir haben über Interpol alles überprüfen lassen. Es gibt zwar einen Gaetano Formazzi, einen Olivenbauern aus Kalabrien. Aber der erfreut sich bester Gesundheit. Vor einem Jahr ist sein Personalausweis gestohlen worden. Dieser Auftragsmörder hat sich eine falsche Identität zugelegt. Niemand weiß, wer er wirklich ist und wo er herkommt. Deswegen wird er jetzt auf dem Kipfenberger Friedhof beigesetzt. Auf Staatskosten.«

»Und ich dachte, mit DNA-Analyse kann man heute jeden identifizieren«, sagte Fiona.

»Nur, wenn er schon mal polizeilich aufgefallen ist. Das war aber offensichtlich nicht der Fall.«

»Und der Chef von diesem Restaurant hat ihn einfach so angestellt? Ohne etwas über ihn zu wissen?«

»Ach, Fiona, die haben in der Gastronomie im Altmühltal in der Hochsaison so große Personalprobleme, dass da keiner genau hinschaut.« Morgenstern fläzte sich auf das breite Bett und genoss die Kühle der Klimaanlage. »Der nimmt sein Geheimnis mit ins Grab.«

»Im Gegensatz zum Monsignore«, fügte Fiona an. »Was ist eigentlich genau in diesem Brief gestanden? Das hast du mir bisher noch nicht erzählt.«

Morgenstern richtete sich auf. »Ein Geständnis, na ja, eher eine Art Entschuldigung. Er sei mit seiner Nichte, wie er schreibt, ›intim‹ geworden und habe eine verbotene Grenze überschritten. Barbara habe ab dem Frühjahr versucht, ihn mit dieser Vergangenheit zu konfrontieren. Sie wollte mit ihm darüber sprechen. Gundekar Russer hat da in ihren Gefühlen anscheinend eine

Lawine losgetreten. Der Monsignore hat das als große Gefahr, als ernsthafte Bedrohung angesehen. Schließlich habe er sich nicht anders zu helfen gewusst, als seine Bekannten aus der italienischen Unterwelt einzuschalten: nämlich die, die ihr Schwarzgeld über die Vatikanbank in den Hirnstettener Römerpark stecken wollten. Die hätten dann einen Mann nach Deutschland geschickt.«

»Und er hatte dann nichts weiter damit zu tun?«, fragte Fiona.

»Doch. Wie er schreibt, kam von ihm selbst die Idee mit dem Kettenhemd, das im Pfünzer Kastell leicht zu stehlen war. Das sollte eine falsche Fährte zur Römerkohorte legen. Die Inspiration für den Weiher holte er sich im Fotostudio in Eichstätt. Bei einem Besuch im Frühjahr hatte er die Bilder mit der erotischen Legionärin gesehen.«

Fiona schüttelte den Kopf. »Hat er über diesen Ingenieur auch was geschrieben?«

»Das weißt du doch schon, das stand in allen Zeitungen. Nachdem dieser falsche Gaetano nun schon mal im Altmühltal war, haben die Männer von der Ehrenwerten Gesellschaft zusammen mit dem Monsignore entschieden, dieses Hindernis für den Römerpark ebenfalls aus dem Weg räumen zu lassen. Wenn du mich fragst, haben sie alle den Einfluss von Heinrich Pietzka überschätzt.«

»Und was passiert jetzt mit dem Augustus-Park?«, wollte Fiona wissen.

Morgenstern deutete an die Decke: »Das steht in den Sternen. Ich weiß, dass Albert Breitenhiller das Projekt nicht mehr weiterverfolgt. Das Geld aus Italien ist jedenfalls schon zurücküberwiesen worden. In der Haut von Oswald von der Tann möchte ich gerade nicht stecken«

»Oje«, sagte Fiona.

»Und ich glaube auch nicht, dass noch einmal ein Papst oder Kardinal zusammen mit ihm für ein Foto posiert. Der Mann ist gesellschaftlich tot.«

Ihr Gespräch wurde jäh von den ins Schlafzimmer stürmenden Jungen abgebrochen.

»Wir wollen jetzt zum Kolosseum«, quengelte Bastian.

»Ich hab sogar schon die Buslinie rausgesucht«, verkündete Marius stolz.

Auf dem Weg zur Bushaltestelle warf Morgenstern einen Blick auf die Schaukästen des »Il Messaggero«, freilich ohne die Erwartung, auch nur ein Wort verstehen zu können. Das musste er auch nicht: Auf einer der ausgehängten Seiten prangte das Bild eines trutzigen, burgartigen Gebäudes mitten in Rom, daneben ein Foto des Papstes und – Morgenstern wollte seinen Augen nicht trauen – ein kleines Porträtbild von Monsignore Breitenhiller. Gemeinsam mit Fiona mühte er sich an der Dechiffrierung des italienischen Zeitungsartikels. »Die Vatikanbank«, fasste Fiona dank ihrer rudimentären Italienischkenntnisse zusammen. »Der Papst wird sie wahrscheinlich auflösen. Wegen Mafia-Schwarzgeld in Hirnstetten, Bavaria.«

Eine halbe Stunde später stand Familie Morgenstern bei sengender Mittagshitze vor dem Wahrzeichen der Ewigen Stadt. »Die Jeansjacke hättest du wirklich zu Hause lassen können«, sagte Fiona missbilligend.

»Nie im Leben, die ist mein Markenzeichen«, beharrte Morgenstern.

Auf dem gesamten Vorgelände wimmelte es von schwitzenden Touristen und schwarzafrikanischen Nippes-Verkäufern. Amüsiert sah Morgenstern, wie die Händler jedes Mal ihre gefälschten Rolex-Uhren und Ray-Ban-Sonnenbrillen zusammenrafften und die Flucht ergriffen, sobald ein Carabiniere in die Nähe kam. Irgendwie taten ihm die Männer leid, die da versuchten, sich im reichen Europa über Wasser zu halten. Spontan trat er mit einem fröhlichen halbwüchsigen Burschen im ausgewaschenen grauen Pullover in Verhandlungen über eine besonders lässige Sonnenbrille. Das Geschäft scheiterte aber zur großen Enttäuschung des Händlers zum einen an Fionas entschiedenem Veto und zum anderen daran, dass die Morgenstern-Kinder aus einiger Entfernung riefen: »Papa, Mama, kommt hierher. Wir möchten ein Foto haben!«

Bastian und Marius standen direkt vor dem Eingang zum Kolosseum, inmitten von vier römischen Legionären. Aber was hieß schon »Legionäre«. Das antike Quartett, eine quietschvergnügte Truppe, hatte sich mit den billigst möglichen Legionärskostümen ausgestattet, mit Brustpanzern aus Plastik und Kunststoffhelmen, deren knallroter bürstenförmiger Helmbusch Morgenstern verdächtig an die Straßenbesen erinnerte, mit denen ein paar Meter weiter die Müllmänner für Sauberkeit rund ums Kolosseum sorgten.

»Ihr wollt euch doch nicht im Ernst mit dieser Faschingstruppe fotografieren lassen«, sagte Morgenstern. »Vor einer Woche waren wir selber die perfekten Römer, und jetzt so was! Mit so einem Foto dürfen wir uns vom Legionär Gundekar Russer nicht erwischen lassen.«

»Bitte, bitte, Papa«, sagte Marius.

Und Fiona fügte beiläufig hinzu: »Soweit ich weiß, wird den Herrn Russer außerhalb der Justizvollzugsanstalt Kaisheim sowieso die nächste Zeit niemand zu Gesicht bekommen.«

»Also gut«, seufzte Morgenstern, gab Fiona seinen Geldbeutel und überließ sie damit den fälligen Finanzverhandlungen, denen er sich wegen der anfangs geforderten Summen nervlich nicht gewachsen sah. An deren Ende postierten sich die Legionäre theatralisch um einen mit rotem Kunststoffleder bespannten Thronstuhl und zauberten aus dem Nirgendwo einige rote Stoffumhänge hervor, mit denen erst Fiona, dann auch die Kinder umhüllt wurden. Einer war für Morgenstern übrig, der angesichts der Hitze nun doch seine Jeansjacke ablegte und hinter dem Stuhl deponierte.

Es dauerte eine ganze Weile, bis die Familie die gewünschte Position eingenommen hatte. Morgenstern, einen Helm auf dem Kopf, durfte auf dem Thron Platz nehmen; Fiona, versehen mit einem Lorbeerkranz aus Plastik, setzte sich auf eine der Lehnen, und Bastian und Marius wurden ihnen mit zwei Holzschwertern als Leibgarde zur Seite gestellt, umringt von den Legionären, die drohend ihre Plastikspeere gen Himmel reckten.

Angesichts des fotografischen Spektakels, bei dem Fionas

kleine Familienkamera zum Einsatz kam, hatte sich rasch eine neugierige Menschentraube um die Protagonisten gebildet.

»Und das nennst du Kulturtourismus«, zischelte Morgenstern seiner Frau zu. »Ich komme mir vor wie Sankt Martin.«

»Was willst du denn?«, flüsterte sie zurück. »Sitzen wir hier vor einem der berühmtesten Denkmäler der Menschheit oder nicht?«

»Na gut.« Morgenstern streckte die Beine in seinen Cowboystiefeln weit von sich. »Wenn schon Imperator, dann richtig«, sagte er.

Als er aufstand, löste sich die gesamte Gesellschaft in kürzester Zeit auf. Die geschäftstüchtigen Legionäre machten Jagd auf neue Fotostatisten, die Touristen suchten nach Schatten. Und Mike Morgenstern, Kriminaloberkommissar im Urlaub, fahndete nach seiner geliebten Jeansjacke, die eben noch hinter dem Cäsaren-Thron gelegen hatte. Aber sein Markenzeichen war wie vom Erdboden verschluckt.

»Wenigstens waren dein Geld und deine Papiere nicht drin«, tröstete ihn Fiona und wedelte mit Morgensterns Geldbörse. »Wahrscheinlich hat der Dieb das längst gemerkt und die Jacke in den nächsten Mülleimer gesteckt.«

»Das wäre ja wohl der Gipfel«, schimpfte Morgenstern und begann umgehend, sämtliche Abfallbehälter rund ums Kolosseum abzusuchen. Vergeblich.

Zwei Stunden später brach Familie Morgenstern zur nachmittäglichen Siesta Richtung Ferienwohnung auf. Morgenstern, immer noch frustriert, warf aus dem Fenster des abfahrenden Linienbusses einen letzten Blick aufs Kolosseum, auf Touristenmassen, Legionäre und Straßenhändler. Direkt vor der Scheibe stand der fröhliche Afrikaner in Badeschlappen, über dem Arm ein Sortiment aus Ledergürteln und Sonnenbrillen. Über seinem grauen, verwaschenen Pullover trug er jetzt eine ausgeblichene Jeansjacke. Als er Morgenstern erkannte, schenkte er ihm ein breites Lächeln, winkte zum Abschied und verschwand in der Menschenmenge.

Fiona nahm ihren Mann tröstend in die Arme und summte

dazu eine kleine Melodie. Morgenstern brauchte eine Weile, bis er erkannte, was es war: Das Lied vom braven römischen Legionär, der mit dem armen Mann seinen warmen Mantel teilte. »Sankt Martin, Sahankt Maaartin …«

RICHARD AUER
Vogelwild
OBERBAYERN KRIMI
emons: